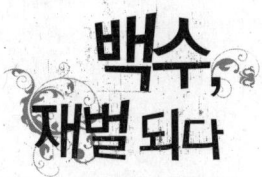

FUSION FANTASTIC STORY

텀블러 장편 소설

백수, 재벌 되다 1

텀블러 장편 소설

초판 1쇄 찍은 날 § 2012년 11월 5일
초판 1쇄 펴낸 날 § 2012년 11월 12일

지은이 § 텀블러
펴낸이 § 서경석

편집부장 § 권태완
편집책임 § 박우진

펴낸곳 § 도서출판 청어람
등록번호 § 제1081-1-89호
등록일자 § 1999. 5. 31
어람번호 § 제1-1483호

주소 § 경기도 부천시 원미구 심곡2동 163-2 서경B/D 3F (우) 420-822
전화 § 032-656-4452 팩스 § 032-656-4453
http://www.chungeoram.com
E-mail § chungeorambook@daum.net

© 텀블러, 2012

ISBN 978-89-251-3064-4 04810
ISBN 978-89-251-3063-7 (세트)

FUSION FANTASTIC STORY

1

백수, 재벌 되다

텀블러 장편 소설

CONTENTS

삐익, 삐익—

"후욱, 후욱……."

50대 중반으로 보이는 남성이 산소호흡기에 의지하여 힘겹게 숨을 내쉬고 있다.

그런 그의 곁을 보좌하고 있던 청년이 의사에게 물었다.

"병명이 뭡니까?"

의사는 깊은 한숨을 내쉰다.

"췌장암 4기입니다."

"췌, 췌장암?!"

"외람된 말씀입니다만, 이미 온몸으로 전이가 되어서 손을 쓸 방도가 없습니다."

"세, 세상에……."

사내의 눈동자가 심각하게 흔들린다.

"이런 말씀 드리기가 좀 뭐합니다만, 왜 이제야 오셨습니까? 앞으로 길어야 1년에서 2년, 그것도 꾸준히 치료를 받았을 때 얘기입니다."

이윽고 산소 호흡기를 끼고 있던 중년 남성이 무거운 눈꺼풀을 억지로 위로 올렸다.

"대, 대니……."

"회장님!"

"이, 이리 오게……."

청년이 화들짝 놀라 그에게 다가가자, 그는 더욱 가까이 오라는 손짓을 했다.

이윽고 청년이 그에게 귀를 가져다대자 그가 말했다.

"…내가 찾아야 할 사람이 있네."

청년은 만감이 교차하는 심정으로 그의 이야기를 경청했다.

회장이라 불린 중년인은 떨리는 입을 힘겹게 열었다.

"내가 평생을 그리워하던 아들이 한국에 있네……."

그리고 회장이 뭔가를 전달하자 청년이 화들짝 놀라서 되물었다.

"하, 한국 말입니까?! 그래서 회장님이 이곳까지 직접……."

중년인은 죽음의 그림자가 드리워온 순간까지 손에 꼭 쥐고 있던 사진을 건넨다.

사진 속에는 100일쯤 된 아이를 안고 있는 젊은 부부가 환하게 웃고 있다.

그 뒤에는 아이의 이름과 출생년도가 적혀 있었다.

"반드시 찾아야 한다. 반드시……."

주먹을 꽉 말아 쥔 중년인의 눈에서 굵은 눈물이 떨어져 내린다.

"행여나 만약 내가 살아 있는 동안 만나지 못한다면, 미안하다고 꼭 전해주게……."

"회장님……."

"내가 미안했다고, 꼭 전해주게……."

Chapter **01**
너무나 각박한 세상

모든 이의 가슴이 설레는 금요일, 퇴근을 딱 10분 남겨둔 상황에서 은우는 청천벽력 같은 소리를 듣고 말았다.

3년 동안 뼈가 빠지도록 영업을 뛰었더니, 이제는 회사에서 나가라는 소리를 들은 것이다.

"그, 그러니까… 지금 제가 잘렸다고 말하고 싶으신 겁니까?

"그게……. 알다시피 요즘 투명기업이다 뭐다 해서 말이 많았잖아. 그래서……."

"부, 부장님!"

"미안해, 나라고 어쩔 수 있어? 위에서 압력은 들어오지, 그렇다고 언제까지 정리가 불가능한 친구라고 버틸 수도 없는 노릇 아닌가?"

실컷 부려먹을 때는 언제고 갑자기 이제 와서 해고라니, 어처구니가 없어서 머리가 하얘지는 느낌이 든다.

로비를 하라고 해서 로비를 했고, 접대를 하라고 접대를 했다.

은우가 이쪽에서는 가장 뛰어나다는 이유로 위험한 일은 죄다 혼자서 도맡아서 했더니 결국 결과는 혼자서 총대를 메는 것이다.

제약회사는 리베이트에 대한 규제가 걸려 있어 잘못 걸리면 회사가 뒤집어질 수도 있다.

부장은 나름대로 최선을 다해서 수습을 하는 중이지만, 극단적인 처방으로 은우가 잘려 나가게 된 것이다.

하지만 은우는 애써 화를 꾹꾹 눌러 참는다.

"좋습니다. 그런데 왜 하필이면 접니까? 아시잖아요? 저는 지금 빚도 조금 남았고, 전세금도 다 날렸단 말입니다."

부장은 은우를 보며 측은한 눈길을 보낸다.

"알지, 내가 자네 사정 잘 알지."

은우의 어깨에 손을 올린 부장이 사무실을 한 번 쭉 둘러보았다.

"저기 이 대리 보이지? 저 사람은 지금 처가 암에 걸렸대. 그리고 저 옆에 강석환이, 저 친구는 어머니가 치매를 앓고 계셔서 지출이 이만저만 아니라고 하더군."

"세상에 사정없는 사람이 어디 있습니까?"

"알지! 자네도 사정이 있지. 하지만 자네는 천애고아가 아닌가? 그래도 부양할 가족은 없지 않잖나. 안 그래?"

세상천지에 뭐 이따위 개똥같은 논리가 다 있단 말인가?

가족이 없는 사람은 국가에서 빚을 탕감해 주기라도 한단 말
인가?

"그나마 회사라도 안 다니면 저는 도대체 무슨 수로 보증 빚
을 갚으란 말입니까?!"

"자진퇴사가 아니라, 인원 감축으로 인한 구조조정이라고 보
고해 두겠네. 그렇게 되면 실업수당과 퇴직금이 지급될 거야.
그것이면 아마 자네의 빚은 모두 탕감할 수 있을 거야."

영업부를 총괄하는 김 부장은 은우의 양쪽 어깨에 손을 턱하
니 올렸다.

"게다가 자네는 아직 젊지 않은가? 안 그래?"

"아니, 뭐 그런……!"

부장은 열변을 토하려는 은우를 가만히 바라보더니 목에 걸
린 사원증을 재빨리 빼앗았다.

툭.

"부, 부장님!"

사원증을 빼앗은 부장이 밖으로 나가자, 은우는 문짝에 대고
소리를 빽 질렀다.

"부장님! 아니, 김 부장 이 개새끼야!"

졸지에 실업자가 된 은우는 절망에 가득한 눈으로 김 부장이
사라진 자리를 뚫어져라 바라보았다.

*　　　*　　　*

하루아침에 실직자가 된 은우가 소주병을 들고 한강다리 위

에 올랐다.

"세상 참 엿 같네!"

고아로 태어나서 간신히 고등학교를 졸업하고 나니, 세상에는 은우가 할 수 있는 일이 별로 없었다.

하지만 사람이 살다보면 엉뚱하게 일이 풀리는 법이다.

고아원을 자주 후원하러 오던 후원자를 통해서 고졸자임에도 불구하고 제약회사 영업사원으로 입사를 하게 된 것이다.

그러나 아무리 연봉과 인센티브가 높다 해도 제약회사 영업은 인간으로서 할 짓이 못되는 일이었다.

180쯤 되는 키에 훤칠한 외모, 게다가 화려한 언변까지, 은우는 말로 먹고사는 영업사원으로는 거의 완벽에 가까운 사람이었다.

노처녀 의사, 약사들에게는 인기가 좋아서 그녀들에게는 100% 약발이 먹혔다.

게다가 이해타산이 빨라서 자신에게 유리한 것이 무엇인지 따질 줄 알고, 머리도 비상한 편이라서 죄다 영어로 된 의학용어 사전도 줄줄이 꿸 정도였다.

하나 제약회사의 영업사원은 카스트 제도의 종이나 다름이 없는 존재였다.

접대를 하는데 두세 시간 기다려도 욕이란 욕은 모조리 다 먹는 것은 기본이요, 병원 입구에 들어선 순간 간호사들이 책을 집어던지는 경우가 대부분이었다.

어려서부터 공부만 한 고학력자 중 성질이 더러운 사람의 빈도는 훨씬 많아서, 은우가 받는 스트레스는 이만저만이 아니었다.

　고로 의사와 약사들은 은우에게 숨겨두었던 악마적인 이면을 유감없이 발휘했다.

　욕설, 인격 모독은 기본이고 심지어는 경미한 성희롱까지 당하는 경우도 있었다.

　4년 동안 은우는 속으로 이 짓을 그만두어야겠다 생각한 적이 한두 번이 아니었다.

　이대로는 사람이 사는 것이 아니라는 생각이 들었던 것이다.

　그러나 결정적으로 돈 때문에, 그놈의 돈 때문에 그만두지도 못했다.

　그렇게 노예처럼 일을 하다 보니 경력도 쌓이고 사람을 어떻게 다루는지 알 것 같았다.

　한데, 이제 좀 살겠다 싶다가 돌연 해고라니, 그야말로 복창이 터져 나갈 지경이다.

　"빌어먹을……."

　사회적으로, 제도적으로 금지가 되어 있는 제약회사의 리베이트에 손을 댄 것이 문제였다.

　물론 이 위험한 일은 부장을 비롯한 영업부 선배들이 등을 떠밀어 어쩔 수 없이 했던 것이다.

　은우 역시 위험하다는 것은 알고 있었지만, 결국 은우는 팀을 위해서, 그리고 자신의 빚을 위해서 리베이트에 손을 댔다.

　그 결과, 모종의 제보로 인해 관련자들은 모두 퇴사 당하고 사건은 일단락이 되었다.

　돈 때문에 버텨왔던 은우는 결국 돈 때문에 회사에서 쫓겨나게 된 것이다.

"그래, 내가 병신이다. 원장 그 노인네가 항상 나더러 헛똑똑이라고 하더니만, 정말이네."

안주를 살 돈도 없어서 깡소주만 벌써 몇 병째 마시고 있는지 모를 지경이다.

당장 방세를 낼 돈도 없거니와 집에는 쌀도 다 떨어져서 생활은커녕 내일부터 밥을 먹을 수도 없을 것이다.

아무리 급작스럽게 리베이트 건으로 퇴사를 당했다고 해도, 은우가 벌어들인 돈은 생각보다 많았다.

그런데도 이렇게 궁핍한 이유, 바로 친구 때문이었다.

"경남이 그 개새끼만 아니었어도……."

제대를 하고서부터 계속해서 영업을 뛴 은우의 직급은 대리였다.

대리의 연봉에 인센티브까지 더해서 은우는 착실히 돈을 모으고 있었다.

하지만 고아원 동기인 경남이 죽기 전에 딱 한 번만 도와달라고 통사정을 했던 것이다.

함께 고아원 방바닥을 닦던 정 때문에 차마 외면할 수 없었던 은우는 결국 빚보증을 서고야 말았다.

그 결과, 은우의 인생이 끝도 없는 나락으로 떨어지는 좋은 계기가 되었다.

하루에도 몇 번씩 빚 독촉에 시달리는 통에 그나마 힘이 되던 여자친구도 도망을 갔다.

"그러고 보니까, 연경이 이년도 참 나쁜 년이네. 멀쩡한 간댕

이까지 떼어 줬더니 도망을 가? 하여간 세상에 믿을 연놈 하나
도 없다니까……!"

간암에 걸렸다는 그녀의 사정을 모르는 바가 아니었으므로,
은우는 빚보증을 서기 전에 자신의 전세금을 털고도 모자라, 간
의 일부를 떼어서 이식수술을 감행했던 것이다.

그러고 나니 남은 돈은 없고, 친구에게 속아서 순식간에 빈털
터리에 빚쟁이가 되어버렸다.

회사에서 나올 퇴직금으로 빚을 청산하고 나면 그는 이제 무
일푼 거지나 다름없다.

그나마 빚이라도 없으니 다행이라고나 할까? 하지만 억울한
것은 마찬가지다.

상황이 이쯤 되니, 그가 몸을 기댈 곳이 이곳 한강다리밖에
없었다.

쨍그랑!

소주병을 집어던진 은우가 하늘에 대고 소리친다.

"이제껏 제대로 마음 편안히 잠 한 번 자본 적도 없는데, 왜,
씨발, 나한테만 이 지랄이냐고! 서러워 죽겠네, 좆까고!"

그 흔한 명절날 산적 하나 먹을 수가 없었던 은우의 눈에서
눈물이 흐른다.

"신이라는 것이 있기는 있어? 양심도 없는 양반 같으니……."

한강다리 기둥에 기대 앉은 은우가 이제 마지막으로 남은 소
주를 입에 머금는데, 문득 한강물 속이 참 시원할 것 같다는 생
각이 든다.

털썩 주저앉았던 은우가 일어나 한강다리 난간에 올라섰다.

살짝 뜨뜻한 여름밤의 기운이 은우의 얼굴을 향에 날아온다.

하지만 문득, 이대로 죽으면 억울하다는 생각이 든다.

은우가 강하게 고개를 좌우로 털었다.

"지금 내가 무슨 생각을 하는 거야? 그래, 씨발, 똥밭에 굴러도 이승이 낫다던데……."

결국 은우는 자살이라는 단어를 머릿속에서 깔끔하게 지워내고 난간에서 내려왔다.

그리고 비틀거리는 몸을 이끌고 집으로 향한다.

"새롭게 시작하는 거야, 새롭게! 내가 그깟 더러운 영업사원 아니면 할 일이 없을 것 같아? 차라리 호빠를 뛰고 말지!"

그러다 문득 은우는 이제까지 자신이 마음 놓고 여행 한 번 가본 적이 없다는 것을 깨달았다.

"그래, 나도 배낭여행인지 지랄인지를 한번 가보는 거야. 사람이 한 번은 내가 하고 싶은 것을 해봐야지!"

소주를 마저 마신 은우가 고주망태가 되어서 집으로 돌아갔다.

*   *   *

어제 마신 소주가 아직도 위에 남아 있는지 목구멍으로 알코올 냄새가 올라온다.

"후우……. 가진 게 없어서 그런가, 속이 더 쓰리네."

생각을 정리하기 위해서 떠나는 여행에 필요한 것은 그다지 많지가 않다.

은우 한 사람이 누워서 잘 텐트와 취사가 가능한 취사도구들 정도를 마련하여 봇짐을 만들었다.

그의 손에는 지리산으로 향하는 버스표가 쥐어져 있다.

이대로 돌아갔다 정리가 끝날 때까지 돌아오지 않을 작정이었다.

대합실에 앉아서 버스를 기다리는데, TV에서 뉴스가 흘러나온다.

화면 속에는, 서울대학병원 1인 특실 병동 앞에 카메라를 든 기자들이 구름같이 몰려들어 있는 장면이 비치고 있었다.

찰칵, 찰칵!

[제이슨 리 회장님이 병중에 있다는 것이 사실입니까?!]

회사 관계자들과 경호원들은 기자들의 출입을 저지하게 위하여 안간힘을 쓰고 있다.

[현재로서는 뭐라 드릴 말씀이 없습니다. 하지만 회장님께서는 며칠 내로 안정을 취하시면 다시 일어나실 겁니다.]

[그런데 영국에서 이곳 한국까지 오신 연유가 무엇입니까?!]

[더 이상 드릴 말씀이 없습니다. 돌아가십시오.]

[한 말씀만 더 부탁드립니다!]

영국의 DY그룹이면 은우도 익히 알고 있는 회사다.

물류산업으로 1980년대 후반을 주름잡았던 DY그룹은 항만, 항공 산업에 진출하여 큰 성공을 거둔 저력을 가진 회사다.

1980년대 초를 시작으로 영국정부의 경제부양책을 통하여 급성장을 한 DY물산은 90년대 초를 기점으로 항만 산업과 항공 산업에 진출하여 복합물류 그룹을 형성하게 되었다.

현재는 영국 내부의 내수 물류와 수출 물류, 그리고 유럽 전역의 철도 물류까지 그들의 손이 닿지 않는 곳이 없었고, DY그룹의 회장 제이슨 리는 '유럽의 날개'라는 별명을 가지고 있을 정도였다.

게다가 그들은 영국의 맨스터 전자가 92년도 당시 부도 위기를 맞았을 때, 주식을 받는 조건으로 부도를 막아 흡수합병을 하여 영국의 전자시장까지 진출하는 데까지 성공한 엄청난 기업이다.

은우는 그런 엄청난 기업의 회장이 무엇 때문에 객지에 와서 고생을 하고 있는지 이해가 가지 않는다는 듯 고개를 갸웃거렸다.

"할 짓거리 참 없는 양반이네. 그러게 왜 남의 나라에는 와서 저 고생이야?"

아무리 오지랖이 넓은 사람도 은우의 상황이 되고 나면 다른 사람의 사정은 눈에 들어오지도 않을 것이다.

"그나저나. 이제부턴 뭘 먹고 살아야 하나?"

막상 회사를 나오고 보니 당장 무엇을 할지가 참으로 고민이 된다.

어깨를 축 늘어뜨리고 앉아 있던 은우가 손목에 차고 있던 시계를 바라보았다.

이제 곧 차가 들어올 시간이다.

자리에서 일어선 은우가 다시 한 번 TV화면을 바라본다.

"있는 놈들은 특실을 잡네. 팔자 좋다."

의미없이 혼자서 투덜거린 그는 대합실을 빠져나와 승차홈으로 향했다.

*   *   *

남양주 일패동 소재의 일패동성당.

이곳은 유치원과 고아원을 함께 운영하는데, 일반인의 자녀들과 고아원 아이들이 섞여서 교육을 받는다.

천주교 재단에서 세운 이곳은 40년이 넘도록 운영되면서 포괄적인 선교 활동을 하기로 유명하다.

이곳에 부속으로 배속되어 있는 고아원의 이름은 자혜원으로, 어린아이부터 청소년들까지 다양한 나이층의 아이들이 살고 있다.

비교적 한적한 산길 중턱에 위치한 자혜원은 아침이면 상당히 시끌벅적하다.

그래서 이곳의 유치원 교사들은 아침이 어떻게 흘러가는지 알 수도 없을 지경이다.

"선생님! 저, 신발이 없어졌어요!"

"으앙! 선생님! 얘가 저 때렸어요!"

가슴에 '안젤라'라는 세례명이 적힌 교사가 아이들을 달래면서 아침을 보내고 있다.

오늘은 야외수업이 있는 날인지, 아이들이 모두 밖으로 나와 있던 터라 정신이 두 배는 더 없는 것 같다.

유치원 선생들이 아침부터 혼이 쏙 빠지도록 아이들에게 시달리고 있는데, 멀리서 검은색 자동차 한 대가 달려오는 모습이 보인다.

그녀는 아이들을 안전한 곳으로 옮겨, 혹시 모를 사고에 대비한다.

"얘들아, 차가 오고 있어! 선생님을 따라서 안쪽으로 들어가요!"

"네!"

이윽고 대충 주차를 마친 운전자가 문을 열고 내려 그녀가 서 있는 곳으로 걸어온다.

그런데 한국인이 아니라 갈색머리의 서양인이다.

실물의 외국인을 처음 보는 아이들은 금방 그에게 관심을 갖고 모여들었다.

"와아아아! 외국인이다!"

"그러면 안 돼요! 어서 돌아와!"

안젤라를 포함한 두 명의 교사는 허겁지겁 아이들을 잡아서 접근을 차단했다.

영문도 모른 채 이방인의 방문을 바라보던 교사들에게 외국인 청년이 다가가 말을 걸었다.

"이곳이 자혜원입니까?"

의외로 한국어를 구사하는 발음이 상당히 정확하다.

그녀들은 어색하게 고개를 끄덕였다.

"그런데요?"

그는 자신의 지갑에서 명함을 몇 장 꺼내어 그녀들에게 건넸다.

DY그룹 재무이사 대니 맥과이어.

"몇 가지 질문을 하러 왔는데 시간을 좀 내주실 수 있겠습니까?"

의아해하는 그녀들에게 청년이 말했다.

"잠깐이면 됩니다."

그녀들은 하는 수 없이 그의 제안을 수락했다.

"잠깐이라면 말씀을 들어드릴게요. 무슨 일이신가요?"

"듣자하니 이곳에는 자혜원 출신 교사들이 많다고 들었습니다. 혹시 선생님도 이곳 출신입니까?"

"그런데요?"

대니라 불린 청년은 자신의 속주머니에서 작은 사진을 꺼내어 그녀들에게 보여주었다.

"혹시 이은우라는 청년을 알고 있습니까? 사진 속의 인물입니다만."

안젤라는 사진을 자세히 바라보더니 손뼉을 쳤다.

"아하, 은우요?! 사진을 보니까 알겠네."

"이은우 씨를 아십니까?"

"그럼요, 알죠. 세례명이 베드로예요. 그런데 은우는 어째서 찾으시죠?"

청년은 사진을 다시 갈무리하며 미소를 지었다.

"아닙니다. 개인적인 용무가 좀 있습니다. 좋은 일로 찾는 것이니 걱정하지 마십시오."

"그렇다면 다행이지만……."

이번에는 대니가 성당 건물을 가리키며 말했다.

"저쪽에 원장님이 계십니까?"

"네, 아마도……."

"말씀 감사합니다."

돌아서서 성당 건물로 향하는 대니를 보며 안젤라가 고개를 갸웃거린다.

"누구지?"

"모르는 사람이에요?"

"그렇기는 한데, 저 사람이 왜 은우를……."

"은우요?"

고개를 갸웃거리는 그녀들에게 안젤라가 옅은 미소를 띠었다.

"있어요, 은우라고……."

그녀들은 아무 일도 없었다는 듯 다시 아이들 교육에 열중했다.

                      *   *   *

"허억, 허억……!"

은우의 몸은 목적지 근처에 오지도 못했는데, 벌써부터 땀을 한 바가지씩이나 흘려내고 있다.

"젠장, 쌀을 10㎏이나 사 오는 것이 아니었는데!"

젊음을 과신한 결과는 항상 이렇게 늦은 후회를 하도록 만든다.

벌써 네 시간째 산을 타고 있지만 은우가 그토록 원하던 계곡은 자취를 찾을 수조차 없다.

"큰일이네……. 조금 있으면 해가 질 텐데."

고개를 들어 하늘을 바라보니 벌써 뉘엿뉘엿 해가 지고 있다.

이대로라면 계곡을 찾기도 전에 등산로에서 노숙을 해야 할 판이다.

그렇게 다 저녁에 혼자서 등산을 하던 은우가 어디선가 불어오는 청량한 바람을 느끼며 고개를 돌렸다.

군 시절, 그의 경험상 이렇게 차가운 바람이 불면 근처에 계곡이 있었다.

"혹시?!"

얼굴에 환해진 은우가 신이 나서 바람이 부는 곳으로 달려갔다.

쏴아아아!

오솔길을 따라 들어선 계곡은 작은 나무들과 시원한 물줄기가 어우러져 가슴속이 뻥 뚫리는 경관을 연출했다.

"이런 곳에 계곡이 있었다니!"

계곡을 보자마자 은우는 텐트를 치고 야영을 할 준비를 했다.

어차피 계곡이라는 것 말고는 뚜렷한 목적지가 없으니, 어디서 자든 그것은 별 상관이 없는 일이다.

다만 이상한 것은, 이렇게 경관이 좋은데 사람들은 한 명도 없다는 것이었다.

하지만 지금 은우에게 그것은 중요한 일이 아니다.

텐트를 완성한 은우가 곧바로 계곡에 몸을 던진다.

풍덩!

"푸하아아! 좋다!"

이제까지 받았던 스트레스가 한 번에 싹 달아나는 것 같다.

태어나서 제대로 수영을 배워본 적이 없는 은우는 동네의 개와 비슷한 정도의 수영 실력을 가지고 있었지만, 그런대로 노는 데는 지정이 없었다.

그렇게 약 20분 정도 수영을 즐겼을까?

슬슬 배에서 밥을 달라는 신호를 보내온다.

꼬르륵!

"그러고 보니 오늘 아침부터 먹은 것이 하나도 없네."

계곡물을 받아서 밥을 지으려는데, 문득 뒷목이 서늘하다는 느낌이 들었다.

마치 누군가 그를 노려보고 있다는 느낌이랄까?

아무도 없는 계곡에 혼자 남은 은우가 고개를 갸웃거렸다.

"에이, 세상에 귀신이 어디 있어?"

쌀을 씻고 휴대용 버너에 냄비를 올리던 바로 그때였다.

틱틱.

순간, 은우의 눈앞에 쪼그려 앉은 노인의 모습이 보이는 것이 아닌가?

"어이."

"우, 우와아아악! 귀, 귀신이다!"

허겁지겁 텐트로 달려가 손전등을 꺼내려는데, 손이 떨려서 마음대로 움직이지가 않았다.

"세, 세상에! 귀신이 진짜로 있었어?!"

가까스로 손전등을 손에 쥔 은우가 자신의 앞을 환하게 밝혔다.

그러자 귀신으로 보이는 노인이 은우를 가만히 노려보고 있다.

"네놈은 뭔데 남의 집 앞마당에 앉아서 떡하니 밥을 지어먹고 있는 것이냐?"

"마, 마, 말을 했어?! 귀신이?!"

노인이 자리에서 일어서 은우에게 다가오더니 다짜고짜 주먹을 내질렀다.

퍼억!

"커헉!"

관자놀이를 얻어맞은 은우의 눈앞에 별이 번쩍였다.

"그런데 이놈이 아까부터 멀쩡한 사람에게 귀신 취급이네."

"귀, 귀신이 사람을 때렸어! 아아……!"

이윽고 은우가 그 자리에서 혼절해 버렸다.

*　　　*　　　*

다음날, 깨질 듯 머리가 아파오며 잠에서 깬 은우가 따가운 햇살 덕분에 눈살을 찌푸렸다.

"으윽……! 머리야……."

자리를 털고 일어난 은우가 자신의 주변을 둘러보았다.

그런데 불현듯 뒤통수가 간지러워 고개를 뒤로 돌렸다.

웬 거대한 바위 위에 어제 그 노인이 앉아서 은우를 지켜보고 있었다.

"이제야 정신이 좀 들었냐? 쯧쯧, 그렇게 맷집이 약해서 어디에 쓰겠냐?"

자신의 머리를 쥐어박은 사람을 보자, 은우는 울분이 차올라 소리를 질렀다.

"왜, 왜 대뜸 사람의 머리는 때리고 그럽니까?! 내가 뭘 그렇게 잘못했다고!"

"그런데 이 호랑말코 같은 놈이!"

바위에서 일어선 노인이 약 20m는 될 법한 거리를 공중제비를 돌아 뛰어내렸다.

순간, 은우의 눈이 획획 돌아간다.

"서, 서커스? 유랑극단인가?"

"이놈이 이제는 멀쩡한 사람을 광대 취급하는구나!"

이번에는 노인의 발차기가 은우의 가슴팍에 날아와 꽂혔다.

퍼억!

"쿨럭!"

가슴을 부여잡은 은우가 바닥을 구르며 고래고래 소리를 질렀다.

"도대체 어제부터 왜 사람을 자꾸 때립니까?!"

"네가 맞을 짓을 하니까 때리는 것 아니냐? 정상적으로 죽고 싶다면 자꾸 성질 건드리지 말거라."

태어나서 이토록 어처구니없이 맞아본 적이 있었을까?

은우는 인상을 확 찌푸리며 일어나 텐트를 해체하기 시작했다.

"쳇! 길 한번 잘못 들었다고 사람을 이렇게 두들겨 패는 법이 어디 있어? 내가 더러워서 간다, 더러워서!"

신속하게 텐트를 정리한 은우가 노인을 향해서 고개를 꾸벅 숙였다. 그 와중에도 예의는 챙기는 은우였다.

"다시는 찾아올 일 없을 겁니다. 그럼 혼자서 잘 먹고 갈 사십 시오."

짐을 챙겨서 내려가려던 은우에게 노인이 말했다.

"정말로 갈 것이냐?"

"그럼 어쩝니까? 이곳에 있다간 오늘 안으로 송장 치우게 생겼는데."

"그 상태로 괜찮겠어? 상당히 힘들어 보이는데."

"괜찮으나마나 여기서 맞아죽을 수는 없지요. 악착같이 살아서 꼭 성공할 겁니다. 그래야 다시는 이렇게 어처구니없이 구타당할 일이 없지."

노인은 은우를 보며 입꼬리를 씨익 올렸다.

"그렇다면야. 마음 가는 대로 움직이거라."

은우는 뒤도 돌아보지 않고 계곡을 빠져나갔다.

*　　　*　　　*

수풀을 헤치고 계속해서 앞으로 나가는 은우의 얼굴이 상당히 창백해져 있다.

"허억, 허억……! 도대체 왜 입구가 보이지 않는 거지?!"

벌써 열두 시간째 똑같은 숲을 계속해서 돌고 있다.

처음에는 제대로 가고 있는 줄 알았으나, 얼마 지나지 않아 계속 똑같은 풍경이 반복됨을 알았다.

뭔가 이상함을 느꼈을 때는 한참 뒤늦은 후였다.

이러다간 입구를 찾기도 전에 야산하게 객사할 판이었다.

있는지도 모를 신에게 욕설을 내뱉어대는 은우의 눈에, 그 순간 이전과는 다른 풍경이 보이기 시작했다.

동공이 크게 확장된 은우가 달빛을 등불 삼아 미친 듯이 앞으로 전진했다.

"크크크! 그럼 그렇지! 이렇게 간단한 길에서 내가 조난을 당할 리가 없지!"

내려가면 자신이 좋아하는 순대에 소주를 한잔하겠노라 굳게 다짐한 은우가 길을 막고 있던 작은 가시덤불을 치워내던 바로 그때였다.

쏴아아아!

새로운 길인 줄 알고 들어선 곳은 은우가 맨 처음 출발했던 바로 그곳이었다.

"빌어먹을!"

마치 귀신에 홀린 듯, 또 다시 같은 자리로 돌아와 버렸다.

이제는 더 이상 걸을 힘도 없어진 은우가 그 자리에 털썩 주저앉았다.

"에라이, 모르겠다! 굶어죽던 맞아죽던 죽는 것은 마찬가지지!"

그리고 어제 저녁에 지었던 밥을 꺼내어 반찬도 없이 허겁지겁 집어삼켰다.

목이 막히고 턱이 뻑뻑해져도 그는 밥을 먹는 것을 멈추지 않았다.

그렇게 약 5분 정도 식사를 한 은우가 그제야 이성을 찾고 주변을 둘러보았다.

그러다 거칠게 수저를 내려놓았다.

아침의 그 바위에 똑같은 자세로 노인이 앉아 있었던 것이다.

"마음이 그렇게 잡념으로 꽉 차 있는데 길을 찾을 수 있을 것이라고 생각했느냐?"

"마음이 복잡한 것이랑 이곳에서 빠져나가는 것이랑 도대체 무슨 상관이란 말입니까?"

"세상의 그 어떤 사람도 아수라장이 된 마음을 가지고 살 수는 없다. 그걸 알아야지."

"저를 가지고 노니까 재미있으십니까?!"

노인이 바위에서 내려와 은우 앞에 섰다.

길게 늘어뜨린 백발과 검은색 수염, 참으로 어울리지 않는 모습이다.

역시 말 한마디에 주먹부터 날아온다.

"그런데 이놈이!"

퍼억!

이번에는 허벅지를 얻어맞은 은우가 넘어갈 듯 입을 벌리며 제자리에서 깡충깡충 뛰었다.

"내, 내 다리!"

"그런다고 죽지 않는다. 엄살은⋯⋯."

"그런데 왜 자꾸 때리십니까?! 저한테 무슨 감정 같은 것 있으십니까?!"

"맞으니까 억울하냐?"

"당연한 소리를 왜 하십니까?!"

"억울하면 안 맞으면 되지 않느냐? 아프면 피하거라."

"지금 저랑 장난하십니까?! 그런 무지막지한 주먹을 어떻게 피하라는 겁니까?"

"나의 제자가 되면 알려주겠다. 내 주먹을 피하는 법을."

은우는 노인을 바라보더니 이내 실소를 터뜨렸다.

"참나. 이제는 별의별 소리를 다 듣겠네. 아까는 심신을 비우네 마네 하시더니, 이제는 사람 쥐어 패는 기술이나 배우라는 겁니까?"

"사람을 패는 기술이 아니라 사람을 만드는 기술이다."

어처구니없는 듯 웃던 은우가 대충 고개를 끄덕였다.

"그래요, 좋습니다. 그런데 만약 제가 거절을 하면 어쩌실 겁니까?"

"그렇다면야, 같은 수순의 무한 반복이지."

"그게 무슨 말입니까?"

"백문이 불여일견!"

다소 멍하게 있던 은우의 뒤통수에 이내 불이 번쩍인다.

퍼억!

"커헉!"

은우는 그대로 다시 정신을 잃고 말았다.

Chapter **02**
괴짜사부와 말도 안 되는 사문

MARE

Sed non
quam...

Bermudes
ou I. d'Este

NOVA MEXICANÆ

NOVA HISPANIÆ

LUCAYE

MARE

CUBA

ANTILLÆ I.

HISPANIOLA

Martinique

I. Virg.

Aurora

CARIBES I.

Golfo du Orinoque

C. Naxan

Berbice R.

I. CARRAN

Guiane R.

CUMANA

C. Orange

NO

C. de Nord et Cabo R.

Terra R. Amazon.

AMAZO

NUEVA REGIO

Pagana

 AMERIC

BRASIL

MERIDIO

NALIS

PARAGUAY

MARK

VIANE

EL Andes

얼굴부터 발끝까지 온몸에 성한 곳 하나 없는 은우가 벌써 닷
새째 숲속을 헤매고 있다.

"도대체 입구가 어디라는 거야?!"

아침나절 내내 기절했다 일어나면 곧바로 짐을 챙겨 계곡을
탈출할 시도를 한다.

그리고 하루 종일 미친 듯이 숲을 헤맨다.

하지만 결국 도착하는 곳은 노인의 앞이고, 그는 또 어딘가를
얻어맞고 기절한다.

이것이 노인이 말했던 악순환의 연속이라는 것일까?

오늘도 미친 듯이 도망쳐 도착한 곳은 결국 괴노인의 앞이다.

허탈한 표정의 은우를 보며 노인이 슬며시 미소를 지었다.

"어떠냐? 이래도 도망갈 생각이 드느냐?"

너무 억울해서 눈물이 다 날 것 같다.

결국 포기한 은우가 털썩 주저앉았다.

"뭐 이런 경우가 다 있어……?"

은우는 고개를 들어 노인을 바라보았다.

"정말 제자가 되면 내려갈 수 있는 겁니까?"

"네가 때가 되었다는 생각이 들면 당연히 안 간다고 떼를 써도 내려 보낼 것이다."

"그걸 제가 어떻게 믿습니까? 만약 제자가 되어도 못 내려가면 그땐 저더러 어쩌라는 겁니까?"

"그러니까 나를 못 믿겠다?"

"세상에 믿을 사람이 어디 있습니까? 온통 등쳐 먹을 궁리나 하는 사람들뿐인데."

사람에게 받은 상처는 은우의 가슴속 깊은 곳에 본질적인 불신을 만들어놓았다.

그런 그를 바라보며 노인이 물었다.

"그럼 어떻게 하면 믿을 것이냐?"

은우는 노인이 앉아 있던 바위를 바라보며 말했다.

"저것을 맨손으로 때려 부수면 또 압니까? 제가 믿을지."

"그렇단 말이지?"

바위로 성큼성큼 걸어가며 노인이 말했다.

"내가 바위를 없애면 내 제자가 된다고 했다. 약속은 꼭 지켜라."

"저도 한다면 하는 놈입니다. 그런데 만약 바위를 못 깨부수면……."

쾅!

거침없이 주먹을 내지른 노인의 앞에서 바위가 산산조각이 나서 무너져 내렸다.

"세, 세상에!"

저런 무지막지한 주먹에 벌써 일주일이나 얻어맞았다 생각하니 오금이 저려온다.

"도대체 어르신은 누구십니까?"

"제자가 되면 모든 것을 알려주마. 어떠냐? 제자가 될 테냐?"

딱히 다른 방법이 없어 보이는 상황. 결국 은우는 고개를 끄덕이고 말았다.

"…알겠습니다. 제자가 되겠습니다."

그제야 노인의 주름진 얼굴에 화색이 돈다.

"그래, 너는 이제부터 우리 신비문의 35대 제자이니라. 나는 34대 제자이자, 이곳 신비문의 문주다. 이제부터 하늘의 이치를 깨닫고 심안을 통탄하는 법을 배울 것이다."

도무지 알아들을 수 없는 소리만 대해는 노인을 바라보던 은우는 속으로 한숨을 푹 내쉬었다.

'아무래도 정상은 아닌 것 같은데…….'

노인이 속으로 호박씨를 까고 있는 은우에게 씨익 미소를 지었다.

"이놈이 속으로 사부의 욕을 하다니, 정녕 죽고 싶어 환장했구나. 세상에 이렇게 정상적인 사람이 또 어디에 있다고."

정확하게 자신의 생각을 들킨 은우가 화들짝 놀라 손사래를 쳤다.

"예?! 그, 그게 아니라……."

노인은 눈을 살며시 감고 말했다.

"심안을 통달하면 상대방이 어떤 생각을 하고 있는지 알 수 있지. 물론 너의 경우에는 한 300년 동안 신비공을 연성하면 심안을 얻을 수도 있어."

도대체 이 노인은 그럼 몇 살이나 먹었다는 것인가?

은우가 고개를 갸웃거리며 물었다.

"그럼 사부님은 그것을 얻었다는 말입니까? 그럼 도대체 연세가 어떻게 되신다는 겁니까?"

"나이는… 알아서 생각해라. 어찌 되었든 나는 심안을 통탄하였다. 그러니 너의 생각을 읽을 수 있던 것이 아니겠느냐?"

"무슨 이렇게 말도 안 되는……."

"말이 되는지 안 되는지는 일단 겪어보고 말하거라."

졸지에 초인 사부가 생긴 은우는 제대로 된 고생이라는 것을 경험하게 되었다.

*　　　*　　　*

가슴에 손을 얹고 은우 인생을 통틀어 단연코 이렇게 무지막지하고 무식한 훈련법이 있다는 소리는 들어본 적이 없었다.

아침이면 계곡물을 길어다 밥을 짓고, 점심이면 몸에 50kg은 족히 나가는 추를 매달고 무작정 헤엄을 친다.

말이 좋아 헤엄이지, 그냥 물에서 허우적거리다 익사하겠다 싶으면 간신히 건져 올리는 정도다.

그리고 저녁만 되면 무작위 구타가 시작되는데, 요 며칠 맞는 요령이 생겨서 쉽사리 기절하지는 않지만 그것이 더욱 괴로움을 증폭시킨다.

게다가 밥을 짓거나 잠을 잘 때도, 심지어는 화장실을 가는 순간에도 불시에 손과 발이 날아온다.

가장 긴장이 되는 순간은 아마 대변을 보는 순간일 것이다.

얼마 전에는 큰일을 보다가 맞아서 기절을 한 적도 있었다.

상황이 이쯤 되자, 변비는 물론이고 신경쇠약 직전에 이르렀다.

숲 속에서 바지를 내리고 쪼그려 앉은 은우가 한숨을 푹 내쉰다.

"제발……. 사람이 먹고 쌀 때는 좀 건드리지 말았으면 하는데……."

하지만 그의 바람은 절대로 이뤄지지 않는다.

벌써부터 멀리서 사부의 강렬한 기운이 느껴지기 시작했다.

"빌어먹을!"

재빨리 바지춤을 올리는데, 다시 그의 기운이 멀어졌다.

슬슬 눈치를 보던 은우가 이내 다시 배설의 자세를 잡았다.

"이제 좀……."

하지만 살짝 힘을 주려던 찰나, 다시 사부가 빠른 속도로 달려온다.

"이런!"

너무 놀라 미처 힘 조절에 실패한 은우의 엉덩이에 배설의 작은 결정체가 매달렸다.

"세월 좋구나!"

전광석화처럼 달려온 사부가 은우의 안면에 나래차기를 날렸다.

퍼억!

"커헉!"

그대로 뒤로 고꾸라진 은우가 바닥에 갈색 흔적을 남기며 비탈 아래로 미끄러져 내려갔다.

입에 거품을 물고 쓰러진 은우를 보며 그의 사부가 작게 읊조렸다.

"항상 긴장해야지……. 벌이다, 이놈아!"

*　　　　*　　　　*

그렇게 죽지 못해 사는 동안, 사부라는 사람이 은우에게 가르치는 것은 딱 하나였다.

맞는 순간에도 마음을 비우고 자연의 기운을 느끼라는 것이었다.

그러나 맞고 기절을 할 정도로 심각한 구타를 당하면서 마음을 비우는 것이 결코 쉬운 일은 아니었다.

하지만 놀랍게도 이런 극한의 상황을 계속해서 겪다 보니 감각이 발달하고, 정말로 심신의 여유가 생기기 시작했다.

그렇게 정확히 6개월이 지났고, 이제는 어디서 손발이 날아올지 정확하게 간파를 할 정도가 되었다.

슈우웅!

픽!

노인의 각법을 손으로 막아낸 은우가 씨익 미소를 지었다.

"이제 발차기쯤은 간단하게 막을 수 있습니다."

눈에 잘 보이지도 않는 발차기를 막을 수 있다는 것은 감각이 극도로 발달했다는 소리가 된다는 뜻이다.

이제는 마음을 비운다는 것이 어떤 느낌인지 어느 정도 감이 오려고 한다.

그것은 무념무상의 마음으로, 주변의 모든 공간을 이해하여 작은 공기의 흐름까지 느끼는 것이었다.

은우의 사부는 각법을 날린 발을 거두고 말했다.

"이제 본격적인 수련을 할 때가 된 것 같구나."

"이, 이게 본격적인 것이 아니었으면 도대체 본 훈련은 어떤 것이란 말입니까?"

더 이상 혹독한 훈련이 있다니, 감히 상상조차 하기 싫어진다.

"세상에 끝은 없다. 오로지 새로운 시작만이 존재할 뿐. 잔소리하지 말고 따라오너라."

얼마나 고된 하루가 기다리고 있을지, 은우는 고개를 절레절레 흔들며 그를 따랐다.

*   *   *

사부의 오두막에 처음으로 들어와 본 은우가 탄성을 내질렀다.

황토로 만들어진 오두막은 한 사람이 살기에 충분한 환경을 가지고 있었다.

잘하면 두 사람이 살아도 손색이 없을 정도였다.

"이런 집이 있으면서 저는 왜 만날 계곡에 버려두신 겁니까?"

"내가 일부러 내버려 둔 것이냐? 네가 기절해 있으니 그냥 내버려 둔 거지."

"쳇, 그게 그거 아닙니까?"

"거, 참. 말 많구나. 시끄럽고, 지금부터 이것을 모조리 외우거라."

"이게 뭡니까?"

"너도 이제 엄연히 신비문의 제자가 되었으니 신비공을 익혀야 한다. 그러니 지금부터 혈맥으로 신비공을 운용시키는 법을 외우고 익히거라. 알겠느냐?"

은우는 고개를 가로저었다.

"신비공은 그저 맷집을 기르거나 사람의 마음을 읽는 것이 아니었습니까?"

"멍청한 놈. 그럼 이제까지 내가 너를 무슨 방법으로 기절을 시켰다고 생각하는 것이냐?"

"그, 그럼 이것이……."

"신비공은 찰나의 순간에도 심신을 자연과 동화시켜 그것을 몸으로 받아들이는 무공이다. 주변의 사물을 바꾸는 도술 같은 요상한 능력은 없지만, 자연과 네가 동화되는 것은 얼마든지 가능하지. 예를 들자면, 내가 바위를 부수던 것을 보면 알 수가 있지."

아주 오래된 고서적을 손에 쥔 은우가 물었다.

"그런데 이것을 제대로 연성하고 있는지 아닌지 어떻게 알 수 있습니까?"

은우의 사부는 슬며시 미소를 지었다.

"다 때가 되면 네가 알 수 있을 것이다. 오늘은 특별히 자는 동안에는 건드리지 않겠다."

"저, 정말입니까?!"

"이놈이 속고만 살았나!"

"헤헤, 하도 맞아서 그만……. 그럼 정말로 잡니다?"

사부는 말없이 고개만 끄덕여 대답했다.

아주 오래되어 글씨조차 제대로 보이지도 않는 책자를 손에 든 은우는 오랜만에 따뜻하게 데워진 아랫목에 누워 단잠에 빠져들었다.

＊　　　＊　　　＊

서울 마포구 소재의 한 PC방, 이곳은 한창 PC게임이 성행하던 바로 그때 붐을 타고 대박을 냈던 곳이다.

하지만 우후죽순처럼 생겨나는 PC방들의 경쟁으로 인하여 지금은 동네에 하나쯤은 있는 지하의 곰팡이 핀 PC방일 뿐이다.

이런 후줄근한 곳에 깔끔한 수트를 입은 청년 세 명이 들어왔다.

얼굴의 절반쯤은 가릴 법한 안경을 쓴 PC방 사장이 그들을 맞았다.

"어서 오세요. 비회원은 1,000원, 회원은 700원입니다. 카드 가지고 가시면 제가 재떨이랑 헤드셋을 가져다 드릴 테니……."

그러나 말끔하게 생긴 청년들은 그의 말을 끝까지 듣지도 않고 그저 명함 한 장을 건넬 뿐이었다.

DY그룹 경호팀 팀장 강민혁.

"혹시 정만호 씨 되십니까?"

"그런데요?"

DY그룹 사람들이라던 청년들은 서로 눈빛을 교환하며 빠르게 의사를 주고받더니 이내 말을 이었다.

"잠시 저희에게 시간을 좀 내어주실 수 있겠습니까?"

"무슨 일이신데요?"

팀장이라던 사람이 사진을 한 장 꺼냈다.

군복을 입고 작업을 하는 사진인데, 사진 속 인물이 상당히 준수해 보인다.

만호는 자신을 보고는 화들짝 놀라서 청년들을 바라보았다.

"혹시 이 사람을 아십니까?"

만호는 화들짝 놀라서 그들을 다시 바라본다.

"으, 은우인데……. 이 녀석은 제 군대 동기인 은우입니다. 이은우요."

"지금도 연락하면서 지내십니까?"

순간, 만호는 별의별 생각을 다 해본다.

'혹시, 이놈이 빚 때문에 도망을 다니고 있나?! 보증? 사기? 아니면……'

상황이야 어찌 되었든 일단 만호는 그들의 질문을 무마시키기로 했다.

"아이고, 은우를 찾으려고 오셨구나. 하지만 저는 지금 은우와 연락이 전혀 되지 않습니다. 이거 죄송해서 어쩌나?"

하지만 팀장은 고개를 저었다.

"절대로 이은우 씨에게 피해가 가는 일은 없을 겁니다. 저희들은 그저 이은우 씨와 그의 아버님을 만나게 해드리고 싶을 뿐입니다."

"아버지요? 은우는 그런 얘기 안 하던데."

"알 리가 없습니다. 어려서 헤어진 부모님이시니까요. 아마 본인은 까마득하게 모르고 있을 겁니다."

아버지를 만나는 일이라니, 만호의 머릿속이 상당히 복잡해진다.

"설마하니 제가 DY그룹을 사칭하는 사람이라고 생각하신다면 그룹 본사에 전화를 걸어서 직접 확인을 해보셔도 좋습니다."

만약 자신의 일이라면 아니라고, 잘못 찾아왔다고 딱 잘라 말하겠지만 괜히 군대 동기의 연락처를 알려주었다가 무슨 변이라도 생기면 큰일이다.

"사장님께서 무슨 걱정을 하시는지 저도 모르는 바는 아닙니다. 그동안 연락이 두절되었던 사람을 찾아다닌다면 분명 이상하게 생각하시겠지요. 그러나 사장님께서 생각하시는 그런 일은 절대로 일어나지 않을 겁니다. 만약 이은우 씨에게 앞으로 변고가 생긴다면 직접 경찰에 신고를 하시죠."

그는 신분증까지 내어놓으며 자신의 결백을 주장하였다.

이렇게까지 간절하게 찾는다니, 정말로 아버지가 은우를 찾는 모양이다.

만호는 연락처 하나를 건넸다.

"여러분들이 DY그룹에서 오셨다니 제가 한번 믿어보겠습니다. 저도 상당히 오래전에 연락이 끊어져서 지금은 잘 모릅니다. 당시 은우가 사용하던 연락처이니 가지고 가십시오. 제약회사 영업을 한다고 그러던데, 지금은 어떨지 모르겠군요."

청년들은 전화번호가 적힌 쪽지를 잘 갈무리하고 자리에서 일어섰다.

"아무쪼록 이렇게 협조를 해주셔서 대단히 감사합니다."

"아닙니다. 만약 은우가 아버지를 찾을 수 있다면 잘된 일 아닙니까?"

PC방을 나서려던 경호팀장이 불현듯 물었다.

"이건 개인적인 질문입니다만, 그분께서는 어째서 군대를 가신 겁니까? 그 조건이면 군복무 면제대상일 텐데요."

은우의 동기 만수는 피식 웃으며 대답했다.

"헛똑똑이 녀석, 병사로 입대해서 이등병 때 말뚝을 박으려고 입대를 했었죠. 하지만 이등병 때 간부지원 대신 영창을 갔습니다. 은우가 한 성질 하거든요."

사내들은 씁쓸한 표정을 지었다.

"그, 그렇군요."

"아무튼 은우에게 아버지를 꼭 찾아주시기 바랍니다."

"협조 감사합니다."

만수는 돌아서 PC방을 나서는 사내들을 보며 은우가 진정으로 아버지를 찾기를 바랐다.

*　　　*　　　*

서울 아현동의 한 달동네, 그곳에 어울리지 않는 고급승용차들이 세 대나 줄줄이 올라온다.

그러더니 차에서 검은색 정장에 선글라스를 쓴 청년들이 대거 하차하였다.

그 무리의 가장 끝에 서 있던 사내가 앞으로 걸어와 다 무너져 가는 판잣집을 바라보며 말했다.

"이곳이 도련님이 사시는 곳인가?"

"그렇습니다. 지금은 퇴사를 하셨지만, 회사에 당시 기록이 남아 있었습니다. 그리고 동사무소에까지 직접 확인을 했습니다."

"후우⋯⋯. 줄곧 이런 곳에서 살고 있었단 말이지?"

"고아원에서 자라나서 연고가 없던 탓이랍니다. 그나마 이것도 간신히 유지하고 계셨다고 합니다."

"회장님께서 아시면 참으로 가슴 아파하시겠군."

옷매무세를 단정하게 고쳐 입은 사내가 대문도 없는 집으로 들어섰다.

그리고는 정중하게 소리쳤다.

"계십니까?"

아무렇게나 슬리퍼가 놓여 있던 방에서 문이 드르륵 열리더니 한 여인이 고개를 내밀었다.

언뜻 보면 고등학생으로 보일 수도 있겠지만, 피부의 상태가 그것이 아니라고 말해주고 있다.

그녀는 한숨을 푹 내쉬며 말했다.

"은우 오빠 찾으러 오셨어요? 은우 오빠라면 이미 이곳에 없어요."

"없다니, 그게 무슨 소리입니까?"

"벌써 빚쟁이들 때문인지 다른 곳으로 날랐다고요. 오빠를 찾고 싶거든 이곳이 아니라 전국에 있는 산을 한 번씩 뒤져 보세요. 무슨 산인가 텐트를 챙겨서 나갔으니까."

순간, 눈이 동그래진 사내가 혹시나 하는 마음에 옆방의 문을 열었다.

드르륵!

"이, 이럴 수가!"

그녀의 말은 사실이었던가?

은우의 방에는 소주병이 널려 있고, 대충 옷을 챙겨서 나간 흔적이 보인다.

그는 다시 고개를 돌려 그녀를 바라보았다.

"아가씨는 이 집 청년과 무슨 관계입니까?"

심드렁하게 그를 바라보던 그녀가 갑자기 얼굴을 붉히며 몸을 배배 꼰다.

"관계라기보다는……."

"그냥 오빠 동생 하는 사이입니까?"

그녀가 사내에게 불현듯 소리를 빽 질렀다.

"무, 물론 지금이야 그렇죠! 하지만 언젠가는 기회를 봐서 내가 전세를 역전시킬 거예요. 이래 봬도 지금 CPA를 준비하고 있다고요. 내가 CPA만 붙어봐요, 오빠를 내 남자로 만들어 버릴 테니까."

도무지 이해가 안 되는 말을 하고는 있지만, 대충 각별한 사이는 아니라는 소리 같다.

사내는 슬쩍 고개를 숙였다.

"아무튼 협력 감사합니다."

고개를 숙인 그가 밖으로 나와 부하들에게 다급하게 말했다.

"큰일이다! 도련님이 없어지셨어. 무슨 수를 써서라도 찾아야 한다. 알겠나?"

"알겠습니다!"

빠르게 자동차에 오르려는 부하 중 한 명을 지목한 사내가 명령했다.

"너는 이곳에 상주하면서 상황을 주시해라. 혹시나 도련님이 돌아오실 수도 있다."

"알겠습니다."

차에 오른 사내가 입술을 깨물었다.

"도대체 어디 계신 겁니까?!"

*　　　*　　　*

서울대학병원 1인 특실 병동, 이곳에 입원을 했던 제이슨 리 회장이 기력을 되찾은 듯 자리에 앉아서 미음을 먹고 있다.

안색은 다시 평상시로 돌아온 듯하지만 표정은 그렇지가 못했다.

병실의 문이 열리며 대니가 들어와 고개를 숙였다.

"일어나셨습니까, 회장님."

"그래, 어서 오게."

식사를 하던 제이슨 회장이 식판을 물리고 대니를 바라보았다.

"내가 지시했던 일은 어떻게 되었나?"

대니는 주변을 슬쩍 둘러보더니 관계자들을 모두 밖으로 내보냈다.

워낙에 민감한 사안이라 누가 들을까 봐 걱정이었던 것이다.

"고아원부터 중학교, 고등학교 친구들, 그리고 군대 동기들까지 모조리 찾아다녔습니다만 현재는 종적이 묘연할 뿐입니다."

"종적이 묘연하다?"

"반년 전 제약회사를 다니다 해고를 당하다시피 회사를 나가고서는 지금까지 연락이 없답니다."

"이런……."

"하지만 걱정 마십시오. 제가 반드시 찾아서 오겠습니다."

"꼭 그래야 한다네. 꼭……."

아련한 회장의 눈동자를 바라보는 대니의 마음도 편하지는 않은 것 같다.

걱정 어린 회장의 기분을 풀어주기 위해서 대니가 화제를 전환했다.

"아참, 제가 도련님에 대해서 몇 가지 알아본 결과, 도련님의 특징에 대해서 다들 같은 말을 했습니다."

"특징이라, 말해보게."

"머리가 상당히 비상했다고 합니다. 그래서 학교를 다니던 시절에도 도련님을 말로써 이길 수 있는 사람은 아무도 없었다고 합니다. 심지어는 학교 선생님들도 한 수 접을 정도였다고 합니다."

"하하, 그놈 참! 그 피가 어디 가지는 않는 모양이군."

"그렇게 두뇌가 뛰어난 덕분에 고졸 학력을 가지고도 제약회사 영업직에서도 살아남을 수 있었던 것입니다. 현재는 불의의 사고로 퇴사를 했지만, 당시에는 로비와 접대, 포섭과 협상에도 능해서 그쪽에서는 꽤 인정을 받았었다고 합니다."

아들의 얘기를 들으니, 천하의 제이슨 회장도 입가에 친근한 미소를 지을 수밖에 없었다.

하지만 아련한 아들의 활약상을 들으니 더욱더 보고 싶어지는 것 같았다.

"너무나도 궁금하군. 원래는 나보다 제 어미를 더 닮았었는데 말이야."

"조만간 좋은 소식을 들려 드리겠습니다."

"늦지는 않았으면 좋겠군……."

"최선을 다하겠습니다."

제이슨 리 회장은 부하의 어깨를 살짝 두드려 주었다.

*　　　*　　　*

아무도 없이 물만 조용히 흐르는 계곡의 한가운데, 은우가 바위에 가부좌를 틀고 앉아 있다.

신비공의 기운이 백회혈부터 시작하여 그의 온몸을 통과하면서 자연의 푸르른 기운을 마음껏 빨아들인다.

그러는 과정에서 혈액 속으로 산소와 같이 신비공이 녹아들어 신체가 점점 단단해진다는 느낌이 든다.

은우가 비급을 전해 받고 잠에 빠진 다음 날, 사부는 작은 쪽지 한 장을 덩그러니 남기고 사라졌다.

네가 잠에서 깨었을 때, 나는 이미 이곳에 없을 것이다. 이곳은 신비공을 연성하지 못한 사람은 들어올 수조차 없는 문파의 성지 같은 곳이다. 이곳에서 이 사부는 200년 동안 신비공을 연성했단다. 아무도 들어올 수도 없는 이곳에서 말이지. 언젠가는 인연이 닿아서 제자를 만날 수 있을 것이라는 사부님의 한마디 유언 때문이었어. 신비공을 아예 알지도 못하는 네가 이곳에 들어온 것은 대단한 인연이 아니냐? 이제 네가 신비문의 문주로서 이곳을 지키고 더 나아가 세상에 좋은 기운을 많이 퍼뜨리기 바란다. 부디 신비공을 성공적으로 연성하여 큰 사람이 되기를 바란다. 사부가.

추신—참고로 이곳이 편하다고 배를 깔고 누워 있다간 어김없이 이 사부의 구타가 작렬할 것이다. 명심하거라.

참 얼렁뚱땅 만나서 말도 안 되게 헤어지는 어처구니없는 인연이 아닐 수가 없다.

그러나 이제는 신비공의 존재를 알고 사용할 수 있는 은우는 과연 사부가 어떤 마음이었을지 짐작을 할 수 있을 것 같았다.

처음에는 더 있으라고 해도 있기 싫었던 이곳이 이제는 평생 나고 자란 듯이 익숙해졌다.

소소하게 주변 숲에서 먹을 것을 구해 그날을 먹고 지내며, 자연과 벗 삼아 심신을 단련하니 그야말로 신선놀음이 따로 없었다.

정말 처음, 사부가 말했던 대로 나가라 해도 나가기 싫을 정도다.

하지만 사부의 말씀을 거스를 수는 없는 일, 이제 그가 목표한 경지에만 도달한다면 이곳을 나갈 것이다.

신비공은 신체를 단련해 줄 뿐 아니라, 뇌기능과 육감까지 단련시켜 주는 무공이다.

처음에는 천자문의 하늘 천도 읽지 못하던 은우가 비급을 읽을 수 있었던 이유는 바로 뇌기능의 발달 덕분이었다.

하루 만에 천자문을 모두 외워 버릴 정도의 가공할 만한 기억력과, 어째서 이 혈도가 중요한지, 사혈인지 이해할 수 있는 이해력도 생겨났다.

사람은 역시 겪을수록 성장을 하는 법이다.

악연이라 생각했던 신비문은 은우에게 기연이었던 것이다.

*   *   *

은우가 이 계곡에 들어온 지 벌써 1년이 다 되어간다.

사부의 말씀대로 이제 슬슬 이곳을 떠날 때가 된 것 같다.

어차피 이곳은 그 누구도 들어올 수 없으니 은우는 이곳에 텐트와 집기들을 모두 놓고 가기로 했다.

이제부터 이곳이 은우의 사문이고, 집이 된 것이다.

사문을 떠나면서 그는 마당에 대고 넙죽 절을 했다.

사부가 없으니 맨땅에라도 절을 하고 하산을 해야겠다는 생각이 든 것이다.

"만수무강하십시오!"

인사를 마친 은우가 너덜너덜해진 옷을 기워 입고 사문을 나섰다.

올라올 때만 해도 늦봄의 끝자락에 있었는데, 벌써 1년이 지나 여름이 성큼 다가와 있다.

벌레 소리가 전보다 커지고 다양해져, 이제 곧 폭염이 시작될 것임을 가늠케 하였다.

주머니에 남아 있던 돈을 모조리 털어서 아직 보증금이 조금 남은 그의 집으로 향했다.

그 첫 번째 순서로 고속버스 터미널에 도착한 은우가 매표소에 들어섰다.

"서울 한 장이요."

비록 옷은 누더기지만, 신비공으로 인해서 인체가 재구성된 은우의 피부는 맑고 투명한 새살 그 자체였다.

예전에 한창 유행했던 '꽃거지'를 보는 것 같았다.

아직 휴가철이 아니라서 다소 한산하게 버스를 타고 서울로 향하게 된 은우는 왜 사부가 세상과 단절하고 신비공을 연성했는지 이해할 수 있었다.

많은 사람들이 서로 섞여 사는 이 사회에서 항상 평정심을 유지하고 모든 것을 비워내야 하는 신비공을 극성으로 연성하기엔, 이 세상은 적합하지 않았던 것이다.

하지만 그렇다고 익혔던 신비공이 없어지는 것은 아니기 때문에, 크게 걱정할 것은 없어 보인다.

혼자서 버스를 타고 돌아가는 길에도 그는 마음을 비우고 신비공을 사용하는 법을 반복해서 머릿속에 그렸다.

그러자 그의 혈맥을 타고 이곳에 남아 있던 자연의 기운이 빠른 속도로 회전한다.

도심이라고 아예 자연의 기운이 없지는 않은 모양이다.

그렇게 몇 시간이나 달렸을까? 버스는 동서울터미널에 도착해 있었다.

지리산과는 비교도 될 수 없을 정도로 사람이 많은 터미널에 도착하니 넝마주이 차림이 다소 부담이 된다.

하지만 그런 부담은 은우에게 문제가 되지 않는다.

마음을 비우고 집까지 가면 그만인 것이다.

지하철을 타고 그가 살던 아현동 마지막 판자촌에 도착했다.

이 달동네도 이제 곧 재개발에 들어간다고 말이 많은 곳이다.

덕분에 보증금을 얼마간 남기고도 짐을 남겨놓을 수 있었던 것이다.

대문도 없는 판자촌 단칸방에 도착한 은우가 슬그머니 미소를 지었다.

"감회가 새롭군. 그래, 초가삼간이면 어때? 누워서 잘 수만 있으면 그만이지."

무려 1년 동안이나 노숙을 해왔으니, 이 정도면 감지덕지라는 생각이 들 만하다.

얼마 되지도 않는 짐을 풀기 위해서 방문을 여는데, 옆집에 살던 별님이 생각이 난다.

은우는 조금은 설레는 마음으로 그녀의 방문을 두드려 보았다.

똑똑.

"별님아, 오빠야. 집에 있어?"

은우와는 두 살 차이가 나는 별님은 스무 살 때부터 CPA(공인회계사 시험)를 준비하던 아이다.

시험에 필요한 학점을 이수한 이후에는 학교에 나가지 않고 방구석에 처박혀 공부만을 하던 별님은 가끔 은우에게 장난을 치거나 술동무를 하자고 조르던 아이다.

다음번에는 무조건 시험에 통과해서 은우에게 시집을 오겠다던 알 수 없는 캐릭터의 인물이기도 하다.

"별님이가 이사를 갔나? 하긴, 이런 동네에 오래 살아도 좋을 것은 하나도 없지."

1년이 지나서 변한 것은 은우 한 명이 아니었던 것이다.

은우의 몸이 변하는 동안 그의 주변 역시 빠르게 변화하고 있었다.

Chapter **03**

우연은 또 다른 우연을 부른다

VIRGI...

Bermudes
ou I. d'Este

LUCAYA

MARE

CUBA MEXICANA

NOVA HISPANIA

HISPANIOLA

Curacao

Martinique
CARIBES I.

Golfe du Orenoque
C. Nassau
Berbice R.

NO

MARE

AMERICA

BRASIL

MERIDIO
o
GUAYRATII

CHILI

PARAGUAY

URUGUAY

백수,
재벌 되다

아무리 신비문에서 1년 동안 수련을 했다지만 은우도 음식을 먹고 옷을 입어야 살 수 있다.

이것이야말로 이 사회가 돌아가는 진리와도 같은 것이라고 할 수 있을 것이다.

당장 취직을 하자니 집안에 쌀이 한 톨도 없던 터라, 은우는 막노동 공사판을 찾았다.

신체 건장한 청년이 공사장에 드나드는 광경은 썩 보기 좋은 모습은 아니었지만, 지금 그가 당장 돈을 마련할 수 있는 방법 이 이것뿐이었다.

쾅쾅쾅!

"어이, 총각! 밥 먹고 해!"

"예, 알겠습니다!"

손에 들고 있던 망치를 대충 정리해 놓고 인부들이 모여 있는 자리로 향한 은우가 손을 씻고 바닥에 엉덩이를 붙이고 앉았다.

막노동판에 한 가지 좋은 점이 있다면, 먹는 것에는 절대로 인색하지 않다는 점이다.

만약 이렇게 힘든 노동에 먹을 것까지 소홀하다면 버틸 수 있는 사람은 아무도 없을 것이다.

마파람에 게 눈 감추듯 밥을 먹어치우던 은우의 주머니에서 전화벨 소리가 울린다.

따르르릉!

"여보세요?"

ー이은우 씨 되십니까?

"예, 그렇습니다만, 누구십니까?"

ー안녕하십니까? 저희는 주성제약이라는 회사입니다. 저희 쪽에 이력서를 넣어주셨더라고요.

"맞습니다. 제가 입사 지원을 했었습니다."

ー그래서 저희가 면접을 좀 보고 싶어서 연락을 드린 겁니다. 내일 면접입니다만, 시간 괜찮으십니까?

은우가 다녔던 강성제약의 뒤를 바짝 쫓던 주성제약은 은우가 받던 인센티브와 기본급에는 미치지 못하지만 꽤나 괜찮은 조건의 회사다.

그는 환하게 웃으며 대답했다.

"네, 가능합니다!"

ー알겠습니다. 그럼 내일 날짜로 면접을 잡아놓겠습니다. 4시까지 회사로 나오세요.

"감사합니다!"

깍듯하게 영업용 인사를 한 은우가 기쁨에 겨운 표정으로 전화를 끊었다.

*   *   *

대졸 학력은 기본인 제약회사 영업부에서 또 다시 연락이 올 줄은 꿈에도 몰랐던 은우는 아주 기쁘고 가벼운 마음으로 면접장을 찾았다.

한데 은우는 면접장 광경을 보며 화들짝 놀라 입을 떡 벌리고 말았다.

예전 제약회사 영업은 영업계의 3D라고 하여 고학력자들 사이에서는 소문이 상당히 안 좋은 편에 속해 있었다.

돈은 많이 벌지 몰라도 1년을 버티지 못하고 회사를 나오는 경우가 비일비재했던 것이다.

그러나 지금 은우가 보고 있는 광경은 조금 다르다.

지원자 수가 예전에 은우가 면접을 보던 시절의 두 배는 되는 것 같다.

강성제약에서 일하던, 불과 4년이 지난 지금, 청년실업은 그때보다 더 심각해져 있었던 것이다.

본의 아니게 사람들이 하는 얘기를 들어보니 토익 고득점자도 있고, 이름만 대면 다 알아주는 대학을 졸업한 사람들도 있다.

"취업대란은 나 혼자 겪는 것이 아니었군그래."

취업하기가 하늘에 별 따기라는 요즘, 정말 직업에 귀천이 없어지고 있었다.

순번대로 면접이 진행되고, 은우가 면접을 볼 차례가 되었다.

네 명이 줄을 지어 면접장으로 들어서는데, 두 명은 쭈뼛쭈뼛 살짝 고개를 숙이고 나머지 한 명은 아예 인사를 제대로 하지도 않는다.

은우는 예의 바르게 고개를 숙여 면접관들에게 인사를 했다.

"안녕하십니까? 고생 많으십니다."

가는 말이 고우면 오는 말 역시 고운 법이다.

면접관들은 서글서글하게 웃는 은우에게 호감이 가는 모양이다.

"반가워요. 인상이 좋네."

"감사합니다."

나머지 구직자들도 아차 싶었던지, 은우와 같은 방법으로 인사를 했다.

하지만 이미 버스는 떠났고 면접관들은 눈길조차 주지 않는다.

맨 첫 번째에 앉은 은우에게 질문이 던져지며 본격적으로 면접이 시작되었다.

"26번, 이은우 씨."

"예."

"저희들이 서류 전형에서 이은우 씨를 탈락시키지 않은 것이 바로 제약회사 4년 경력에 대리로 퇴사를 했다는 점이었습니다. 정말 강성제약 영업부에서 4년 동안 있었습니까?"

고졸로 제약회사에 취직했다는 것이 믿기지 않는다는 듯 묻는 면접관에게 은우가 당당하게 대답했다.

"예, 그렇습니다."

"오호라, 그렇다면 약간의 노하우가 있겠네요?"

"의사와 약사들과 대화를 하면서 그들을 다루는 것 정도는 할 수 있습니다. 눈칫밥 3년이면 그 정도는 터득할 수 있습니다."

면접관들은 은우가 마음에 드는 모양이다.

네 명 중 두 명은 볼펜을 내려놓고 은우의 말에 집중을 한다.

"그래요? 그렇다면 그 노하우를 좀 들어볼 수 있을까요?"

"영업은 사람을 상대하는 일입니다. 고객 개개인의 취향에 자신을 맞추는 것은 기본이고 센스있게 약사나 의사들이 좋아하는 것들을 알아서 챙겨주는 일도 필요합니다. 그리고 가장 중요한 것은 한 번 실패했다고 포기하는 것은 금물이라는 겁니다. 영업에 궁극적인 요소는 바로 인내와 근성이라고 생각합니다."

"이은우 씨는 정말로 이쪽에 노하우가 좀 생긴 모양인데요? 영업에 대해서 아주 잘 알고 있어요."

"그래도 욕먹고 이리 치이고 저리 치이기는 마찬가지입니다."

면접관들은 은우의 말을 긍정적으로 듣는 듯했다.

"좋습니다. 잘 들었습니다."

무사히 다음으로 넘어가려던 심사위원 중 한 명이 날카로운 지적을 한다.

"그런데 잘나가던 영업사원이 어째서 회사에서 해고를 당한 겁니까? 서류에는 구조조정으로 나와 있습니다만."

그러니까 실적이 없어서 잘렸는지, 부정을 저질러서 잘렸는지가 궁금하다는 얘기다.

너무나 정곡을 찌르는 질문이라, 천하의 은우 역시 대답을 하기가 상당히 곤란해졌다.

"대답하기 싫으면 하지 않아도 됩니다."

퇴사를 하던 때부터 은우는 이런 상황을 충분히 예상해 왔다.

그는 솔직한 자신의 얘기를 짧게 늘어놓았다.

"솔직히 말씀드리자면 리베이트 문제 건으로 해고를 당했습니다. 물건을 팔아먹는 영업사원은 때론 불의를 이용할 줄도 알아야 한다고 영업부장이 말했기 때문이죠. 하지만 결국 저는 해고를 당했습니다."

"물건을 팔기 위해서 위법을 저질렀다?"

"그렇습니다. 로비와 뒷돈으로도 감당이 되지 않는 종자들이 꼭 있더군요. 그래서 리베이트를 준다고 말발을 세웠습니다."

유일하게 여자 면접관인 그녀는 흥미롭다는 듯한 표정을 지었다.

"그래요, 알겠습니다."

은우는 그녀를 보며 씁쓸한 입맛을 다셨다.

그러나 면접관은 은우와 정반대의 표정을 지었다.

"결과야 두고 봐야 알겠지만, 만약 이은우 씨와 일한다면 앞으로 재미있는 일이 많을 것 같군요."

"감사합니다."

면접관들이야 항상 포커페이스를 유지한다지만 은우에게는 약간의 희망이 보이는 듯했다.

*　　　*　　　*

　4년 동안 경제가 나아지기는커녕 살기가 더욱 각박해졌다.

　동네에 절반은 백수고, 나머지는 학생이다.

　그중에 군계일학으로 취직을 하는 사람들도 있지만, 그들은 운이 좋거나 선택을 잘한 케이스다.

　은우가 살고 있는 동네가 후미진 곳에 있기 때문에 상황이 나쁜 것이 절대로 아니다.

　멀쩡한 4년제 대학을 나온다고 해서 취업이 보장되는 것은 절대로 아니며, 스펙을 높게 쌓아도 면접에서 떨어지는 경우가 허다하다.

　얼마나 취직하기가 힘들면 취업 전략은 물론이고, 면접 족보까지 인터넷에 떠돌겠는가?

　막노동판에서 삽질을 하는 것도 하루이틀이지, 은우는 이제 슬슬 걱정이 되기 시작했다.

　그의 나이 스물일곱, 많다면 많은 나이고 적다면 적은 나이다.

　생각 같아서는 보험이라도 팔고 싶지만 일단 경과를 좀 더 지켜보며 면접에 힘쓰기로 했다.

　결국 일주일에 면접을 두 번이나 죽 쑤고 나서야 주성제약 면접에서 간신히 좋은 결과를 기대하게 된 은우의 얼굴은 어제보다는 편안해 보였다.

은우가 가파른 언덕을 올라가는데, 멀리서 익숙한 그림자들이 보인다.

"어이, 은우야!"

은우의 중학교 친구들이 어쩐 일인지 집 앞에서 그를 기다리고 있었다. 1년 만에 집으로 돌아온 후 친구들에게 연락을 돌렸더니, 오늘 날 잡고 만나러 온 모양이었다.

한데, 그들의 차림은 은우의 후줄근한 복장과는 다르게도 말끔한 정장차림이다.

친구들을 보고서 도망을 칠 수도 없고, 은우는 최대한 마음의 평정심을 유지하여 민망하고 창피한 마음을 가라앉혔다.

"너희 왔냐?"

은우와 친했던 친구들은 그의 후줄근한 모습을 보고도 아무렇지 않게 포옹을 하고 악수를 청한다.

자신의 옷이 더러워지는 것은 신경 쓰지 않는 것을 보면 역시 친구가 좋기는 좋은 모양이다.

"야, 인마! 근데 1년 동안 도대체 어디에 처박혀 있었던 거야? 내가 전화를 백만 번은 했을 거다, 이 자식아."

"그랬냐? 내가 좀 사정이 있어서 말이야."

"하여간 희한한 자식이야. 1년 동안 잠수를 탈 만한 곳이 도대체 어디야? 여자랑 동거했냐?"

"미친놈, 동거는 무슨! 아니야, 그런 거."

"너무 강하게 부정하는 것이 좀 이상한데? 이 새끼 이거, 뭔가 있어."

"있긴 뭐가 있어, 인마! 그런 것 없어."

오랜만에 친구를 만나니 덩달아 기분이 좋아지는 것 같다.

"그런데 어쩐 일로 이렇게 떼를 지어 몰려왔냐?"

"아참, 내 정신 좀 봐. 빨리 들어가서 옷 먼저 갈아입고 와."

"옷? 갑자기 그건 왜?"

"새끼, 하여간 말 많은 것은 여전하구만? 일단 말끔하게 하고 나오면 설명해 줄게. 잽싸게 갔다 와, 어서!"

친구들에게 등 떠밀려 집으로 들어선 은우가 하는 수 없이 샤워를 하고 말끔한 차림으로 갈아입었다.

먼지가 덕지덕지 묻어 있던 머리를 감아내고 옷을 갈아입으니, 은우는 훤칠하고 멋있는 청년으로 변해 있었다.

"이야, 역시 은우가 다른 것은 몰라도 말발하고 인물은 좀 된 단 말이야. 그치?"

"그러게. 솔직히 활용을 안 해서 그렇지 대가리도 저 정도면 괜찮지, 뭐."

친구들의 칭찬에 머쓱해진 은우가 괜히 그들의 어깨를 툭툭 쳤다.

"왜 이래? 징그럽게. 그런데 도대체 무슨 일이냐? 오늘 누구 장가 가냐?"

"이 밤에 장가를 가는 놈이 어디 있냐? 오늘 동창회야."

"동창회?"

"원래 전화로 말하려다 하도 연락이 안 돼서 직접 우리가 왔어. 살아 있는 것을 확인 좀 할 겸 해서 말이지."

"나는 지금 좀……."

친구들은 은우의 등을 떠밀었다.

"그만큼 잠수 탔으면 됐다."

"그래도……."

자신의 처지를 생각해서 동창회에 나가지 않으려는 은우에게 친구들이 화내듯 말했다.

"가서 술이나 한잔하자. 어차피 사람도 몇 명 안 왔다고 그랬어. 그리고 네가 잘 나갈 때 도움받은 놈들도 몇 있잖아. 안 그래?"

"그렇기는 하지만……."

"가자, 가자! 가서 소주도 한잔하고 말이야. 간사가 누구더라?"

은우 옆에 있던 곱슬머리의 친구가 손뼉을 치며 말했다.

"아, 맞다! 걔 있잖아, 경석이라고 알지? 왜, 공부는 잘했는데 싸움은 지지리도 못했던 놈 있잖아."

은우의 기억에 경석은 상당히 약삭빠른 아이로 각인되어 있다.

"그 박쥐 같은 새끼?"

"큭큭, 그래. 그 박쥐가 맞아."

"그놈이 동창회를 주최했는데, 어차피 사람도 별로 없다고 했어. 그러니까 박쥐 새끼는 신경 끄고 우리끼리 술 마시면 되는 거야."

"근데 그 새끼 좀 지랄 같던데, 저번 동창회 때도 좀 거시기했거든."

"아하, 거들먹거리는 거 말하는 거야?"

안 봐도 청사진이 딱 그려지는지 은우가 툭 던지듯 말했다.

"끝까지 지랄 같은 새끼네, 그거. 그래서 박쥐라는 거야."

"큭큭큭, 그렇지?"

적절한 은우의 비유에 친구들은 짧게 폭소를 터뜨린다.

이윽고 친구들은 은우에게 다시 한 번 물었다.

"네가 정말 불편하면 그냥 이 근방에서 소주나 한잔하든가."

하지만 은우는 고개를 가로저었다.

"가자. 동창회 나간다고 죽는 것은 아니잖아?"

"휴, 다행이다. 난 은우가 삐칠 줄 알았어."

"내가 너냐? 삐치게?"

"큭큭! 하긴 저놈이 잘 삐치기는 하지."

"험험! 시끄럽고 어서 차에 타기나 해."

연식이 조금 지난 중형차에 올라탄 은우가 그들을 따라서 어디론가 이동했다.

*　　　*　　　*

신촌의 한 술집, 오늘은 누군가 전세를 냈다는 표지판이 입구에 세워져 있다.

"술집을 아예 통째로 빌린 거야?"

"그러게. 난 그런 소리는 못 들었는데?"

은우와 친구들은 동창회가 있을 예정이라는 호프집의 문을 열고 안으로 들어갔다.

거대한 테이블을 디귿자로 붙여 놓은 술집 내부는 상당히 시끄러웠다.

오랜만에 친구들을 만나 수다를 떠는 여자들과 인생 얘기를 나누는 남자들이 어울려 시장통을 방불케 했다.

그러다 별명이 박쥐인 경석이 은우를 향해 손을 흔들었다.

"어이쿠, 이게 누구야? 이은우 아니야?"

이윽고 동창생들은 학창시절 머리 좋고 운동 잘하기로 유명했던 은우에게 일제히 시선을 돌렸다.

"어머, 진짜 은우야? 어쩜 너는 변한 것이 하나도 없니?!"

"그러게, 너무 괜찮아져서 샘이 다 나는데?"

겉모습이야 당연히 뻔지르르한 은우를 보며 동창들은 감탄사를 연발했다.

하지만 경석은 아주 다른 의미로 감탄을 했다.

"요즘 회사에서 잘려 고생이 이만저만 아니라면서? 어휴, 되게 힘들겠다. 공사장에 자리는 있냐?"

은우는 그의 물음에 대답을 하지 않았다.

확실히 그는 은우를 조롱하기 위해서 동창회에 나온 것 같다.

그러니까 다시 말해, 굳이 은우의 친구들을 집까지 가게 해서 은우를 동창회에 나오게 만든 것이다.

그의 곁에 있던 친구들이 발끈해서 주먹이라도 날리려 한다.

"저런 개새끼가!"

"괜찮아. 틀린 말도 아닌데 뭐."

"하, 하지만……."

자신을 만류하는 은우를 보며 친구들은 한숨을 푹 내쉰다.

"저런 새끼는 이번 기회에 사지를 비틀어놔야 해. 언제부터

지가 그렇게 잘나갔다고!"

외국계 대기업에 입사를 했다고 콧대가 하늘 높은 줄 모르고 치솟아 있는 그에게 은우는 별다른 말을 하지 않는다.

그가 능력이 있다는 것은 이번 기회로 인하여 정평이 난 셈이기 때문이다.

"축하한다. 대기업에 취직했다면서."

"하하하! 이은우가 나한테 축하를 다? 이래서 사람들이 기를 쓰고 성공을 하려고 하는구먼?

하여간 고맙다, 이은우."

박쥐 경석은 어려서부터 은우에게 열등감을 심하게 느끼던 아이였다.

항상 공부와 운동, 심지어는 싸움까지 어느 하나 떨어지지 않았던 은우는 그의 적이나 다름없었던 것이다.

어린 시절에야 싸워서 무조건 지니까 그렇다 쳐도, 지금은 상황이 완전히 다르다.

그는 명백히 성공을 했고 은우는 백수임이 분명하기 때문이다.

지금 이 상황이 기가 막히고 어처구니가 없지만 어쩔 수 없는 일이다.

서러우면 은우가 성공을 하든지 로또라도 맞아야 한다.

"아무튼 만나서 반갑다. 오늘은 내가 쏘는 거니까 마음껏 마셔라. 취직 턱이다."

고개를 치켜들고 맥주를 내미는 그에게 은우가 손을 뻗자 그는 병을 그대로 놓아버렸다.

쨍그랑!

사방으로 맥주와 병의 파편이 튀며 시끄러운 소리를 냈다.

"어이쿠, 손이 미끄러졌네? 큭큭!"

"그런데 이 개새끼가……!"

은우의 친구들이 다시 한 번 날뛰려 했지만 은우는 애써 웃으며 사태를 수습했다.

"오늘은 다들 반가웠다. 나중에 또 보자."

돌아서는 은우에게 경석이 비아냥거리는 말투로 물었다.

"어이, 도망 가냐? 겁쟁이야? 큭큭큭!"

이렇게까지 은우를 싫어하는 이유가 도대체 뭘까? 어린 시절 트라우마라도 있는 것일까?

자세한 이유는 모르겠으나, 이대로 있다간 싸움이 날 판이다.

은우는 오히려 자신보다 씩씩거리는 친구들을 데리고 간신히 동창회장을 빠져나왔다.

만약 신비공이 아니었다면 당장에 주먹이 날아갔을 오늘의 일은 은우에게 큰 교훈을 주었다.

'기필코 성공을 해야겠군.'

하지만 다음번에 단둘이 만나게 되면 자신의 사문에 가두어 놓고 혹독한 담금질을 하겠노라 은우는 굳게 다짐했다.

*   *   *

역시 세상은 인간 그대로의 능력을 보는 곳이 상당히 드문 곳이다.

그리고 한 번 악연이 시작되면 그 악연은 좀처럼 끝을 맺기가 힘들다.

거칠게 넥타이를 풀며 달동네를 오르는 은우의 표정이 상당히 씁쓸해 보인다.

설마하니 그곳에서 떡하니 원수를 만날 줄이야, 상상도 못했던 일이다.

하지만 그는 의기소침하지 않는다.

어차피 그에게는 남들에게는 없는 능력이 있고, 아직 젊기 때문이다.

그러던 중, 그의 뒤에 검은 양복을 입은 사내가 천천히 다가왔다.

"혹시 이은우 씨 되십니까?"

"그렇습니다만, 무슨 일이십니까?"

보아하니 은우를 헤치거나 살의를 가지고 있지는 않은 것 같다.

은우의 신상을 알아낸 그가 문득 어딘가로 전화를 걸었다.

그리고 약 5분 후, 다섯 명이 넘는 건장한 사내와 커다란 안경을 눌러쓴 외국인 청년이 은우의 앞에 다가왔다.

"이은우 씨 되십니까?"

"아까부터 제가 은우라고 말씀드린 것 같습니다만?"

서로를 바라보며 눈빛을 교환하던 사내들의 표정이 상당히 밝아진다.

외국인 청년을 비롯한 모든 사내가 다짜고짜 은우에게 고개를 숙였다.

"기다렸습니다, 도련님."

"뭐라고요? 누구요?"

"아버님께서 오매불망 기다리고 계십니다. 어서 가시죠."

은우는 너무 어처구니가 없어서 그만 너털웃음을 짓고 말았다.

"사람 잘못 찾아오셨군요. 저는 고아입니다. 그러니 아버지가 있을 리가 없죠. 주일학교에서 하느님에게 아버지라고 하라고 하기에 몇 번 불러본 것 이외에는 아버지라는 이름을 거론한 적이 없습니다."

그리고는 다시 방으로 들어가려는 은우를 외국인 청년이 다급하게 불러 세웠다.

"당신을 모시고 가기 위해서 이곳에서 일 년 동안이나 기다렸습니다. 확실히 당신이 맞습니다. 그러니 함께 가주시죠."

뜬금없이 아버지라니, 은우는 인상을 확 찌푸렸다.

"나는 아버지가 없다고 몇 번이나 말씀드립니까? 경찰을 부르기 전에 어서 돌아가시죠."

외국인 청년과 사내들은 마당에 턱하고 무릎을 꿇었다.

"제발 한 번만 이해해 주시고 아버님을 뵐 수는 없습니까? 당신의 아버님이… 많이 편찮으십니다."

은우는 고개를 저었다.

"아픈 것은 참 안 되었군요. 하지만 글쎄, 난 아버지가 없다니까요."

도대체 왜 저렇게 자신에게 목숨을 거는 것인지 그는 도무지 알 길이 없었다.

하지만 저들은 일어날 생각을 하지 않는다.

은우가 곤란해하며 가만히 그들을 보고 있자니, 외국인 청년이 입을 열었다.

"아마 도련님은 왼쪽 엉덩이에 손가락만 한 점이 하나 있고, 오른쪽 겨드랑이에 화상자국이 있을 겁니다. 엉덩이에 난 점은 몽고반점이고, 겨드랑이에 난 화상자국은 예전에 어머님께서 실수로 끓는 물을 엎어는 바람에 생긴 겁니다."

은우가 자신의 신체 비밀을 알고 있는 사내를 보며 물었다.

"도, 도대체 당신들 정체가 뭡니까?"

"저는 영국에서부터 도련님을 찾아온 사람입니다. 저희 모두 도련님을 만나서 부자간의 상봉을 이뤄 드리고 싶다는 일념 아래에 최선을 다해왔습니다. 부디 저희의 바람을 꺾지 말아주십시오."

잠시 생각에 잠겼던 은우가 이내 입을 열었다.

"만약 아버지가 계시다면 왜 이제껏 나를 찾아오지 않은 겁니까?"

"평생 도련님을 그리워하셨습니다만, 도련님을 완벽하게 지킬 수 있을 때까지 힘을 키우고 계셨던 겁니다. 자세한 것은 제가 말씀드리기는 힘드니, 아버님을 직접 만나시면……."

"이 세상에 혼자 남은 내가 과연 어떤 모습으로 살았을 것 같습니까? 그런데 이제 와서 다 컸으니 아들 하자고 하면 내가 가서 아들 노릇을 해야 합니까?"

"하지만 천륜을 거스를 수는 없는 겁니다, 도련님."

은우가 사납게 눈을 뜨고 청년을 바라보았다.

"내가 과연 어떤 세상에서 무슨 광경을 보면서 살았는지 당신 같은 사람들이 알기나 합니까?!"

"도, 도련님……."

"도련님이라고 부르지 마십시오. 아비 얼굴도 모르는 놈에게 무슨 도련님 타령입니까? 이만 돌아가 주시죠."

은우는 짧게 말을 끊고 방으로 들어가려 했다. 그 단호한 태도에 외국인 청년은 할 수 없다는 듯 표정을 굳히고 일어났다.

"시간이 없으니, 제가 잠시 결례를 범하겠습니다. 모셔라!"

"예, 이사님!"

건장한 체격의 사내들이 은우에게 다가오는데, 적의가 없는 살기가 느껴진다.

아무래도 힘으로 제압하여 데리고 갈 모양이다.

하는 수 없이 은우는 사문의 무공을 사용하기로 했다.

"적의가 없으니 손속은 두겠습니다. 그럼……."

은우를 제압하기 위해서 손을 뻗는 첫 번째 사내에게 은우가 측면으로 돌며 주먹을 내질렀다.

퍼억!

"커헉!"

슬쩍 손을 뻗은 것 같은데 은우의 두 배는 족히 되어 보이는 사내가 나뒹굴자 모든 사람의 눈이 휘둥그레졌다.

"몇 명이 덤비던 결과는 같을 겁니다. 덤비려면 빨리 덤비시죠."

상대가 보통내기가 아니라는 것을 간파한 경호원들은 선글라스를 벗고 조직적인 포위망을 펼쳤다.

하지만 무공을 익히지 않은 사람은 은우의 상대가 될 수 없다.

그는 포위망을 좁혀오는 이들에게 처음으로 신비공을 전개시켰다.

백회혈에서부터 시작된 신비공의 기운이 은우의 혈맥을 돌아다니며 오장육부의 감각을 극대화시켰다.

그리고 중추신경을 자극하여 초고도의 집중 상태를 만들었다.

은우를 향해서 달려드는 사내들의 움직임이 마치 슬로우 모션처럼 느릿하게 보이며, 그들의 다음 행동을 계산하여 한 발 앞서 행동을 한다.

은우를 붙잡기 위해서 손을 뻗는 사내의 주먹을 주먹으로 튕겨낸 은우가 몸을 한 바퀴 회전시켜 그의 머리를 발로 타격했다.

퍼억!

"커헉!"

그리고 곧이어 미끄러지듯 움직여 나머지 사내들의 품으로 파고들었다.

슈우웅!

신비공은 일정한 초식이나 품세가 없다.

그저 어디를 타격하면 효율적인지를 배울 뿐이다.

은우는 TV에서 보았던 동작들을 머릿속으로 상기시키며 몸을 움직인다.

가장 먼저 빠르게 잽을 치고 왼쪽으로 몸을 틀어 상대의 갈비

뼈를 타격한다.

퍼억!

"쿨럭!"

이미 무력화된 그를 뒤로하고 은우가 몸을 돌리며 턱을 향해 발을 들어 올렸다.

몸이 회전하며 받은 가속도에 신비공이 더해져 가공할 만한 위력이 발생한다.

픽!

"크헉!"

발차기를 맞은 사내는 몸에 경련을 일으키며 쓰러져 버렸다.

순식간에 세 명이 나가떨어지자 나머지 두 명은 놀라움을 넘어 황당하다는 표정을 지었다.

이어 은우는 정확히 급소를 타격하여 그 두 명을 기절시켜 버렸다.

퍼벅!

"으악!"

짧은 외마디 비명을 남기고 쓰러져 간 사내들을 본 청년의 눈이 경악으로 물들었다.

"도, 도대체 이게 무슨……."

"이제 실패를 하셨으니 순순히 돌아가시죠."

방문을 열고 들어가려는 은우에게 청년이 다급히 소리쳤다.

"당신의 아버님은 이제 얼마나 더 살 수 있을지 알 수 없는 상태입니다. 그런 아버님이 혼자서 쓸쓸하게 가족도 없이 돌아가시기를 바라십니까? 당신은 그렇게 매정한 분입니까?"

"뭐가 어째요?"

"의사 말로는 앞으로 얼마나 더 버틸지 알 수가 없다고 했습니다. 만약 운이 나쁘면 오늘 돌아가셔도 이상할 것이 없습니다. 하지만 아버님께서는 오로지 당신의 아드님을 만나겠다는 일념으로 죽음보다 더한 고통을 참아내고 계신 겁니다. 만약 가슴에 손톱만큼의 따뜻함이 남아 계시다면 부디 한 번만 만나주십시오. 다른 것은 부탁드리지 않습니다."

정말 아버지가 살아 있는 것일까?

그는 고개를 갸웃거렸다.

"…그래서 병명이 뭐랍니까?"

"췌장암 4기입니다."

췌장암은 암 중에서도 가장 고통스럽고 견디기 힘든 병이다.

아마 약물치료를 한다면 얼마간 버틸 수는 있겠지만, 너무 고통스러워서 투병을 포기하는 경우가 종종 발생하는 병이다.

은우는 괴롭다는 듯 뒤통수를 긁적였다.

"가나마나 어차피 제가 아들이 아닐 것인데, 왜 자꾸 그러는 것인지 이해를 할 수 없군요."

외국인 청년은 은우에게 다시 애원을 했다.

"만약 당신이 아니라면 제가 그에 합당한 보상을 해드리겠습니다. 그러다 혹시라도 맞다면……."

은우는 그의 말을 단박에 잘라 버렸다.

"거 참, 말이 안 통하는 양반이네. 정말로 나는 천애고아라니까요?"

"한 번만, 제발 한 번만 함께 가주십시오. 그렇게 멀지도 않습니다. 바로 서울대학병원 1인실에 계십니다. 그러니 잠깐만 시간을 내주십시오. 부탁입니다."

도저히 말이 통할 것 같지 않았던지, 은우가 못 이기는 척 수락했다.

"좋습니다. 그 대신 만약 아니라면 당신이 다 책임지는 겁니다."

"당연하지요! 그것은 걱정하지 마십시오."

기쁨에 겨워 날뛰는 그를 보며 은우는 한심하다는 듯 인상을 찌푸렸다.

Chapter **04**
팔자에도 없던 아버지

Bermudes
ou I. d'Este
MARE
Martinique
CARIBES I
Golfo du Orenoque
C. Nassau
Berbice R.
C. Conde als Cecil
R. Amazones
CARIBANA
BRASILIA
PARAGUAY
URAGUAY

백수,
재벌 되다

서울대병원 1인 특실 병동, 다소 경직된 얼굴의 은우가 제이
슨 리라고 써진 푯말 앞에 멈춰 섰다.

"제 아버지가 누구라고요?"

"DY그룹의 제이슨 리 회장님이십니다."

은우는 힘이 빠지는 것을 느꼈다.

"지금 저랑 장난하십니까? 대기업 회장의 아들이 고아원 출
신이다? 대체 무슨 근거로 아까부터 저를 괴롭히는 겁니까?"

은우의 상식선에서는 절대로 이해가 되지 않는 일이다.

재계에서는 이름이 난 저 제이슨이라는 사람이 만약 은우의
아버지라면 어째서 은우를 고아원에 버렸을까 하는 것이다.

"제발 상식선에서 사람을 찾으십시오. 저는 이만 갑니다."

단칼에 돌아서려는 은우의 옷깃을 붙잡은 대니가 다시 애원

을 한다.

"이러지 마십시오. 제발 한 번만이라도 들어가 주시면 안 되겠습니까?"

"남의 아버지를 제가 봐서 뭘 어쩌라는 겁니까?"

"저는 당신을 찾아서 1년 동안이나 헤맸습니다. 그런 정성을 봐서라도 한 번만 들어가 주십시오. 제발 부탁입니다."

결국에는 병원 복도에 무릎까지 꿇은 그를 보며 은우가 화들짝 놀라서 대답했다.

"거, 사람 참! 그렇게 애원한다니, 들어가 보겠습니다. 하지만 억지로 아들 행세를 하라느니 그런 것은 할 수 없습니다."

"당연합니다!"

자리에서 벌떡 일어선 대니가 미소를 머금은 채 병실의 문을 두드렸다.

똑똑.

"들어오게."

인기척을 느낀 제이슨이 먼저 들어오라는 말을 건넸다.

이윽고 문을 열고 은우가 병실로 들어섰다.

은우가 병실에 들어서자, 대니와 그의 측근들은 문을 닫고 병실을 빠져나갔다.

창밖을 바라보며 서 있던 제이슨 회장이 몸을 돌려 은우를 바라보았다.

"네, 네가 은우……?"

최대한 덤덤하게 말하려 했지만, 그는 끝내 말꼬리를 흐렸다.

그에 반해서 은우는 어색한 기색이 역력해서 대충 고개를 끄덕였다.

"TV에서만 뵙던 분을 보니까 감회가 새롭군요. 영광입니다."

"아, 아니, 아니야."

영국 물류업계의 큰손이라던 제이슨은 은우의 앞에서는 말도
제대로 잇지 못하고 있다.

척 봐도 안색이 별로 좋지 않아서 지금 뭘 어떻게 해야 할지
몰라서 은우는 말을 빙빙 돌렸다.

"으음…… 이걸 어떻게 설명해 드려야 하나? 그러니까 회장
님께서는 제가 당신의 아들이라고 생각하시는 겁니까?"

그는 힘겹게 고개를 끄덕였다.

"하지만 저는 고아원에서 자라나서 쭉 혼자 살았습니다. 올
해 스물일곱이 되었습니다만, 아버지가 계시다는 소리를 금시
초문이라는 겁니다. 그러니까, 회장님의 부하들이 사람을 잘못
찾은 것이라 이 말입니다."

하지만 제이슨 역시 자신의 부하들과 비슷한 반응을 보인다.

"아, 아니다. 내가 보기엔 네가 확실해. 이름, 그리고 습관, 생
긴 것까지……."

"도처에 은우라는 사람이 한두 명이겠습니까? 게다가 제가
원래 좀 흔하게 생겼습니다."

제이슨은 떨리는 손으로 자신의 지갑에서 빛이 바래 버린 가
족사진을 꺼내어 은우에게 건넸다.

너무 손으로 쥐고 만져서 빳빳했을 인화지가 너덜너덜해져
있었다.

"네 엄마와 내가 너의 백일을 기념해서 찍은 사진이란다."

그의 말대로 사진 속 젊은 여자와 은우는 상당히 많이 닮은 것 같기는 하다.

굳이 말하자면 여성스러운 매력 대신 남성스러운 선을 넣었다고 해야 할까?

약간 여성스러운 모습도 있는 은우의 얼굴은 확실히 그녀를 닮아 있다.

하지만 이런 사진으로 진위를 판단하기는 어려운 일이다.

은우는 고개를 저었다.

"에이, 아닙니다. 회장님께서 착각하시는 겁니다. 저는 분명 천애고아에 어머니 얼굴도 모르는 사람입니다. 그런 저에게 아버지의 존재라는 것은……. 글쎄요, 진지하게 생각해 본 적도 없습니다."

"아니야, 아니야. 넌 내 아들이 확실해!"

간절한 제이슨의 눈에서는 금방이라도 눈물이 흘러나오려 한다.

씁쓸한 표정을 지은 은우가 그에게 위로의 말을 건넸다.

"죄송합니다만, 사람을 잘못 본 것 같습니다."

"자, 잠깐만!"

은우는 고개를 꾸벅 숙이더니 병실을 나서려 문고리를 잡았다.

그런데 바로 그 순간, 제이슨 회장이 가슴을 부여잡고 쓰러져 발작을 일으킨다.

"커, 커헉!"

"어, 어어……! 저기요!"

엄연히 따지면 남인 상황에서 은우가 부를 수 있는 호칭은 마땅히 없다.

그래서 어색하게 그를 부르며 흔들어보지만, 발작은 멈추지 않았다.

이윽고 병실 문이 열리며 외국인 주치의와 대니의 측근들이 달려왔다.

"회장님!"

대니는 행여나 보는 눈이 있을까, 부하들에게 소리쳤다.

"이 모습을 아무도 봐선 안 된다! 가서 이곳 복도를 완전히 차단해!"

"알겠습니다!"

몸이 덜덜 떨리며 눈에 흰자위가 보이던 제이슨의 입과 코에서 검붉은 혈액이 마구 쏟아져 나왔다.

주치의가 은우를 바라보며 말했다.

"회장님 아드님이십니까?"

"예? 아니, 그런 것은 아니고……."

의사는 살짝 인상을 찌푸리더니 이내 다시 제이슨 회장을 바라보며 말했다.

"어찌 되든 상관없습니다. 진정제를 놓아야 하니, 회장님의 양손을 꽉 잡으십시오."

"아, 예……."

사람이 다 죽어가는데 모른 척할 수는 없는 일, 은우는 곧바로 회상의 양손을 잡았다.

그러자 신기하게도 그의 발작이 거짓말처럼 멈추며 서서히 안정을 찾아갔다.

주치의와 대니는 눈을 동그랗게 뜨며 은우를 바라보았다.

"이래도 자꾸 부정하실 겁니까?"

상황이 이렇게 극적으로 전개되자, 은우 또한 당황한 기색이 역력하다.

하지만 이내 평정심을 되찾고 말했다.

"다시 한 번 말하지만 저는 고아에 형제도 없습니다. 그러니 더 이상 괴롭히지 마십시오."

이윽고 일어서 나가려는 그에게 주치의가 소리쳤다.

"잠시만요!"

"또 무슨 일입니까?"

"그렇게 확신하다면 유전자 검사를 해보는 것은 어떻습니까?"

"유전자 검사? DNA 검사를 말하는 겁니까?"

"그렇습니다. DNA 검사를 해서 만약 서로의 구조가 일치하면 어떻게 할 겁니까?"

"그럴 일 절대로 없습니다. 애당초 남남인데 어떻게 유전자 구조가 같겠습니까?"

대니는 확신에 찬 목소리로 말했다.

"이렇게 하시죠. DNA 검사를 통해서 친자를 감별합시다. 그래서 만약 당신이 아니라는 것으로 판별되면 우리도 다시는 당신을 괴롭히지 않겠습니다. 하지만 만약 당신이 맞다면, 그때는 군말하지 않고 우리 회장님의 슬하로 다시 돌아오는 겁니다. 어떻습니까?"

자꾸 고개를 갸웃거리는 은우에게 대니가 버럭 소리를 질렀다.

"지금 이런 상황을 보고서도 그렇게 부정만 할 겁니까? 사람이 다 죽어가는데 한 번은 따라줄 수 있는 것 아닙니까?"

"최소한 당신이 사람이라면 저렇게 힘들어하는 회장님을 이렇게 외면해서는 안 됩니다."

졸지에 피도 눈물도 없는 냉혈한이 되어버린 은우는 얼떨결에 대답을 하고 말았다.

"참, 이거야 원……. 좋습니다. 그럼 혈액 검사만 해보고 생각하겠습니다. 그러면 되는 겁니까?"

그제야 두 사람이 환하게 미소를 지었다.

"지금 당장 혈액 검사를 준비할 테니, 맥파이어 이사님은 회장님의 안전을 좀 지켜주십시오."

"알겠습니다."

졸지에 코가 꿰여 버린 은우는 그저 깊은 한숨을 내쉴 뿐이었다.

*　　*　　*

함께 병실에 앉아 채혈을 하는 동안에도 제이슨은 은우를 보며 행복한 미소를 짓고 있었다.

"아무리 봐도 네 어미와 너무나도 많이 닮았구나."

이런 상황이 영 어색해서 그런지, 은우는 아까부터 딱딱한 자세로 앉아 있다.

제이슨은 그런 은우의 손을 자꾸 잡으려 시도를 했지만, 은우는 여지를 주지 않았다.

결과가 나오는 데 보통 9시간에서 12시간이 소요된다니, 이곳에 어떻게 앉아 있을지 참으로 고민이다.

"그래, 내가 아비라는 것이 믿기지 않을 테지. 나 같아도 똑같이 생각했을 거야."

"솔직히 말씀드리자면 이런 상황 자체가 적응이 되지 않습니다. 딱히 부모님이 계시다는 상상을 해본 적이 없어서 말입니다."

"그렇구나……. 만약 네가 내 아들이 아니라면 내가 어떻게든 피해에 대한 보상을 해주마."

"아닙니다. 저는 그렇게까지 돈을 좋아하지 않습니다. 게다가 다른 것도 아니고 핏줄 가지고 장난질 치는 파렴치한은 아닙니다."

똑 부러지는 은우의 반응이 마음에 들었는지 제이슨이 또 다시 미소를 짓는다.

하지만 은우는 그의 미소를 바라보기가 영 껄끄러웠다.

지금 그의 머릿속은 어서 이곳을 나가고 싶다는 생각뿐이었다.

DY그룹의 회장이든 지하철 노숙자든 은우보다 연배가 높은 곳은 사실이기 때문에 억지로 참아내는 중이다.

하지만 그것도 몇십 분이지, 시간이 지나자 은우는 자꾸만 눈이 감겨오는 것을 느꼈다.

그는 어지간해서는 졸아본 적이 없다. 물론 학창시절이나 직장을 다닐 때 피곤하여 쓰러지듯 잠이 든 적은 있어도, 누가 보는 앞에서 꾸벅꾸벅 졸아본 적은 결코 없었다.

그런 그의 고개가 자꾸 앞으로 쏠렸다.

꾸벅꾸벅 조는 은우에게 제이슨이 말했다.

"침대 아래에 보조침대가 있단다. 그곳에서 눈을 좀 붙이고 있으면 검사 결과가 나올 테니, 좀 자는 것이 어떻겠니?"

그 목소리에는 가슴 깊은 곳에서 우러나온 따뜻함이 있었다. 주체할 수 없는 졸음을 이기지 못해, 은우는 어색하게 고개를 꾸벅 숙이고는 보조침대를 꺼내 눈을 감고 말았다.

*　　　*　　　*

어디선가 많이 맡아본 냄새와 익숙한 체온이 느껴진다.

그리고 머리를 쓰다듬는 딱딱한 손길이 상당히 편안함을 가져다준다.

분명 의식이 있었지만 은우는 스스로 잠에서 깨어날 생각은 하지 않았다.

'뭐지? 가위에 눌린 건가?'

이제껏 27년을 살면서 가위에 눌려본 경험이 없는 은우는 그저 당황스러울 뿐이었다.

하지만 이런 편안함을 도대체 얼마 만에 느껴보는 것인지 몸을 움직이기조차 싫어질 정도다.

그러나 문득 눈에서 한줄기 눈물이 떨어져 내렸다.

당황스럽다 못해서 이제는 황당하기까지 하다.

'내가 미쳤나? 아니면 이게 꿈인가?'

그가 스스로의 행동에 황당해하고 있을 때, 병실 문이 열리는 소리가 들렸다. 은우는 퍼뜩 잠에서 깨어났다.

그와 동시에 은우의 곁에 있던 제이슨이 그의 어깨를 두드렸다.

"결과가 나왔다고 하는구나."

자리에서 벌떡 일어선 은우가 멀찌감치 떨어져 고개를 끄덕였다.

"알겠습니다."

대니가 흰색 봉투에 담긴 결과물을 두 사람에게 각각 한 부씩 나누어주었다.

이윽고 제이슨은 떨리는 손으로 봉투를 개봉하여 결과물을 탐독하였다.

그리고 이어지는 그의 기쁨에 찬 목소리가 들린다.

"오오, 신이시여! 감사합니다!"

병석에서 벌떡 일어선 제이슨을 보며 은우가 황급히 봉투를 개봉했다.

검사 결과, 유전자 일치율 99.9%.

아버지와 아들의 관계라고 할지라도 나오기 힘든, 압도적인 수치였다.

은우는 너무 놀란 나머지 결과 문을 떨어뜨리고 말았다.

"이, 이건 뭔가 오류가 있는 겁니다. 부, 분명 저는 고아라고 들었습니다. 검사의 오류가 있을 겁니다."

평생 아버지 없이 지내왔다. 누군가는 자신을 낳았다는 것을 알면서도, 그 존재를 결코 인정하지 않고 자라왔던 그에게 이 결과는 충격적이었다.

제이슨 회장이 힘겨운 병중의 몸을 일으켜 은우에게 다가갔다.

"아니야, 은우야. 내가 네 아비다."

은우는 고개를 절레절레 흔들었다.

"아, 아닙니다. 저는 분명 고아에다 형제도 없습니다. 그럴 리가 없습니다."

"으, 은우야……."

결국 은우는 병실을 빠져나가 버렸다.

"도련님!"

제이슨은 그를 붙잡으려는 부하들을 만류했다.

"괜찮다. 이제 내 아들인 것이 확실해졌으니 다시는 헤어질 일이 없을 거야. 핏줄은 원래 그런 거니까."

26년 만에 아들을 되찾은 제이슨 회장의 얼굴에는 안도감이 진하게 녹아 있었다.

*　　　*　　　*

이런 경우를 보고 인터넷에서는 '멘탈 붕괴'라는 말을 사용하는 모양이다.

은우는 지금 머릿속이 하얘져서 아무런 생각이 들지 않았다.

이제 3년만 있으면 서른인 나이에 갑자기 아버지라니, 감회가 새롭다기보다는 믿기지가 않는다.

"분명 저 사람들이 나를 가지고 노는 것일 거야. 그렇지 않고서야……."

그는 혈액 검사를 했다는 주치의를 직접 찾아가기에 이르렀다.

주치의는 은우와의 면담을 위하여 자신의 사무실을 기꺼이

내어주었다.

"가끔 그런 경우가 있죠. 몇십 년 동안이나 헤어졌다 만나는 경우라든지, 성생활이 문란해서 누가 친자인지 모르는 경우가 대부분 그런 반응을 나타냅니다. 하지만 우리는 유전자 검사를 조작해서 사람을 속이는 짓은 하지 않습니다. 그것은 물론 불법이기도 하지만 양심상 절대로 할 수 없는 일이거든요. 다른 것도 아니고 핏줄이잖아요."

은우는 지금 이 상황이 이해가 되지 않아서 혼란스러울 뿐이었다.

그녀는 은우의 마음이 이해된다는 듯 조언을 했다.

"우선 무슨 연유에 의해서 당신을 떠났는지 알아보고 싶지 않아요? 부정을 하고 싶거든, 아버지라는 사람과 깊은 대화를 나누어보고 결정해도 늦지 않아요."

다소 복잡한 표정의 은우는 아무런 말이 없었다.

*   *   *

갑자기 생각조차 하지 않던 생부의 출현이라니, 은우는 머리가 터져 버릴 것 같았다.

남양주행 버스 안에서 은우는 여전히 혼란스러워하고 있었다.

그는 현재 유일하게 부모처럼 생각하는 사람을 만나러 가고 있었다. 혼자서는 도저히 이 혼란스러움을 해결할 수 없을 것 같아서였다.

서울에서 버스로 약 1시간 30분 정도 걸리는 남양주에 도착한 은우는 감회가 새롭다는 표정이었다.

"오랜만이군. 제대를 하고 나서는 처음인가?"

명절이나 생일에도 이곳을 찾지 않았던 터라, 뭐가 어떻게 변했는지 알 수가 없었다.

그래서 그런지 고향이나 마찬가지인 이곳이 상당히 낯설게 느껴진다.

시내버스를 타고 자혜원까지 가자면 30분 정도는 소요됨으로 은우는 버스에 올라서 잠시 생각에 잠겼다.

1년 동안이나 심안을 수련했건만, 아버지라고 주장하는 사람이 나타나고서는 어쩐지 신비공을 사용할 수가 없다.

마음이 흐트러지면 생고생을 해서 터득한 무공을 사용할 수조차 없는 것이다.

그래서 은우는 더욱이 아버지에 대해서 알아내려고 노력하고 있었다.

은우는 고아원으로 들어가기 전, 아이들에게 나누어줄 선물을 사기로 했다.

한적한 곳에 있는 고아원에서 점포까지 나가자면 20분이나 발품을 팔아야 하지만, 은우는 그런 고생을 마다하지 않았다.

비록 가진 것은 없으나, 회사를 나오면서 받았던 약간의 퇴직금을 쪼개면서도 전혀 아깝다는 생각을 하지 않았다.

어려서 그 역시 선물보따리를 가지고 오는 어른들을 기다렸던 기억이 있기 때문이다.

이것저것 장난감과 과자를 사서 자혜원의 입구에 들어섰다.

일렬로 늘어선 아카시아 나무에서는 꽃들이 마지막 이파리를 떨어뜨리고 있다.

향기로운 꽃냄새가 은우의 어린 시절을 추억하게 만드는 것 같았다.

비탈길을 따라 늘어선 아카시아 나무들을 바라보며 걷다 보니 어느새 고딕 양식의 흰색 건물이 눈에 보였다.

"생각만 해도 지루하군. 아직도 그렇게 오래도록 미사를 드리나?"

은우는 일요일이면 항상 어디론가 도망가고는 했는데, 그것이 다 미사 때문이었다.

일주일에 한 번 이날이면 졸음과 싸워야 하는 것이 너무 싫었던 것이다. 태어나서 한 번도 졸아본 적 없다는 말은 미사를 제대로 참가한 적 없다는 말과 같은 뜻이었다.

이윽고 성당 앞을 청소하고 있는 원장수녀가 보인다.

그녀를 바라보는 은우의 눈에 만감이 교차한다.

"수녀님!"

빗자루를 들고 서 있던 원장은 눈이 침침한지 한참이나 초점을 맞추고서야 은우를 알아보았다.

"어이쿠, 이게 누구야? 우리 동네 제일의 사고뭉치 아니야?"

"잘 계셨어요?"

"나야 뭐, 항상 매일이 그렇지."

그녀는 은우의 양손에 쥐어진 봉지들을 보며 환하게 웃었다.

"그나저나 너도 철이 드는구나. 저 어린아이들을 챙기는 것을 보면 말이야."

"여기서 낙이 어디 있겠어요? 가뭄에 콩 나듯 찾아오는 사람들이 주는 선물을 받는 거죠."

슬며시 미소를 지으며 원장을 따라간 은우가 토요일 오후의 일과를 하고 있는 아이들을 바라보았다.

놀이터에 모인 아이들은 나이에 상관없이 자혜원 전체를 누비며 놀이를 즐기고 있었다.

이윽고 은우를 발견한 아이들이 놀이를 그만두고 소리까지 지르며 달려왔다.

"와아아아!"

원장은 굳이 은우에게 달려드는 아이들을 만류하지 않았다.

그녀 역시 일 년에 한두 번 올까 말까 하는 이런 분위기를 망치고 싶지 않았던 것이다.

은우는 양손에 들고 있던 물건들을 마루에 쫙 깔아놓고 마음대로 물건을 가지고 갈 수 있도록 했다.

"한 명당 하나씩 가지고 남는 것은 어린아이들에게 줘야 한다. 알겠지?"

"네!"

뿌듯한 눈으로 아이들을 바라보던 은우에게 원장이 다가와 물었다.

"그나저나 무슨 일이야? 네가 이곳까지 행차를 다 하고."

"그냥 원장님이 보고 싶어서 왔어요."

원장은 은우의 옆구리를 꽉 잡아 비틀며 말했다.

"이놈이, 이제 거짓말이 꽤 늘었구나."

"악! 왜 꼬집으세요? 반쯤은 진심인데."

"그 절반은 또 뭐야?"

잠시 익살스러운 미소를 짓던 은우가 이내 어울리지 않게 진지하게 변했다.

"이런 말씀을 제가 직접 드리면 좀 뭐하지만, 아버지라는 사람이 나타났어요."

원장은 성호를 그리며 기쁨을 표현했다.

"오……! 하느님! 정말이니? 어쩐지, 외국인 청년이 다녀가기는 했었다만, 진짜로 찾을 줄은 몰랐어."

"외국인이요?"

"이름이 대니라고 했던가?"

은우를 찾기 위해 대니가 이곳까지 왔던 모양이다.

"그렇군요, 대니가……. 하여튼 제가 고아원에서 자란 것조차 모르고 있었어요. 아마 어머니가 이곳에서 자랐다는 것도 모르는 것 같고요."

"그렇구나. 만약 베로니카가 이곳에서 자랐다는 것을 알았다면 너를 찾지 못하는 일은 없었을 텐데, 아쉽구나."

은우는 놀이터 난간에 걸터앉으며 말했다.

"그런데 아버지라는 사람은 우리 모자를 왜 버린 걸까요?"

"글쎄, 그 둘만의 사정은 나로서도 알 수가 없지."

"그런가요?"

확실한 답을 얻으려 왔던 은우가 약간은 실망한 표정을 지었다.

"하지만 말이야, 네가 버려졌다고 해서 너무 미워하는 감정만을 가지고 있다간 나중에 크게 후회를 할 수도 있단다. 그렇게 되기 전에 네가 상처를 치료했으면 좋겠구나."

"그렇게 긴 인생은 아닙니다만, 저에게 원래 아버지는 없었

잖아요. 그런데 지금 와서 가족이라니, 혼란스러운 것은 사실이
네요."

원장은 자신의 손목에 채워져 있던 묵주를 빼서 은우에게 내
밀었다.

"겁먹지 말고 한 번은 부딪쳐 봐."

은우는 묵묵히 고개를 끄덕였다.

그리고는 엉덩이를 툭툭 털고 일어나 그녀에게 고개를 숙였
다.

"그럼 저는 이만 가볼게요."

"벌써 가게?"

"피하지 말고 부딪치라면서요. 그래서 지금 부딪치러 갑니
다."

뒤도 돌아보지 않고 이곳을 다시 떠나는 그를 보며 원장은 성
호를 그리며 짧게 기도를 했다.

*   *   *

드디어 희미하게나마 해답을 찾은 은우가 아버지 제이슨이
입원하고 있는 병실로 향했다.

어차피 핏줄을 끊을 수 없다면 아버지와 대면해서 트라우마
를 깨고 심안을 통달하기로 한 것이다.

은우가 1년 동안이나 수련을 하고 세상 밖으로 나온 궁극적
인 이유는 사부를 따르는 것이기 때문이다.

그는 삼엄한 경계 속에 있는 제이슨 회장의 병실 입구에 들어

섰다.

경호원들은 그를 알아보고 고개를 숙였다.

그들이 병실 문을 두드려 은우가 이곳에 왔음을 알렸다.

신속하게 문이 열렸다.

"왔구나."

저번보다 더 수척해진 제이슨이 힘겹게 미소를 짓고 있다.

그리고 그 곁에 선 재무이사 대니와 주치의도 비슷한 표정을 하고 있었다.

은우는 차분하게 가라앉은 목소리로 말했다.

"제가 갑자기 이런 말씀을 드리면 어떻게 생각하실지 모르겠습니다만, 궁금한 것이 있어서 왔습니다."

제이슨은 대략적으로 은우가 어떤 것을 물어볼지 알고 있다는 듯 고개를 끄덕였다.

그리고는 측근들에게 자리를 비켜달라는 제스처를 취했다.

"내가 너를 떠난 이유가 궁금한 것이냐?"

"저와 제 어머니를 왜 버렸는지 항상 궁금했었습니다."

약간은 무겁게 가라앉은 표정으로 은우를 바라보던 제이슨이 지갑 속에 고이 간직했던 유일한 가족사진을 꺼내었다. 은우에게 앞서 보여줬던 그 사진이었다.

"그때 내가 혈혈단신으로 아무것도 없이 영국 항만 노동자로 자원하여 한국을 떠났을 때가 아마 스무 살을 조금 넘기고 나고서일 거야. 제대를 하고 나서 딱 1년이 지나고서 영국으로 건너갔거든."

은우는 DY그룹이 어떻게 탄생하게 됐는지와 자신의 정체성에 대해서 듣는 계기가 생겼다.

"우리 부부는 내가 병장 휴가를 나와서 만난 아주 소중한 인연이었단다. 그때 당시에 네 엄마는 공단에서 원단 미싱을 하고 있었는데, 주변에서도 똑순이에 얼굴까지 예쁘기로 소문이 자자했단다."

그때를 회상하는 제이슨의 얼굴에는 아련하게 미소가 걸렸다.

"만약 저 여자와 결혼해서 예쁜 딸을 낳으면 좋겠다고 생각했었지. 그래서 내가 무작정 책임을 지겠다고 납치하다시피 해서 결혼을 했고, 아이도 갖게 되었지. 솔직히 난 네가 딸인 줄로만 알았어. 태동도 별로 안 하고 입덧도 없었거든."

장난스러운 제스처를 취하며 말을 이어가던 그의 표정이 급격하게 어두워졌다.

"그때는 그 행복이 평생 동안 지속될 줄 알았어. 하지만 사회 경험이 거의 없었던 우리 두 사람은 사기를 당하고도 고소를 하는 방법조차 몰랐었어. 그래서 결국에는 젊은 나이에 빚더미에 앉고 말았단다."

"그래서 어쩔 수 없이 영국행을 택한 겁니까?"

"영어도 하지 못했던 나에게 빚쟁이들이 그러더군. 영국의 항만 노동자로 들어가면 선금으로 400만 원을 주고 빚도 모두 탕감해 주겠다고. 고리대금에 대한 법률이 없었던 그때는 몸을 파는 것 말고는 도저히 방법이 없었단다."

"그러면 한국에 남은 어머니와 저는 왜 데리고 가지 않으셨습니까?"

"그곳 항만에는 어린아이와 여자가 살 수 있는 공간이라고는 없다고 들었거든. 확실히 도착을 해서도 너와 네 엄마를 데리고 오지 않은 것을 다행스럽게 여길 정도였지."

제이슨은 그 당시의 상황을 회상했다.

"하지만 영국에서의 1년이 지난 후, 네 엄마와는 완전히 연락이 두절되었어. 그리고는 지금까지… 찾을 수 없었지."

지금도 그때를 생각하면 가슴이 먹먹한지, 그의 눈시울이 붉어진다.

"그때 난 하늘이 무너지는 기분이었지. 고문에 가까운 노동을 하면서도 버틸 수 있었던 것은 전화기 너머로 들리는 네 엄마와 너의 목소리 덕분이었는데 말이야."

은우 역시 피해자라면 피해자겠으나, 가장 고생을 한 사람은 알고 보면 제이슨이었다.

처자식을 위해 피가 터지도록 일했으나, 결국 남은 것은 사라진 아내의 흔적뿐이었던 것이다.

"그 이후로 너와 네 엄마를 볼 수가 없었단다. 그리고 난 폐인이 되다시피 방구석에 처박혀서 한 달 동안 술만 퍼마셨어. 그러다 문득 이런 생각이 들더구나. 이 모든 것이 다 돈 때문이라고. 내가 가진 것이 많았다면 너와 네 엄마를 잃지 않았을 것이라고 말이야."

진명은 자신의 지갑에 새겨진 DY그룹의 로고를 보여주며 말을 이었다.

"남아 있던 돈을 털어서 다시 영국으로 향했어. 그리고 두들겨 맞으면서 일을 했지. 정말로 이를 악물고 버텼어. 그리고 악착같이 돈을 모아서 처음으로 택배사업에 뛰어들었단다. 그리고 차근차근 개인사업장을 키웠고, 결국에는 지금의 DY그룹을 이루었지."

집념의 사나이라고밖에 할 수가 없는 사람이다.

제이슨 리, 그러니까 한국 이름으로 이진명 회장은 은우의 손을 잡으며 말했다.

"이제 내게 남은 것이라고는 너 하나뿐이구나. 당시 네 엄마에게 어떤 일이 있었는지 나는 알지 못한단다. 하지만 내가 영국으로 건너간 것도, 이런 기업을 만든 것도 다 너를 위한 것이었어. 다른 것은 몰라도 내가 너를 사랑한다는 것은 꼭 알아주었으면 한다."

사정없이 떨려오는 아버지의 손을 잡은 은우가 고개를 끄덕였다.

"제가 지금 당장 아버지라고 살갑게 대할 수는 없습니다. 이제까지 혼자서 살아온 저에게 아버지라는 단어 자체가 낯설거든요."

"괘, 괜찮다. 나는 그저……."

"천천히 시작하시죠. 점차적으로 적응을 해 나가겠습니다."

진명은 아들의 손을 잡고 끝내 오열을 하고 말았다.

"고맙구나……. 정말 고마워……."

은우는 그런 아버지를 그저 지켜볼 뿐이었다.

*　　　*　　　*

제이슨 회장이 아들을 찾았다는 소식은 비공식적으로 DY그룹 내부의 회장 측근들의 귀에 들어가게 되었다.

그로 인하여 다니엘 부회장이 비서실에조차 알리지 않은 채 비밀리에 한국으로 입국했다.

그는 회장에게 아들이 있었다는 사실에 놀라고 그의 수명이 얼마 남지 않았다는 사실에는 경악을 금치 못했다.

서울대학병원 병실을 찾은 다니엘의 표정은 상당히 어두워 보였다.

"도대체 이게 무슨 일입니까? 이제까지 저희에게 왜 숨기신 겁니까? 췌장암 4기면 상당히 고통스러우셨을 텐데……."

그룹 내부의 경영권에 대한 결속이 점점 떨어지고 있는 가운데, 그나마 DY그룹에서 항공과 항만이 떨어져 나가지 않을 수 있었던 이유는 순전히 다니엘 부회장 덕분이었다.

그는 최초 DY물산이 창립되던 당시 제이슨 회장과 함께했던 최초의 직원이고, 지금은 최고의 직원이다.

제이슨은 그에게 쓴웃음을 지었다.

"미안하네. 아들을 찾기 전까지는 그 누구에게도 숨기고 싶었다네."

"그렇게 원하던 아드님을 찾으시니 기분이 어떠십니까?"

"만약 할 수만 있다면 모국의 국기를 들고 국회의사당 앞을 뛰어다니고 싶을 정도네."

젊어서부터 아들에 대한 열망이 대단했던 제이슨의 반응을 보는 다니엘은 흐뭇한 표정을 지었다.

하지만 그의 창백한 얼굴을 보고 있자면 그런 생각도 잊힐 판이다.

"이런 말을 내가 직접 하기가 상당히 어색하네만, 나에게 남은 시간이 얼마 없다고 들었네. 그나마 항암치료를 받고 투병생활을 한다면 1년에서 2년 정도 버틸 수 있다고 하더군."

"회장님……."

"그래서 이젠 내가 죽고 나서의 일을 생각해야 할 때가 온 것 같아."

설마하니 제이슨 회장이 50대 중반의 나이에 작고하게 되리라고는 꿈에도 몰랐던 다니엘은 상당히 심란한 표정이었다.

"우리 DY그룹은 자네와 내가 피땀을 흘려 만든 노력의 결실일세. 그러니 그 뒤를 잇는 사람 또한 우리의 노력에 부응할 수 있는 사람이어야만 하네."

다니엘은 고개를 갸웃거렸다.

"아드님을 후계자로 세우시는 것 아니었습니까?"

"자네가 보기엔 내 아들이 회장으로서 역할을 다할 만큼 뛰어난 사람이라고 생각하는가?"

"그야 아직은 모르는 일 아닙니까?"

"나 역시 같은 생각일세. 나조차도 내 아들이 얼마나 뛰어나고 이 방면에 자질이 있는지 알 수가 없어. 물론 회장의 직함을 넘겨받을 수야 있겠지만, 이사회가 저 아이를 따르고 주주들이 지지를 할지 의문이야."

그의 말에 다니엘도 어느 정도 수긍을 한다는 눈치였다.

"인정하기는 싫습니다만, 회장께서 시간이 얼마 남지 않았다면 또 다른 후계자를 구하기도 힘듭니다. 물론 그룹이 붕괴하지는 않겠습니다만, 회장님이 떠나고 나시면 분명 우리 그룹은 과도기를 맞게 될 겁니다."

항상 새로운 분야로 사업을 확장한 만큼 DY그룹은 그만한 리스크를 끌어안고 이제까지 달려왔다.

만약 회장이라는 버팀목이 없는 상태에서 뛰어난 후계자가 없다면 분명 그룹은 분열될 것이 뻔하다.

제이슨 회장은 다니엘을 바라보며 장난스럽게 웃었다.

"자네가 있지 않은가?"

"도대체 제가 몇 살까지 사업을 하기 바라십니까? 저도 인간입니다. 게다가 줄줄이 딸린 우리 집안의 영애들은 다들 아티스트 아닙니까?"

자신의 처지를 말하면서도 다니엘은 씁쓸함을 감추지 못했다.

"우선 은우가 어떤 아이인지 보는 것이 어떻겠나?"

"아드님을 시험하자는 것입니까?"

"어차피 이사회의 반발을 최소화하려면 능력이 입증된 상태의 후계자가 낫지 않겠어?"

"흐음…… 그러다 만약……."

상상하기는 싫지만 만약 은우가 회장의 재목이 아니라면 그다음 경우의 수는 혈연이 아닌 단순한 능력자를 찾는 일이 될 것이다.

"만약 자네의 상상대로 된다면 그것도 다 신의 뜻이겠지. 우리는 부디 신의 뜻이 좋은 쪽이길 바라자고."

"알겠습니다."

Chapter **05**

전혀 다른 세계, 그러나 현실

DY그룹이 한국으로 진출하기 위해서 만든 법인회사의 본사 건물 가장 높은 층에 올라온 은우는 상당히 시원스러운 외모의 다니엘을 만날 수 있었다.

"반갑습니다. 저는 그룹의 총괄부회장인 다니엘 스미스라고 합니다."

"말씀 많이 들었습니다."

악수를 건네는 다니엘의 손은 상당히 두껍고 울퉁불퉁했다.

현장에서 평생을 보낸 그의 손은 DY그룹을 여기까지 끌고 왔다는 훈장과도 같은 것이었다.

상당히 심플한 인테리어의 한국법인 총본사에는 아직 별다른 가구가 들어오지 않은 상태였다.

다니엘은 유일하게 놓인 간의의자에 앉았다.

"원래는 소파를 가져다 놓고 편안하게 대화를 나누고 싶었습니다만, 이곳이 로열층이라 시간이 좀 걸린다는군요."

"괜찮습니다."

아직은 얼떨떨한 표정의 은우를 보며 다니엘이 말했다.

"외모가 회장님을 상당히 많이 닮았습니다."

"아버님께서는 어머니를 많이 닮았다고 하시던데, 보는 시점이 다들 다른 모양입니다."

"그렇습니까? 어머니께서 상당히 미인이셨던 모양입니다."

은우는 살짝 멋쩍게 웃었다.

다니엘이 자리에서 일어나 사무실을 둘러보며 말했다.

"이곳은 우리 DY그룹이 한국시장 진출을 노리고 만든 전초기지입니다. 그로 인해 항간에는 별로 좋지 않은 소문도 많았습니다. 대기업에 대한 규제가 없는 두 국가를 오가며 교묘히 법망을 피하는 선에서 또 다른 대기업을 만드는 것이 아니냐면서 말이죠."

그는 자신의 가방에서 체크무늬로 포장된 상자 하나를 꺼내어 은우에게 내밀었다.

"맞습니다. 우리는 이곳에 둥지를 틀고 또 다른 기업, 한국이 말하는 제2의 재벌을 만들기 위하여 법인을 설립했습니다. 그 전초기지가 바로 DY그룹의 한국법인 DY코리아입니다."

선물을 받은 은우가 꾸벅 고개를 숙였다.

"듣자하니 도련님께서는 4년 동안 제약회사에서 영업을 하셨다던데, 주로 어떤 업무를 담당하셨습니까?"

"접대나 로비, 그리고 고객들의 관리를 도맡아 했었지요. 물론 불법에 관한 것들이 더 많았습니다."

"그렇군요. 원래 사업이라는 것이 밝은 면이 있으면 어두운 면도 있는 법입니다. 저와 회장님 역시 손에 깨끗한 것만 보고 만지면서 여기까지 왔다고는 말씀을 못 드립니다."

은우는 선물을 받자마자 포장을 뜯어보았다.

어디선가 선물은 받자마자 확인해 보는 것이 예의라고 들었기 때문이다.

상자에는 DY그룹의 로고가 새겨진 지갑이 들어 있었는데, 그곳에는 그룹이 사용하는 엠블럼과 함께 특이한 마크가 새겨져 있었다.

"그것은 DY그룹의 수뇌부들에게 나누어준 지갑과 같은 재질의 물건입니다. 이탈리아 수제품이지요. 한데 도련님의 것은 좀 다릅니다. DY그룹을 상징하는 독수리와 다르게, 호랑이 로고가 그려져 있죠. 그것은 오로지 도련님의 지갑에만 새겨져 있습니다. 회장님의 지갑에도 그런 표식은 없습니다."

다니엘은 거대한 책상 뒤를 가리고 있는 흰색 벽에 붙어 있던 천을 걷어냈다.

그러자 은우의 지갑에 새겨진 로고와 같은 벽화가 나타났다.

"이것은 우리 DY그룹이 한국에 진출하면서 만든 로고입니다. 이제부터 이곳이 도련님의 기반이 될 것입니다."

그는 책상 서랍에서 명패를 꺼내어 상 위에 올려놓았다.

DY코리아 총괄이사 이은우.

"지금은 총괄이사의 직책입니다만, 지사가 본사가 될 수도 있는 겁니다. 우리 이사회는 도련님께 우리 회사의 한국 진출을 맡겨볼까 합니다."

"갑자기 제가 총괄이사가 된다면 반발이 있지 않겠습니까?"

"글쎄요, 그럴 수도 있겠죠. 하지만 그것까지 모두 끌어안고 모두를 화합시키는 것이 오너의 덕목입니다."

이윽고 다니엘은 자신이 끼고 있는 반지와 같은 것을 주머니에서 꺼내어 은우에게 내밀었다.

"우리 DY그룹은 영국의 경기부양책을 타고 별 제재 없이 여기까지 왔습니다. 그러다 보니 조직의 결속력을 가장 중요시합니다. 이것은 지갑과 함께 그 증거라고 하겠습니다."

은우의 이니셜이 새겨진 반지는 다니엘의 것과 똑같지만 박혀 있는 보석이 다르다.

"이제부터 도련님은 우리 DY의 일원이고 가족입니다. 하지만 그와 동시에 한국지사의 리더가 되어야 합니다. 하실 수 있겠습니까?"

급작스러운 지사장이라니, 부담스럽기도 하지만 은우는 흔쾌히 고개를 끄덕였다.

"사나이라면 무릇 대망을 품어야지요. 이사회의 뜻에 따르겠습니다."

다니엘은 여전히 아까와 같은 미소를 머금은 채로 말을 이었다.

"좋습니다. 하지만 명심하십시오. 지금 도련님이 우리 DY의 일원이라는 것은 저와 회장님, 그리고 대니밖에 모릅니다. 그러니 직함 외에 도련님을 보호해 줄 힘은 아무것도 없다는 겁니다. 심지어는 DY물산의 이가(李家)라는 울타리도 이제 더 이상 없습니다."

은우는 대답 대신 묵묵히 고개를 끄덕였다.

이윽고 대니가 지사장실 문을 열고 들어왔다.

"아참, 울타리라면 하나 있군요. 지금부터 대니가 도련님을 보필할 겁니다. 마음대로 부려먹고 굴려도 아무도 뭐라고 하지 않을 그런 충직한 친구입니다."

대니는 은우에게 고개를 숙였다.

"이제부터 회장님 대신 도련님을 모시겠습니다. 직함을 주시든 비서로 놓으시든 알아서 하십시오."

그의 정식 직함은 DY물산의 재무총괄이사다.

그럼에도 불구하고 한국지사에 남아 은우의 수행비서 노릇을 한다니, 그가 얼마나 제이슨을 따르는지 알 수 있는 단적인 예다.

다니엘은 은우에게 악수를 건넸다.

"앞으로 건투를 빕니다. 저와 회장님은 영국으로 건너가서 본사에서 도련님을 지켜보겠습니다."

"알겠습니다."

손을 맞잡은 다니엘이 손에 살짝 힘을 주었다.

"끝으로 하나만 명심하십시오. 누가 뭐래도 회장님은 당신의 아들을 바라보고 평생을 일하다 몹쓸 병에 걸린 불쌍한 사람입니다. 이제 그분이 가시면 DY이라는 이름만이 남을 뿐입니다. 지금부터 도련님이 그 이름을 지켜주십시오."

은우 역시 굳건한 표정으로 그의 당부를 가슴에 새겼다.

목표가 없던 삶, 이제부터 은우는 아버지의 이름을 사수하기 위해서 살아가기로 마음먹었다.

*   *   *

총괄이사로서의 출근 삼 일 전, 은우는 대니의 자동차를 타고 아현동 달동네로 향했다.

얼마 남지 않은 그의 짐을 정리하기 위해서였다.

곧 철거에 들어가 재개발 2단지로 지정이 된다는 은우의 집 근처의 주민들도 이사 준비로 한창 바쁜 모습이다.

"말씀만 하시면 사람을 보내서 포장이사를 할 텐데요."

이런 동네까지 그룹 후계자인 은우가 온다는 것이 대니는 달갑지 않은 모양이다.

"아직까지 얼굴이 팔리지 않았으니까 이번만 좀 참아주시죠."

대니는 아무 말 없이 미소만 지어 답했다.

대문조차 없는 월세 단칸방에 도착한 은우는 오히려 마음이 편해지는 것을 느꼈다.

아직까지 그에게는 아버지의 존재나 유산으로 받을 회사는 피부에 직접 와 닿지 않았던 것이다.

은우는 현재 입고 있는 옷을 벗어 가방에 잘 갈무리한 후, 군용 반바지에 반팔 티셔츠로 갈아입었다.

그 모습을 보며 대니를 비롯한 부하직원들이 눈살을 찌푸렸다.

"상당히 난해한 패션이군요. 뭐랄까, 좀 이국적이랄까?"

영국에서 온 대니가 활동복 반바지와 삼선 슬리퍼를 이해할
리가 만무하다.

하지만 은우는 보란 듯이 깔깔이까지 흔들며 너스레를 떨었
다.

"만약 한번 입어보면 절대로 벗어날 수 없을 겁니다. 원래 보
급품이라는 것이 생각보다 중독성이 강하니까요. 한 세트 더 있
는데, 드릴까요?"

그러나 대니는 고개를 가로저었다.

"아, 아닙니다. 저는 괜찮습니다."

나름대로 영국 상류층에 속하는 대니에게 이런 패션은 아무
래도 무리가 있는 듯하다.

몇 장 되지도 않는 사진을 엮어 만든 앨범과 예비군 훈련 때
입을 군복, 그리고 평상시 집에서 입고 다니는 트레이닝복을 챙
기니 더 이상 싣고 갈 물건이 없었다.

이번에는 전투복과 군화를 챙기는 은우를 보며 대니는 고개
를 갸웃거린다.

"그건 또 뭡니까? 상당히 낡아 보이는데……."

"아직 예비군이 끝나지 않았습니다. 외국으로 나가지 않는
이상 동사무소로 출퇴근을 하면서 동미참 훈련을 받아야 하
죠."

당췌 무슨 소리인지 모르겠다는 듯 뒤통수만 긁적이는 그를
보며 은우가 작게 웃었다.

"저의 모든 것을 이해할 수는 없을 겁니다. 살아온 환경이 전혀 다르니까요."

"확실히 도련님의 말씀이 맞습니다."

도무지 적응이 되지 않는다는 듯 집안만 두리번거리던 대니가 불현듯 책가방을 메고 걸어오는 한 여자를 보며 은우에게 말했다.

"누가 옵니다."

고개를 돌려보니 옆집에 살던 별님이다.

은우는 아담한 체구의 그녀에게 다가가 손을 흔들었다.

"별님이 이제 오니?"

땅바닥을 보고 걷던 그녀가 은우의 목소리를 듣고는 기쁨에 찬 목소리를 낸다.

"은우 오빠?! 이게 도대체 얼마 만이야? 하도 집에 안 들어와서 죽은 줄 알았네!"

"내가 죽긴 왜 죽냐? 그럴 만한 사정이 있었어."

"그렇구나. 나는 자꾸 이상한 사람들이 기웃거리기에 빚지고 외국으로 뜬 줄 알았어."

졸지에 이상한 사람이 된 대니는 은우가 챙긴 짐들을 차에 싣고 재빨리 자리를 비켜주었다.

별님은 은우의 주변을 지키고 있던 경호원들을 보며 불안한 듯 물었다.

"오빠, 지금 어디 가는 거야? 혹시… 새우잡이로 팔려가는 것은 아니지?"

"하하, 아니야. 걱정하지 마. 이사를 가는 것뿐이니까. 아버지를 만났거든."

평소 함께 술을 자주 마셨던 별님은 은우가 어떤 사정이었는지 익히 알고 있다.

그녀는 폴짝폴짝 뛰며 은우가 아버지를 만난 것을 축하해 주었다.

"잘되었다! 이제 오빠도 명절에 혼자 있지 않아도 되겠네?"

"뭐, 그런 셈이지."

"아버지를 찾았다면서 표정이 왜 그래? 기쁘지 않아?"

"기쁘지. 그저 아직 적응이 되지 않아서 그래. 왠지 이곳이 내가 있어야 할 곳인 것만 같거든."

별님은 은우의 어깨를 툭 치며 말했다.

"싱겁기는……. 좋게 생각해. 좋은 일이잖아?"

이윽고 그녀가 자신의 주머니에 들어 있던 형형색색의 팔찌를 꺼내어 내밀었다.

"어디 원주민들이 차고 다니는 건데, 행운을 가져다준대. 오빠 줄게."

작고 소소한 물건이지만 은우의 얼굴에는 화색이 돈다.

"네가 나에게 선물을 다 주고, 과연 오래 살고 볼 일이다."

괜히 너스레를 떠는 은우에게 그녀가 옆구리를 쿡쿡 찌르며 말했다.

"싱거운 소리 그만하고 이제 가봐. 저 사람들이 오빠를 기다리는 것 같아."

좋은 일이라는 통에 그녀는 자세한 얘기도 묻지 않고 은우를 보내려는 모양이다.

은우는 그녀에게 손을 내밀었다.

"아무튼 이제까지 너무 고마웠다. 이곳을 떠난다고 해도 잊지 않을게."

"쿡쿡, 잊기는 뭘 잊어? 어차피 채팅 어플 다 깔려 있는데."

소소하게 작별을 고한 은우가 그녀와 악수하며 돌아섰다.

"조만간 또 보자!"

돌아서는 그에게 별님은 손을 흔들며 말했다.

"잘 가! 그리고 그 옷 좀 어떻게 하고! 그러고 다니니까 딱 백수 같네!"

동네 백수였던 은우는 고급 승용차를 타고 달동네를 벗어났다.

그런 그를 바라보며 별님은 참았던 서운함을 길고 깊은 한숨으로 토해냈다.

"이제 겨우 만났는데, 또 떠나네……."

*　　　*　　　*

아직 적당한 집을 물색하지 못한 탓에 은우는 한국 최고의 호텔이라 불리는 강성호텔에 잠시 동안 머물게 되었다.

자동차를 타고 그저 따라오기만 한 은우는 호텔 프론트에 들어서며 난감한 표정을 지었다.

"그냥 임시숙소를 마련한다고 하지 않았습니까?"

"이곳이 그곳입니다. 그럼 어떤 곳을 상상하신 겁니까?"

은우가 생각하는 일반적인 숙소는 시내에 널려 있는 모텔이다.

평일에 장기투숙으로 방을 잡으면 충분히 숙박비 에누리까지 가능한 그런 인간적인(?) 곳을 상상했던 것이다.

하지만 한국 호텔의 급수를 평가하는 무궁화가 무려 다섯 개나 달린 호텔이라니, 부담되는 것이 사실이다.

호텔 프론트 앞에 선 은우가 고개를 가로젓는다.

"고작 며칠이나 된다고 이런 말도 안 되는 곳에서 묵는단 말입니까?"

"그렇다고 한 집단의 총수이신 이사님께서 고작 모텔에 묵는 것은 회사 차원에서는 있을 수 없는 일입니다."

은우는 아직 자각하지 못하고 있지만, 그는 이미 DY그룹의 등기이사이며 DY코리아의 총괄이사로 발령이 난 상태다.

대니가 생각하는 급의 집을 갑자기 구하자면 적어도 며칠은 숙소 생활을 해야 하는데, 총괄이사가 모텔에서 산다는 것은 모양새가 좋지 않았던 것이다.

실랑이를 벌이던 은우가 결국에는 백기를 들었다.

"좋습니다. 그럼 재무이사님 뜻대로 하시죠."

이제야 슬쩍 미소를 지은 대니가 프론트로 다가가 말했다.

"스위트룸으로 체크인 하고 싶습니다."

"혹시 예약을 하시고 오셨습니까?"

"아니요, 예약은 하지 않았습니다. 방이 없습니까?"

"그런 것은 아닙니다만……."

이제 겨우 이십대 후반이나 되었을 법한 청년들이 이사네, 뭐네 하면서 실랑이를 벌이다 갑자기 스위트룸을 달라니, 직원은 고개를 갸웃거린다.

"스위트룸은 예약제로만 시행되고 있습니다."

"신용보증이 되는 카드로 확인하면 당장 체크인할 수 있는 것 아닙니까?"

"저희 호텔 규정상 스위트룸은 일정 신용등급 이상의 고객님들을 위한 곳이라서 확인이 필요합니다."

젊은 청년 둘에 그것도 한 명은 낡은 양복을 입고 있으니, 그녀가 의심을 하는 것도 무리는 아니다.

"이곳에 투숙하시는 본인의 카드와 신분증을 주시면 체크인 가능한지 알아봐 드리겠습니다."

"한국은 겉모습에 상당히 치중하는 경향이 있군요."

"죄송합니다, 고객님. 규정이라 어쩔 수 없습니다."

대화 내용을 들은 은우가 지갑을 꺼내어 신분증과 카드를 뽑아 그녀에게 내밀었다.

"이거면 됩니까?"

은우가 꺼낸 카드는 전 세계 단 1만 5천 명만이 가지고 있다는 아메리칸 익스프레스 블랙카드다.

하지만 태어나서 블랙카드를 실제로 본 적이 없는 직원이나 은우는 덤덤한 표정이었다.

"잠시만 기다려 주십시오."

카드를 조회해 본 직원은 은우를 다시 한 번 번갈아보며 고개를 갸웃거렸다.

뭔가 이상하다는 듯 자꾸 다시 조회를 하던 그녀가 어디론가 전화를 걸었다.

이윽고, 호텔에 있던 1층 파트 지배인이 달려 나와 은우를 맞이한다.

"실례가 많았습니다. 프론트의 지배인입니다."

프론트에 기대어 서 있던 은우가 깜짝 놀라서 그를 바라본다.

"아, 예……."

"체크인을 원하신다고 들었습니다."

"며칠 묵을 거라 투숙을 좀 하고 싶어서 말입니다."

"잠시만 기다려 주십시오."

그는 깊게 고개를 숙이고는 프론트로 달려가 직원에게 말했다.

"당장 스위트룸 세팅 준비하고 VVIP 룸서비스 준비하세요. 어서!"

"아, 알겠습니다."

체크인을 하는 것만으로도 이렇게 분주해지다니, 도대체 저 카드가 무엇을 의미하는 것인지 알 수가 없는 은우로서는 그저 고개를 갸웃거릴 뿐이었다.

* * *

DY그룹의 한국 법인, 그러니까 한국에 정식으로 법인을 설립한 회사명은 DY코리아다.

그리고 그 산하로는 물류회사인 DY L&T(Logi&Trade), 항공회사인 DY블루, 그리고 DY전자 K본부(한국지사)가 있다.

한국에 총괄본부를 세우기 전까지는 각 계열사들에 지사장이

배치되어 있어 독립적으로 사업을 펼쳐 나갔다.

그룹이라는 울타리 안에 또 다른 회사가 있는 형식으로, 모회사의 간섭을 받지 않는 형식이었던 것이다.

하지만 이제는 DY코리아가 이 세 개의 계열사를 거느려 지주회사의 역할을 하게 되었다.

15층으로 이루어진 DY코리아 본사 건물로 통합 이전되어 들어오는 세 개의 기업이 이사를 하면서 건물은 슬슬 활기를 띄기 시작했다.

그리고 약 삼 일 후, 모든 정리가 다 끝나고 은우는 DY코리아의 총괄이사 취임식을 갖게 되었다.

DY코리아가 들어서고 오픈하는 날까지 총괄이사에 대한 소식을 듣지 못했던 각 지사장들의 표정은 썩 좋지가 못했다.

그들은 영국에 있는 본사와 연락이나 취하면서 자신의 마음대로 경영을 하다 갑자기 은우가 들어와 앉자 다소 황당하다는 입장이었다.

게다가 단상 위에 오른 사람은 나이가 지긋한 중년 신사가 아닌, 젊다 못해 어린 청년이었다.

지사장들은 은우를 보며 혀를 찼다.

"드디어 제이슨 회장이 미쳤나 보군. 한국지사장으로 저렇게 어린놈을 세워놓는단 말이야?"

"미카엘 부회장님도 이 사실을 아시나?"

"글쎄, 그건 나도 모르지."

단상에 올라 마이크를 잡은 은우가 연설을 시작했다.

—안녕하십니까? 한국지부 총괄이사로 부임하게 된 이은우

라고 합니다.

짝짝짝짝.

직원들도 총괄이사라는 사람이 이렇게 젊을 줄은 꿈에도 몰랐다는 듯 박수 소리가 작았다.

하지만 은우는 개의치 않고 연설을 이어 나갔다.

―처음 맡는 중요 직책입니다만, 최선을 다하겠습니다.

은우는 투덜거리고 있는 지사장들을 보며 말했다.

―앞으로 우리 DY코리아는 일한 만큼 인정받고 대우받는 회사가 될 겁니다. 그리고 무한 경쟁 사회에서 단연 으뜸인 기업이 될 겁니다. 그러자면 혁신이 필요합니다. 고로, 저를 시작으로 우리 회사에는 혁신이 이어져 내려올 겁니다. 쳐낼 것은 쳐내고 더할 것은 더하는 겁니다. 길게 말하지 않겠습니다. 앞으로는 지금과 같은 안일한 태도를 버리시기 바랍니다. 제가 자비로운 사람인지 무자비한 사람인지는 여러분들 스스로가 만들어가는 겁니다. 저의 바람, 저버리지 않았으면 좋겠습니다. 감사합니다.

다소 공격적인 연설을 들은 직원들의 반응은 제각기 모두 달랐지만 세 명의 지사장은 대략적으로 비슷한 표정을 짓고 있다.

"한번 두고 보자고, 과연 제이슨 회장이 얼마나 멍청한 사람인지 말이야."

단상에서 내려오는 은우에게 지사장들은 조소를 보내고 있었다.

*   *   *

은우가 DY코리아 총괄이사로 부임하기 얼마 전, 두 명의 부회장이 비공식적인 만남을 가졌다.

제이슨 회장의 오른팔이라 불리는 다니엘을 바라보는 미카엘 부회장의 시선은 상당히 불편하다.

그 역시 DY그룹의 초창기 멤버지만 지분율이 다니엘보다 앞선다.

이유인즉슨, 미카엘은 주주로서 회사에 가산을 모두 쏟아부은 초대주주였던 것이다.

제이슨 회장이 지분율 55%를 가지고 있다면 그 나머지의 절반 정도가 미카엘 부회장의 것이다.

이렇게 되면 제이슨이 회장직 승계를 설정하지 않고 세상을 뜬다면 그룹 서열 2위인 다니엘, 그 다음이 대주주격인 미카엘 부회장이다.

주주와 경영진 사이의 미묘한 입장에 서 있는 미카엘은 제이슨 회장과는 다소 반대되는 세력이고, 실제로 주주들과 이사진의 절반이 미카엘을 따르고 있다.

잘하면 그룹의 이인자가 될 수도 있었으나, 다니엘이 관리하고 있는 계열사가 더 많고 업무의 영향력 면에서 다소 열세에 처해 있던 탓에 그는 이인자가 되지 못했던 것이다.

런던의 번화가 피카딜리 서커스 근방에 있던 허름한 술집에서 심플한 수트를 입은 두 사람이 술잔을 기울였다.

"오랜만이군, 자네와 내가 이렇게 술을 마시는 것이 말이야."

미카엘은 다니엘의 말에 실소를 흘렸다.

"훗, 우리가 그런 시절이 다 있었던가?"

"젊었던 그때는 자주 그랬었지."

"세월이 독인지, 권력이 독인지 모르겠군."

두 사람은 젊어서는 서로 상반되는 생각을 가지고 있지 않았다.

돈의 맛을 보지 못했던 그때는 그저 젊은 혈기를 가진 청년사업가에 지나지 않았던 것이다.

"맨주먹으로 일으킨 사업이잖나. 독이 없을 수가 없지."

미카엘은 다니엘의 잔을 채우며 물었다.

"그나저나 정말인가? 제이슨 회장에게 아들이 있었다는 것 말이야."

"안 그래도 한국에서 내가 만나고 들어오는 길일세."

"훗, 정말 있기는 있었어? 그래, 어떻던가?"

"회장님을 아주 빼다 박았더군. 눈매하며 얼굴형까지 모두 회장님을 닮았어. 하지만 풍기는 분위기와 부드러운 선은 사모님을 닮은 모양이더군."

"궁금하군, 일인자의 자식은 과연 어떤 모습일지 말이야."

미카엘이 생각하는 제이슨의 존재란, 존경과 배척이 섞인, 마치 애증의 관계와 비슷하다.

"그래서 말인데, 나는 회장님의 후계자로 이 청년을 세웠으면 한다네."

"후계자라……. 결국 우리에게도 이런 날이 왔군그래."

"사람은 언제나 죽고, 세대는 바뀌게 마련이니까."

다니엘의 제안에 미카엘은 고개를 저었다.

"알다시피, 검증도 안 된 애송이를 후계자로 받아들일 만큼 우리 이사회는 물렁물렁하지 않다네."

처음부터 미카엘이 수용하지 않을 것이라는 것쯤은 예상하고 있었던 다니엘이 협의점을 찾았다.

"나 역시 우리 그룹을 위해서라도 능력없는 회장은 반대일세."

"그럼 어떻게 하겠다는 건가?"

"우리 둘이서 내기를 하지."

"내기를 말인가?"

"회장님의 아들이 한국에서 기반을 잡는 등의 재능을 보인다면 자네가 후계자로 그를 인정해 주게. 만약 그렇지 못하다면 가끔씩 주주총회에나 나오는 자산가에 지나지 않는 청년으로 만들어도 좋네."

"남의 아들을 가지고 우리 둘이 내기를 한다? 제이슨이 들으면 기절을 할 노릇이군."

"우리의 미래를 위한 내기야. 어떤가? 할 텐가?"

"이번 내기를 통해서 내가 얻는 것은 무엇인가?"

"만약 이번 내기에서 내가 진다면 회장님의 아들이 경영권을 승계하지 못하는 것은 물론이고, 자네와 나는 동등한 위치에 설 수 있겠지. 내가 계열사 경영을 포기하겠네."

자신의 손에 쥐어진 영향권을 놓아버리겠다는 뜻은 미카엘이 더 이상 만년 3위가 아니라는 소리가 된다.

미카엘은 살짝 고개를 끄덕였다.

"좋네. 그럼 자네의 뜻대로 하게."

두 사람 모두 덤덤한 듯 말하고 있지만, 이것은 DY그룹을 가지고 벌이는 도박이나 마찬가지였다.

양쪽 모두의 머리에 무슨 생각이 들어 있는지는 오로지 그 본인들만이 알고 있을 뿐이었다.

*　　　*　　　*

한국지사의 총괄이사를 임명하는데 있어 두 사람의 부회장이 모두 동의를 하였음에, 이사회의 반발은 절반으로 줄어들었다.

하지만 여전히 이해가 가지 않는다는 세력들도 있었는데, 어차피 이사회는 다수결을 원칙으로 한다.

두 사람이 힘을 합치면 의석수가 절반은 거뜬히 넘기 때문에 회의는 거의 무의미하다고 보는 것이 옳다.

만약 두 명의 부회장이 마음먹고 회사를 움직이겠다 하면 막을 수 있는 사람은 아무도 없을 것이다.

두 사람의 대립이 그룹을 유지한다는 것을 보여주는 단적인 예라고 할 수 있다.

한국에 있는 세 명의 지사장은 화상회의로나마 미카엘 부회장의 지시를 받고 있었다.

"어째서 부회장님께서 저 근본도 모르는 녀석을 밀어주시는 겁니까?"

―나는 이은우라는 청년을 밀어준 기억이 없어. 그저 회장님의 뜻이니 따른 것뿐일세.

차분한 그의 목소리가 웹캠을 통해서 울려 퍼지자, 세 명의 지사장 모두 고개를 갸웃거렸다.

도대체 이 사람의 속을 전혀 알 수가 없다는 표정이었다.

"솔직히 저는 도저히 모르겠습니다. 표면적으로는 부회장님께서 저놈을 밀어주신 겁니다. 그런데 밀어주신 것이 아니라니……."

미카엘은 보일 듯 말듯 인상을 썼다.

─이쯤에서 자네들이 그걸 알아야 해. 세상에는 무릇 보이는 것이 전부가 아니라는 것을 말이야. 내가 표면적으로 이은우만을 밀어주었다면 도대체 왜 자네들에게 기회를 주었겠는가?

그의 말인즉슨, 아직까지는 그가 자신들을 버리지 않았다는 사실을 반증한다.

─하지만 말이야, 언제까지나 나는 자네들에게 '기회'를 줄 뿐이야. 지금부터 어느 줄을 잡을지 한번 잘 생각해 보라고.

미카엘은 언제나 누구 한 명의 편을 명확하게 드는 법이 없다.

자신이 정한 생각을 굳건히 지켜나가는 사람이기는 하지만 한 사람을 끝까지 믿는 스타일은 아닌 것이다.

─앞으로 자네들과 이은우 총괄이사의 활약이 사뭇 기대대는군, 그래.

그는 자신이 한번 내뱉은 말은 무조건 지키는 사람이다.

세 명의 지사장은 조금씩 다른 표정을 짓고 있었지만, 외줄타기를 하듯 아슬아슬한 상황임은 별반 다를 것이 없어 보였다.

＊　　＊　　＊

취임사를 마치고 총괄이사 사무실로 들어온 은우의 곁에는
대니가 서 있다.

"우선 DY코리아의 현재 상황에 대해서 아서야 합니다. 그래
야 제대로 된 경영을 하실 수 있을 테니까요."

"그렇겠지요."

대니는 은우에게 조직도와 자금상황이 정리된 파일을 건넸
다.

"우리 DY코리아는 이제 막 출범을 했으나, 계열사들은 원래
한국에 5년 전부터 진출한 상태였습니다. 최초에는 본사의 영
향력 아래에서 사업을 진행했지만, 지금은 영국보다 제약이 적
은 한국의 특성상, 그냥 독립형태의 계열사로 사업을 진행했습
니다. 그로 인해서 단점이 생기는 동시에 이점도 많이 생겼습니
다."

조직도를 보면 영국의 본사와 상당히 많이 닮았다는 것을 알
수 있었다.

"이 세 개의 계열사가 서로 긴밀하게 연결이 되어 있어서, 시
너지 효과를 발휘합니다. 세 가지 사업 모두 확실한 연결고리가
있기 때문이죠. 하지만 모회사, 그러니까 지주회사가 없어서 경
영 상태는 아주 자기들 마음대로입니다. 듣기로는 부조리와 부
패가 판을 친다고 들었습니다. 이제까지 제대로 된 내사 한 번
을 하지 않으니, 그들이 무슨 짓거리를 하고 다녀도 재제를 하
는 사람들이 없었던 겁니다."

"그렇군요."

은우 역시 불법과 부조리가 판을 치는 곳에서 4년 동안이나 지내왔던 사람이다.

제약회사가 리베이트로 몸살을 앓았고, 지금도 부조리가 차고 넘쳐나지만 물산이나 항공에 비할 바가 아닐 것이다.

"그런데 이 지사장이라는 것들은 왜 아무것도 하지 않고 이러고 있었던 겁니까?"

"글쎄요, 아마도 외국계열 회사가 한국에 터를 잡자면 관습과 부조리는 필수적이라 생각한 것 아니겠습니까?"

세상이 돌아가는데 이런 어두운 면이 없을 수는 없다.

언제나 빛이 있으면 그늘이 있는 법이고, 365일 햇빛만 받고는 살 수가 없는 것 또한 세상의 이치인 것이다.

하지만 지금 보니 그런 밸런스가 하나도 맞지 않는 상태인 것 같다.

"좋습니다. 그렇다면 일단 회사를 단합시키고 잠재력을 끌어올리는 것부터 시작하죠."

대니는 긍정 대신 고개를 가로저었다.

"저도 그것이 좋다는 것은 알고 있습니다. 하지만 지사장들이 문제입니다. 이제까지 자기들 멋대로 경영을 해오다가 총괄이사가 지시를 한다고 들어먹겠습니까?"

"하긴, 그것도 그렇군요."

"게다가 저들은 미카엘 부회장의 심복들이라는 소문이 있습니다. 만약 그것이 사실이라면 이사님의 말을 듣기는커녕 총괄이사, 지사장 자리에서 잡아 끌어내리려 하지 않으면 다행일 겁니다."

"어디를 가나 그런 눈들이 있게 마련이죠. 미카엘이라는 그 작자 대단하군요. 여기까지 마수가 뻗쳐 있다니."

"수완 하나는 끝내주는 사람이죠. 다만 자신이 싫어하는 일은 죽어도 하지 않는다는 것이 문제입니다."

어차피 문제는 풀라고 있는 것이라는 것이 은우의 마인드다.

"경영진 회의를 소집하고 아까 말씀하신 것들에 대해서 종합해서 정리해주세요."

"어떻게 하실 겁니까?"

"물갈이를 해야지요."

"물갈이요? 저들을 내치겠다는 겁니까?"

은우는 고개를 저었다.

"일단 타일러보고 그래도 안 되면 때려도 보는 겁니다. 만약 그래도 안 되면 내쫓아야겠지요."

대니가 은우의 정확한 속뜻을 이해했는지 알 수는 없지만, 아마 두 사람은 비슷한 생각을 하고 있을 것이다.

*　　　　*　　　　*

상무보 이상 직급을 가진 임원회의.

막상 중역들만 모아놓고 보니 회의장이 상당히 한산해 보인다.

진급을 시켜주지 않은 것인지, 인재가 없는 것인지 각 지부에는 상무와 전무 한 명씩이 전부였다.

회사가 전면적으로 개편이 되면서 대대적인 인사이동이 있었는데, 아직까지 회사의 이사진이 정해지지 않았던 것이다.

현재는 각 부서가 중역들 없이 사장의 지시를 받들어 일을 진행하고 있다.

은우는 텅텅 빈 회의장 상석에 앉아 회의를 주관했다.

"우리 DY코리아가 이제야 첫 회의를 시작하는군요. 다만 아쉬운 것이 있다면 중역들의 부재가 좀 걸리는군요."

조금은 어색한 분위기 속에 은우가 말을 꺼냈지만 각 지사장들은 별다른 반응을 보이지 않았다.

어차피 예상한 반응임으로 은우는 곧바로 화제를 전환시켰다.

"금일 DY그룹 본사에서 지원받은 공인회계사들을 통하여 기업 진단을 내려 보았습니다. 한데, 내실이 아주 엉망이더군요."

다소 공격적인 은우의 발언에 L&T의 지사장 전경무가 입을 열었다.

"그건 그들이 영국에서 활동을 하느라 뭘 모르고 하는 말입니다. 우리가 아직까지 톱3에 들지 못해서 그렇지, 외국계 회사 중에서는 이미 1위를 하고 있습니다."

은우는 고개를 저었다.

"지금 누가 순위 정하기 게임을 하자고 했습니까? 저는 언제까지나 회사의 건실함을 나타내는 '내실'을 말씀드린 겁니다. 그 1위라는 것이 과연 무엇을 뜻하는 겁니까? 한국의 중소기업들을 모조리 매각해서 물류기지를 만들어주었더니, 가동력이 70%가 채 되지 않지 않습니까? 그런 1등이 의미가 있다고 생각하십니까?"

"그건 아직 한국 내수경기가 좋지 않아서……."

"내수경기가 나빠서 그 많은 물산 중 손가락에 꼽는 세 개의 그룹에만 인기가 몰빵되고 있다는 말을 하고 싶은 겁니까?"

"말이 좀 지나치시군요!"

은우는 고개를 저었다.

"뭐가 지나치다는 겁니까? 현재 한국의 내수경기 수출 의존 도가 얼마나 높은 줄 모르고 하는 말씀입니까? 한 해에 외국으로 나가는 물량만 해도 상상을 초월합니다. 물론 한국 내부에서 움직이는 물류들도 많죠. 그중에 단 5%라도 잡아볼 생각이나 해보셨습니까? 이러니까 외국계 회사는 덩치만 크고 실속이 없다는 소리를 듣는 것 아닙니까."

마치 속사포처럼 말을 내뱉는 은우에게 정경무가 버럭 소리를 질렀다.

"그래서, 지금 저에게 하시고 싶은 말씀이 뭡니까?!"

"똑바로 기업 감사를 받고 내실을 처음부터 다시 다지라는 겁니다. 쓸데없이 덩치만 커서는 경쟁력이 없다는 사실은 말판 놀이를 하는 초등학생들도 다 아는 사실입니다."

이제까지 이렇게 회의 도중 난장판을 만들어가며 설전을 벌인 사람이 과연 없었던 것일까?

그나마 얼마 되지 않는 중역들은 다소 어색한 표정을 지으며 눈치만 볼 뿐이었다.

이미 대세는 은우에게로 기운 것 같지만, 정경무는 뜻을 굽히지 않았다.

"그럴 수는 없습니다. 회사의 사기가 얼마나 중요한데 지금 내부감사나 받으라는 말입니까? 그건 절대로 따를 수 없습니다."

"지금 총괄이사의 말에 반목하겠다는 겁니까?"

정경무는 마치 오뉴월에 개가 으르렁대는 듯 소리쳤다.

"흥! 무슨 말 같은 지시를 내려야 따르든 말든 하지!"

이제는 아주 막무가내로 나가는 그에게 대니가 자리를 박차고 일어나 소리쳤다.

쾅!

"말이면 다인 줄 아십니까?! 이사님은 지사장님의 상사입니다!"

"상사는 개뿔, 경영의 경자나 제대로 배우고 오시죠!"

보통 상식으로는 절대로 대화가 불가능할 것 같은 그에게 은우가 차분하게 말했다.

"좋습니다. 그럼 L&T는 본사의 명령에 따르지 못하겠다는 그 말입니까?"

"이제야 좀 말이 통하네. 저는 그런 요상한 명령 같은 것은 따르지 않을 겁니다."

앞뒤를 분간하지 못하는 것인지, 그저 용감한 것인지 도무지 알 수가 없을 정도로 저돌적이다.

가만히 그를 바라보던 은우가 이내 결단을 내렸다는 듯 말했다.

"좋습니다. 물산에 대한 얘기는 여기서 접도록 하겠습니다."

대니는 화들짝 놀라서 은우를 바라보았다.

"이, 이사님!"

의기양양한 미소를 짓는 정경무와는 다르게, 대니는 다소 황당하다는 표정을 지었다.

"본인이 싫다는데 어쩝니까? 나중에 후회는 본인 몫임은 알아두시기를 바랍니다."

"그럴 일 절대로 없을 겁니다."

은우는 그의 면전에 확실히 못을 박으려는 듯 다시 한 번 했던 말을 반복했다.

"진심이시죠? 절대로 후회할 상황이 되어도 저는 절대로 책임지지 않겠습니다."

"마음대로 하십시오."

이윽고 DY블루와 전자 역시 같은 절차를 진행해야 하는데, 대니는 난감한 표정을 지었다.

아마 이대로 본사가 지사들에게 밀린다는 생각을 하는 것 같았다.

하지만 정작 은우 본인은 아주 여유로운 표정을 지었다.

마치 그들이 어디까지 반항을 할 수 있는지 두고 보겠다는 듯했다.

"다들 들으셨으니 아시겠지요. 나머지 지사장님들은 제 의견을 어떻게 생각하십니까?"

물으나 마나 한 것을 왜 묻냐는 듯, 두 사람은 고개를 가로저었다.

"정경무 지사장의 말이 백번 옳습니다. 모든 것에는 절차가 있는 법, 총괄이사님은 그것을 아셔야 합니다."

"모든 것은 다 내가 몰라서 그런 것이다?"

"외람됩니다만, 사실이 그렇습니다. 솔직히 유학파 전문경영인의 조언을 듣지 않고 회계사의 조언만 듣는다면 누가 이사님을 따르겠습니까?"

DY블루의 지사장 백성혁이 맹목적으로 정경무의 편을 들자, 은우는 아까와 같은 말을 반복했다.

"그 말 정말 후회하지 않을 자신 있으십니까? 책임은 본인 스스로가 지는 겁니다."

"했던 말을 계속 반복하시면 입만 아프실 텐데요. 적당히 하시죠."

대니는 대놓고 은우를 무시하는 그들을 보며 속이 터져 죽겠다는 듯 생수만 들이키고 있다.

두 사람과는 다소 차이가 나는 외관에 묵직한 이미지를 가지고 있는 김형우는 별다른 행동을 보이지 않고 있다.

이번에 은우는 그에게 시선을 돌렸다.

"전자는 어떻게 하실 겁니까? 지사장님도 저들과 같은 의견이십니까?"

"물론 이사님의 의견을 모르는 것은 아닙니다만, 지금은 시기가 별로 좋지 않은 것 같습니다. 더군다나 한국 토박이들에게 밀리는 찰나에 굳이 기업 감사를 하는 것은 현실성이 떨어지는 것 같습니다. 저 같은 경우에는 한 분기가 지나면 기업 감사를 받기에 좋을 것 같다고 말씀드리고 싶군요."

그나마 셋 중에는 가장 생각이 똑바로 박힌 사람 같다.

하지만 그 역시 은우의 의견에는 동의할 수 없다는 입장이다.

"아무튼 지사장님도 저의 지시를 따를 수 없다는 것은 마찬가지이지 않습니까?"

"말하자면 그렇습니다."

결국 은우는 했던 말을 다시 반복하게 되었다.

"좋습니다. 그럼 모두들 기업 감사는 받지 않은 것으로 하시죠. 대신 그에 대한 책임은 본인들이 지시기 바랍니다."

아까부터 계속 책임론을 피력하고 있는 은우에게 정경무가 물었다.

"도대체 무슨 책임을 어떻게 지라는 겁니까?"

"글쎄요, 그것까지 제가 직접 말씀드리기는 좀 어렵군요."

모두의 의중을 전해들은 은우가 자리에서 일어섰다.

"조금 짧은 감이 있습니다만, 이만 회의를 끝내도록 하죠."

자리에서 일어선 은우가 회의장을 빠져나가는데, 대니가 달려와 그를 붙잡았다.

"이대로 기선제압을 당하실 겁니까? 저들은 지금 이사님이 어리다고 무시하고 있는 겁니다. 그런데도 저대로 두실 겁니까?!"

은우는 고개를 저었다.

"저는 아무것도 하지 않는다고 말한 적은 없습니다."

"그, 그럼……."

슬쩍 미소를 지은 은우가 뭔가 생각이 났다는 듯 회의장 문을 열고 말했다.

"아참, 내일까지 지사들의 사고연혁을 정리해서 보고서를 올리십시오."

"사고연혁이라면 저런 것을 말씀하시는 겁니까?"

정경무가 손가락으로 가리키는 곳에는 회사의 크고 작은 일을 정리해 놓은 액자가 걸려 있었다.

"뭐, 비슷합니다. 대신 아주 자세하게 적어서 올리십시오. 설마하니 이런 것까지 유치하다고 듣지 않거나 하지는 않겠죠?"

세 명의 지사장은 피식 웃음을 지으며 대답했다.

"알겠습니다. 아주 정교하고 격식에 맞게 꾸며서 올리겠습니다."

"하하!"

짧은 조소가 이어지는 가운데, 은우는 회의장 문을 닫고 돌아서 버렸다.

하지만 그런 은우의 뒷모습을 바라보는 대니의 표정은 썩 좋지 않았다.

"도대체 무슨 카드를 손에 쥐고 있으면 저렇게 당당할 수 있지?"

과연 다니엘은 엉뚱한 곳에 기대를 걸고 있는 것일까?

대니는 슬슬 은우의 행보가 불안해져 옴을 느끼고 있었다.

Chapter 06
청소의 시작

Bermudes
ou I. d'Este
MARE
MEXICANUM
NOVA HISPANIA
ANTILLÆ I
HISPANIOLA
Martinique
Golfo du Orenoque
C. Nassau
Berbice R.
C. de Nord
C. Conde als Cecil
C. Orange
R. Amazones
I. de Paria
CARIBANA
GUIANA
AMERICA
MERIDIO
BRASILIA
GUAYRA
PARAGUAY
URAGUAY
PLATA

첫 번째 회의 후, 은우의 이미지는 상당히 좋게 굳어졌다.

독설을 하는 경향이 있지만 상당히 포용력이 좋으며 지사장들의 의견을 존중하는 대인배라는 것이었다.

그러나 말이 좋아 포용력과 믿음이지, 등쳐먹기 좋은 호구라는 것과 다를 바가 없었다.

DY L&T의 지사장 정경무는 은우의 지시사항을 다시 한 번 확인하고는 피식 코웃음을 쳤다.

"애초에 애송이라는 것은 알고 있었지만 진짜 이런 유치한 제안을 다 하다니. 진짜 세상 참 오래 살고 볼 일이군."

소꿉놀이를 하는 것도 아니고 사고연혁표를 만들라니, 기가 다 막히려고 한다.

하지만 이렇게 물렁물렁한 총괄이사라면 가지고 놀기가 좋을 것이니, 그의 입장으로서는 절대 나쁠 것 없는 일이다.

다만 이상한 것은 이런 멍청한 사람을 총괄이사로 보낼 정도로 제이슨 회장이 바보인가 하는 점이었다.

사업에 관한 한 바늘로 찔러서 피 한 방울 나지 않을 정도로 냉혈한인 그가 어째서 은우 같은 애송이를 보냈는가 하는 점은 상당히 수상하다.

그러나 그는 크게 걱정하지 않는다.

정경무는 비서실장을 불러들였다.

"우리 회사의 크고 작은 사건들을 모두 엮어 연혁표를 만들어 제출하게."

"알겠습니다."

"총괄이사에게 올릴 보고서니까 어떻게 적어낼 것인지 당연히 알고 있겠지?"

"알고 있습니다."

"그래, 그럼 부탁 좀 하겠네."

고개를 숙인 비서가 나가고, 그는 나머지 업무에 집중했다.

＊　　　＊　　　＊

물렁물렁한 총괄이사가 되어버린 은우는 오히려 그들보다 한 발 앞서서 일을 진행하고 있었다.

이미 그들이 올릴 사건사고 기록들에 진실을 보태서 조사를 하고 있었던 것이다.

이 세상에는 그 어떤 일이 발생하든 간에 기록이 남게 마련이다.

　그중에서도 규모가 크고 돈에 관련된 것이라면 더더욱 그렇다.

　은우는 이들을 조사하던 중, 4년 전에 온천테마파크를 인수했다 결국 외국계열 회사에 되팔았다는 것을 알 수 있었다.

　그러나 이 과정에서 손해를 별로 보지 않았다고 나와 있어 크게 이슈가 되지 않았다. DY코리아가 본 손해액은 불과 50억에 불과했기 때문이다.

　중소기업이야 굴리는 현금 유동량이 그렇게 많지 않다고 하지만, 글로벌 기업은 그렇지가 않다.

　물론 50억이 적은 돈은 아니지만 그룹 전체를 놓고 보면 상부에까지 올라올 만한 일은 절대 아닌 것이다.

　그 이후 이사회에 보고가 되었다가 약간의 문책이 내려왔고, 그리고 얼마 지나지 않아 완전히 회사에서는 없던 일이 되었던 것이다.

　하지만 은우는 이 과정에서 뭔가 석연치 않은 점을 발견했다.

　당시 테마파크의 입장 관객수와 내부시설의 수요가 손익 분기점을 넘지 못했다는 것이다.

　예를 들어 100만 명이 입장을 했다고 가정했을 때, 리조트의 숙박 빈도와 스낵코너 등으로 인하여 입장료를 제외한 부가수익이 발생하게 된다.

　한데, 여름부터 겨울까지 사시사철 관광객을 수용할 수 있고 특히나 여름에는 자리가 없어서 못 들어올 정도로 인기가 많았던 테마파크가 어째서 적자행진을 했던 것일까?

그 이유는 손익분기점이 말도 안 되게 높았던 것이다.

만약 1,000을 생산한다고 쳤을 때, 이것을 팔아서 남는 이윤이 1,000을 만들면서 들어간 비용을 넘겨야 흑자가 될 수 있다.

생산비용과 유통비용 등을 모두 제하고 남는 순익이 이윤이 되는 것이다.

도대체 부대시설 증대와 인건비 등으로 얼마를 사용해야 손익분기점이 이렇게 높을 수 있단 말인가?

은우는 대니를 불러들였다.

호출을 받고 한달음에 달려온 대니가 모습을 드러냈다.

"찾으셨습니까?"

자신의 앞에 선 대니에게 은우가 말했다.

"혹시 매각을 한 계열사의 재무제표가 회사에 남아 있습니까?"

"일부러 회사에 장부를 남겨놓지 않는 이상 깔끔하게 정리를 합니다. 이제 우리의 회사가 아니니까요."

대니 역시 사건사고를 조사하면서 이 사건에 대해서 알고 있을 것이다.

은우는 당시 기록을 보여주며 말했다.

"그렇다면 이 리조트 사업에 관한 것은 어떻습니까? 남아 있겠습니까?"

그는 고개를 저었다.

"저 역시 그것이 궁금해서 재무제표나 장부 열람 기록을 찾아보았습니다만, 깨끗합니다. 아주 하나도 남김없이 상대 업체로 넘어갔습니다."

"하나도 남은 것이 없다?"

"그렇습니다."

"흐음……. 그렇습니까?"

"한데 조금 이상한 점이 있습니다."

"이상한 점이요?"

"그 즈음에 아주 황당한 일이 벌어졌습니다. 리조트가 말도
안 되는 스캔들에 휘말린 겁니다."

"스캔들?"

"예, 그렇습니다. 사건사고를 기록하라고 하셔서 기재는 하
지 않았습니다만, 모 국회의원이 이곳에 정치 비자금을 숨겨두
었다는 제보가 있었습니다."

"국회의원이 이곳에 직접 투자를 했었단 말입니까?"

"이 또한 그런 제보만 있었을 뿐, 정확한 증거가 없었습니다.
덕분에 그 사건을 신문에 내걸었던 기자는 명예훼손으로 DY코
리아에게 고소를 당할 뻔했습니다."

당시는 선거철로, 정치적인 루머가 상당히 영향력을 미칠 시
기였다.

그런 시기에 정치적인 용도로 기업이 이용되었다는 것은 상
당히 좋지 못한 루머다.

"그런 사건이 있는 동안 리조트는 매각되었습니다. 그야말로
소리 소문 없이 넘어갔지요."

"그렇군요. 잘 알겠습니다."

고개를 숙여 밖으로 나가려던 대니에게 은우가 물었다.

"저, 이사님."

"예?"

"혹시 이사님 대학시절에 전공이 뭐였습니까?"

"대학시절 전공은 경영학입니다. 그리고 지금은 박사 학위를 취득했습니다."

MBA과정을 밟은 대니는 역시 엘리트 중에 엘리트였다.

은우는 대수롭지 않게 고개를 끄덕였다.

"알겠습니다."

대니는 무슨 일인가 싶어 고개를 갸웃거렸지만, 이내 사무실을 나섰다.

*　　　*　　　*

은우는 4년 전, 온양온천 테마파크 정치비자금 사건을 담당했던 기자를 만나기 위해서 신문사를 찾았다.

그러나 아쉽게도 그는 4년 전 돌연 기자생활을 청산하고 충청북도에 있는 어느 시골로 내려갔다고 했다.

꿩 대신 닭이라고, 은우는 그와 함께 조사를 했던 당시 수습기자를 만날 수 있었다.

그녀는 현재 정치인들의 뒤를 캐내 까발리는 데 아주 탁월한 재능을 가졌다고 악명이 높은 정치계 기자가 되어 있었다.

하지만 요즘 그녀는 반년간 변변한 기사거리 하나 건지지 못하는 중이었다.

은우는 신문사가 있는 신촌 근처의 카페에 앉아서 그녀를 기다렸다.

늦은 점심을 베이글로 때우고 있는데 그녀가 도착했다.

"이은우 씨 되시나요?"

인사를 건네는 그녀의 복장이 심상치 않다.

170쯤 되어 보이는 훤칠한 키를 가진 그녀의 몸매는 가히 환상이라 할 만했다.

게다가 얼굴이 상당히 작고 피부가 하얘서 몸매의 굴곡이 다 드러나는 청바지가 더욱 잘 어울려 보였다.

은우는 자신도 모르게 자리에서 일어서 악수를 건넸다.

"이은우입니다."

"반가워요, 이미소라고 해요."

자신을 미소라고 소개한 그녀가 은우에게 명함을 전달했다.

아직 재계에 이름이 알려지지 않은 그는 미소에게 엉뚱한 명함을 건넸다.

사회부 기자 이은우.

그녀는 명함을 받더니 고개를 갸웃거린다.

"흐음…… . 제가 들어보지 못한 이름이군요."

"신입입니다."

"그래요?"

의심의 눈초리를 보내는 그녀에게 은우가 말했다.

"정 의심스러우시면 신문사에 전화를 해보셔도 됩니다."

이미소는 고개를 저었다.

"됐어요. 그나저나 기자께서 기자를 만나 정보 교환을 요구하다니, 발상이 참 특이하신 분이네요.”

“원래 좋은 게 좋은 것 아닙니까?”

“그거야 상대편에서 좋게 나와야 나도 좋게 나오겠죠?”

역시 악명이 높은 만큼 호락호락한 여자가 아니다.

은우는 그녀에게 떡밥을 던져 본다.

“어차피 제가 알려고 하는 사실이 누구 하나가 다칠 정도로 큰 사건이 아니지 않습니까?”

“에이, 그거야 모르는 거죠. 제 사수가 돌연 퇴사를 하는 바람에 유야무야되었지만, 분명히 뭐가 있었어요.”

“기자의 직감이 그렇게 말하던가요?”

“훗, 뭐, 그렇다고나 할까요? 제 특유의 촉이 원래 좀 합니다.”

“그래 보입니다.”

“정말요?”

일부러 그런 척을 하는 것인지, 아니면 진짜로 기자 생활에 푹 빠져 사는 것인지 그녀는 자신을 기자로서 띄워주는 것을 아주 좋아하는 것 같았다.

“아무튼 그 사건에 뭐가 있다는 겁니까? 그냥 가벼운 스캔들 아니었습니까?”

“아니요, 그 사건은 단순히 정치 비자금 하나를 둘러싼 공방전이 아니라는 말이에요.”

“그렇다면 테마파크로 무슨 장난이라도 쳤다는 겁니까?”

그녀는 은우가 던진 말을 그대로 토스하여 튕겨냈다.

“당신, 기자생활 얼마나 했어요?”

"갑자기 그건 왜 묻습니까?"

"생각을 좀 해보세요. 여기서 더 파고든다면 뭔가를 주고 들어와야지, 그냥 들어오시면 제가 퍽이나 잘 떠들겠네요."

악명만큼 그녀는 기자로서 노련했다. 그것을 인정하며 은우는 그녀에게 USB 하나를 꺼내어 내밀었다.

"요즘 건수가 모자라서 참 힘들다고 하더군요. 계속해서 그렇게 미끄러지면 허리 만신창이 됩니다."

요 반년간 제대로 된 기사거리를 만들어내지 못했던 그녀는 팔짱을 끼우고 콧방귀를 뀌었다.

"지금 장난하자는 거죠? 거기에 내가 뭐가 들어 있는 줄 알고 딜을 해요?"

이번에는 은우가 고개를 저었다.

"이 안에 있는 것이 뭔지 궁금하면 그쪽에서도 떡밥을 던지는 것이 예의 아닙니까?"

슬슬 밀고 당기기를 하는 은우의 스킬이 조금씩 먹히는 듯 그녀가 입을 열었다.

"좋아요, 나도 히든카드를 빼고 오픈할게요. 당시 이 사건이 이슈화가 될 뻔한 것은 '의혹'이 있었기 때문이에요. 아시죠? 원래 증거가 없어도 일단 의혹이 생기면 스캔들로 발전할 확률이 높아요. 우리나라는 특히나 추측성 기사에도 민감하게 반응하니까요."

"그럼 당신들이 추측성 기사를 작성해서 먼저 신문에 냈다는 겁니까?"

"그런 의혹이 있었다는 사실들을 게재했을 뿐이죠. 하지만 결국 정확한 근거가 없어서 한낱 해프닝에 지나지 않는 싱거운 사건이 되고 말았죠."

은우가 본 당시 기사의 내용은 이렇다.

모 정치인이 온양의 온천테마파크를 이용하여 정치비자금을 조성하려 했다는 것이었다.

테마파크는 여러 개의 기업이 공동투자를 했다 경영악화로 인하여 DY L&T에 인수합병이 되었다.

하지만 테마파크는 다시 적자행진을 계속했고 또 다른 외국 계열로 넘어갔다.

그렇게 돌고 돌던 리조트는 지금은 국내의 대기업에서 인수하여 정상가동시키고 있다.

이렇게 리조트가 돌고 돌던 과정에서 정치인이 개입을 했고, 그는 이곳을 통해서 비자금을 조성했다는 것이다.

"한데, 무슨 근거로 그 모 의원이라는 사람이 비자금을 조성했단 말입니까? 게다가 그 모 의원은 도대체 누구랍니까?"

"실명을 거론할 수는 없어요. 괜히 또 고소를 당하기는 싫으니까요."

"우리끼리 있는데도 안 됩니까?"

"그래서 더 안 돼요."

"예? 그게 무슨 말입니까?"

"나는 둘만의 비밀 같은 것을 싫어하는 사람이거든요. 게다가 떡밥은 여기까지예요."

"쪼잔한 사람이군요."

이번에는 그녀가 은우에게 물었다.

"그나저나 당신이 나에게 준다던 정보는 도대체 뭔가요?"

"그 루머는 가짜라는 사실입니다."

"장난하세요? 그건 나도 알아요."

"문제는 그 루머를 악용한 사람들이 있다는 겁니다."

"루머를 악용해요? 무엇 때문에?"

"당시에는 선거다 뭐다 해서 상당히 시끄러웠던 것으로 기억합니다. 맞습니까?"

"당연하죠. 선거 시즌에 조용한 나라가 어디 있어요?"

"그런 시끄러운 판국에 약삭빠른 두 명의 사업가가 폭탄돌리기를 했습니다. 장부 조작을 통해서 야금야금 돈을 빼먹다 결국에는 회사를 다른 곳으로 팔아먹었죠. 개인적인 자산은 왕창 챙겼지만, 자회사에는 50억이라는 빚을 지우면서 말입니다."

미소는 양쪽 미간을 살짝 찌푸렸다.

"무슨 근거로 그런 소리를 하시는 거죠?"

은우는 슬쩍 미소를 띤다.

"내가 당신에게 이 정보를 드리면 저에겐 뭘 주실 겁니까?"

"당신이 원하는 것을 드리죠."

＊　　　＊　　　＊

생각보다 대담한 범죄를 저질렀던 두 명의 지사장은 어처구니없게도 말도 안 되는 실수를 저지르고 말았다.

비자금 조성을 위한 폭탄돌리기를 하는데, 하필이면 국회의원을 끌어들인 것이다.

원래의 목적은 '모' 의원이라는, 그저 의원의 직함을 빌리려 했던 것이 그만 가상인물이 실제인물이 되어버린 것이다.

그 둘이서 만들어낸 가상의 인물은 여당의 성기현 의원의 행보와 상당히 흡사했고, 그는 기사를 접하자마자 노발대발하며 고소를 하네 마네 난리를 쳤던 것이다.

정경무가 만들어낸 시나리오는 이러했다.

모 의원은 여당이 집권하기 전, 비자금 조성을 위하여 온양온천 테마파크에 거액의 돈을 묻어두었다.

이것은 모두 차명으로 된 돈이었고, 차후에 선거자금으로 쓰기 위해 고이고이 모셔두었다는 것이다.

성기현 의원이 테마파크에 지분이 있는 것은 사실이었지만, 이것은 모두 아버지의 상속유산이었고 세금까지 모두 치른 상태였다.

세간의 관심이란 관심은 모두 받는 국회의원이 세금 포탈이라니, 그에 대한 의혹만으로도 곤욕을 치를 지경이었다.

이에 성기현 의원은 기사를 올린 기자들을 고소했으나, 증거 불충분으로 기각되었다.

하나 이때부터 성기현에게는 말도 안 되는 루머들이 줄을 지어 따라다녔으며. 그로 인하여 극심한 스트레스에 시달렸다.

처음 정치판에 등장했던 당시, 부유한 집안의 아들이지만 청렴한 검사 출신으로 많은 인기를 구가했던 성기현은 그 인기만큼의 돌을 맞아야 했다.

무심코 던진 돌에 호랑이 콧잔등이 맞은 것이다.

은우는 이 복수심으로 불타는 사람을 최대한 이용하기로

했다.

어차피 두 사람이 돈을 챙겼다는 증거는 이미 인멸되고 없는 상태다.

국민들이 애꿎은 성기현 의원에게 있는 욕, 없는 욕 다 퍼붓는 동안 두 명의 지사장은 여유롭게 증거를 인멸했지만 한 가지 찝찝한 여지를 남기고 말았다.

그것은 바로 자신들의 죄가 발각되는 즉시 무사하지 못할 것이라는 불안감이었다.

만약 평범하게 비자금을 챙기다 발각되면 공금은 돌려놓고 횡령에 대한 죄만 받으면 그만이다.

하지만 지금처럼 독기가 바짝 오른 변호사 출신 국회의원이 달라붙으면 얘기가 달라진다.

사실 증거도 없으면서 계속해서 둘의 비리를 파헤치는 은우가 불안하지 않을 수 있는 것은 바로 거짓으로 만들어진 알리바이 덕분이다.

오히려 증거가 인멸되어 은우에게 유리하게 돌아갈 수도 있다.

아무리 강심장이라도 증거를 들이대며 협박하면 넘어오지 않을 사람은 하나도 없을 것이기 때문이다.

은우는 MBA 출신 대니에게 당시의 상황과 가장 흡사하게 장부를 만들어줄 것을 부탁했다.

"도대체 이런 가상장부를 가지고 무슨 일을 하시려는 겁니까?"

분부대로 장부를 완성했지만, 대니는 이해할 수 없다는 듯 고개를 갸웃거린다.

"그런 것이 있습니다. 아무튼 수고했습니다."

이제 억지 증거도 생겼으니, 공갈로 겁을 줄 차례다.

은우는 자신이 만든 거짓 증거를 가지고 그녀가 제대로 일을 해주기를 바랄 뿐이었다.

*   *   *

요즘 뜻하지 않게 일이 잘 풀리는 바람에 정경무의 얼굴에는 화색이 돈다.

모회사가 생겨 좋은 일은 생각보다 많았다.

예전보다 좀 더 긴밀하게 협력을 하게 된 DY 한국 계열사들로 인하여 그의 지갑이 점점 뚱뚱해져 오고 있었던 것이다.

만약 계속해서 요즘만 같다면 인생이 정말로 재미있을 것 같다는 생각이 들 정도였다.

그는 매일 아침이면 으레 하듯 인터넷을 켜서 뉴스를 구독했다.

비즈니스맨에게 있어 가장 중요한 것은 시사상식이나 국제 정세 같은 것이었기 때문이다.

아침에 이슈가 된 소식들을 접한 후, 그는 자신이 종사하고 있는 경제면을 구독한다.

이 대목을 가장 좋아하고 관심을 갖기 때문에 경제면을 구독하는 데만 하루에 한 시간은 쓰는 듯하다.

오늘도 역시 아주 흥미로운 소식들이 많이 올라와 있다.

"흐음… 보자……. 유명 기업 지사장 분식 회계 및 장부 조작?"

뭐니 뭐니 해도 남의 치부를 들추는 것이 가장 재미있다.

강 건너 불구경이 가장 재미있는 이유, 바로 자신의 일이 아니기 때문이다.

자기 집에 불이 났는데 재미있다고 구경이나 하고 있을 사람은 아무도 없을 것이다.

지금 정경무가 딱 그 짝이다.

"쯧쯧, 얼마나 칠칠맞으면 기사거리를 다 제공하고 그래?"

오늘은 누가 얼마나 다칠지 기대하면서 마우스의 휠을 빠르게 내려 간다.

하지만 점점 읽으면 읽을수록 어디서 많이 본 것 같은 느낌을 받는다.

원래 기업의 비리 내용이야 거기서 거기지만 이것은 엄연히 태마가 다르다.

이번 내용은 장부 조작을 통하여 기업에서 빨아먹을 것은 모두 빨아먹고 회사를 팔아먹었다는 것이다.

여기까지 들으면 가끔씩 일어나는 사건과 별로 다를 것이 없어 보인다.

하지만 스크롤을 조금 더 내렸을 때, 그의 손은 사정없이 떨려왔다.

모 기업인은 국회의원 X에게 누명을 씌워 기자들과의 소리없는 공방전을 일으켰다. 그리고 자신은 정작 한 점의 의혹이 없는 채로 돈을 챙긴 것이다. X의 입장으로서는 기가 막힐 노릇이겠으나, 어쩌겠나? X보다 모가 머리가 좋은 것을.

"뭐, 뭐야?!"

도둑놈이 제 발 저린다고, 그는 등에 소름이 쫙 끼치는 것을 느꼈다.

분명 4년 전 기사를 쓴 기자를 낙향시키면서까지 덮은 일이었다.

도대체 어디서부터 정보가 새어 나왔다는 것인가?

순간, 그의 사무실에 전화가 울린다.

"여보세요?"

─지금 기사 보고 있나? 뭐야, 이게?! 4년 전에 끝난 일 아니었어?

"낸들 아나? 대체 어떤 새끼가 이런 추측성 기사를 써서 내보낸 거야?"

─혹시 짚이는 구석은 없어?

"아니, 절대로! 이 일을 아는 사람은 자네와 나뿐이야. 도대체 누가……."

두 사람이 대화를 나누고 있는데 인터폰이 울린다.

따르르릉!

다소 격앙된 목소리로 그가 대답했다.

"지금 바쁘니까 이따가 오라고 그래!"

인터폰에서는 아주 뜻밖의 인물이 대답한다.

─그렇습니까? 알겠습니다.

순간, 그의 동공이 커다래진다.

"자, 잠깐! 혹시 총괄이사님이십니까?"

―볼일이 좀 있어서 왔더니 아쉽게 되었군요.

"아, 아닙니다. 들어오십시오."

가뜩이나 심란한데 총괄이사의 방문이라니, 다소 당황스럽지만 서둘러 진정시킨다.

이런 꼬맹이에게 약점을 보일 수는 없기 때문이다.

이윽고 문이 열리며 은우가 사무실로 들어왔다.

"이런, 아침부터 제가 방해를 한 겁니까?"

"아닙니다. 일단 앉으시죠."

은우가 자리에 앉자, 커피가 두 잔 담겨져 나온다.

커피 맛을 음미하던 은우가 불현듯 그에게 물었다.

"그나저나 제가 말씀드렸던 사안들은 어떻게 되어가고 있습니까?"

"사고 연혁 말입니까?"

"좀처럼 보고가 올라오지 않아서요."

자신의 말이 통하나 안 통하나 확인을 하러 온 것일까?

역시 애는 애라는 생각이 든다.

자신의 위치가 흔들릴까 전전긍긍하는 모습이라니, 이런 녀석을 총괄이사로 발령한 제이슨 회장은 바보가 분명하다.

"잘 되어가고 있습니다. 너무 걱정하지 마십시오."

약간 어두웠던 은우의 표정이 금세 밝아졌다.

"알겠습니다. 그럼 믿고 맡기겠습니다."

"이를 말입니까?"

얼굴에 옅은 미소를 띠우고 있던 은우가 담소를 꺼내려는 듯 즐겁게 입을 열었다.

"아참, 그 소식 보셨습니까?"

"무슨 소식 말입니까?"

"글쎄, 누가 폭탄돌리기를 한 모양입니다. 누군지 몰라도 참 멍청하지 않습니까? 그런 엄청난 일을 해놓고도 걸리지 않을 생각을 했다니, 너무 한심합니다."

속에 찔리는 구석이 있는 모양인지, 그는 아주 어색한 미소를 짓는다.

"그, 그러게 말입니다. 하하……."

"저 같으면 말입니다, 그런 바보 같은 짓은 하지 않겠습니다. 어디 건드릴 것이 없어서 국회의원을 건드리다니요. 죽으려고 환장하지 않은 이상 그렇게 못하죠."

"구, 국회의원이요?"

"예, 국회의원 말입니다. 이번 사건으로 인해서 모 국회의원이 상당히 열 받았다고 하더군요. 마른하늘에 날벼락도 아니고, 저 같아도 끝까지 추적해서 그놈들의 모가지를 확 비틀어 버리겠습니다."

뭘 알고 지껄이는 건지, 모르고 지껄이는 건지 잘도 지껄이는 은우를 보며 그는 끝까지 미소를 짓는다.

"그러게 말입니다, 하하……."

"다음부터는 신문에 확 실명을 까발려 달라고 부탁을 하고 싶네요. 그렇죠?"

얼굴이 딱딱하게 굳어버린 그에게 은우가 마지막으로 말했다.

"우리 회사에는 그런 사람들이 없기를 바랍니다."

순간, 그는 혹시 은우가 제보를 한 것이 아닌가 하는 생각이 들었다.

'에이, 설마······.'

하지만 그는 지금까지 은우가 보여주었던 행보 그대로, 그는 멍청한 소년이라는 생각에 고개를 저었다.

*　　*　　*

곧 있을 분기 결산을 준비하던 DY블루의 지사장 백성욱은 부하직원들이 올린 결재 서류와 기획안을 추가적으로 확인하기 위해서 이메일을 열었다.

스팸메일은 하나도 없이 오로지 결재 서류들로 꽉 찬 이메일을 보니 오늘도 역시 제때 퇴근하기는 힘들 것 같다.

최고의 위치에 있다는 것은 모두 자신이 책임을 져야 한다는 부담감 때문에 힘든 법이다.

하지만 어떻게 올라온 자리인데, 게으름 피울 시간 따위는 없다.

빠른 속도로 보고서들을 읽어 내려가던 그의 눈에 이상한 메일 하나가 보인다.

"이게 뭐지?"

결재 서류나 기획안이 아닌 그냥 개인 이메일이다.

회사의 인트라넷에서 개인 이메일을 보낸다? 조금 이상한 감이 있다.

잠시 하던 일을 접고 백성욱이 메일을 확인했다.

그랬더니 '제보'라는 두 글자만이 적힌 이메일에 첨부파일이 하나 들어 있다.

혹시 바이러스일지도 모르니, 인터넷 미리보기로 메일을 확인했다.

새 창이 뜨는 순간, 그는 놀라서 하마터면 소리를 지를 뻔했다.

"뭐, 뭐야? 이게!"

그가 예전에 온천테마파크에 이용했던 이중장부가 고스란히 첨부파일에 들어 있었던 것이다.

군데군데 의심이 가는 부분이 있기는 하지만, 대부분 사실과 별반 다를 것이 없는 장부였다.

그는 곧바로 공범인 정경무에게 전화를 걸었다.

"도대체 이게 무슨 일이야?!"

―뭐야, 갑자기? 알아듣게 설명을 좀 해.

"나에게 무슨 파일이 전송되어 온 줄 알아?!"

―이번에는 또 무슨 일인데 그래?

"이중장부가 그대로 들어 있다고, 지금!"

―뭐, 뭐라고?! 이중장부?! 그런 것도 있었던가?

"장부가 없으면 무슨 수로 돈을 맞춰서 결제하나? 안 그래?"

―하, 하긴……. 그런데 그걸 도대체 누가 보냈다는 것인가?

"나도 그게 궁금해서…….

한창 화를 내며 전화를 하던 중, 그의 개인 핸드폰이 울린다.

발신자 표시 제한.

―어서 IP추적이라도 해봐. 어차피 인트라넷으로 왔다면서.

"잠깐, 잠깐만."

―뭔데 또 그러나?

백성욱은 조심스럽게 정체불명의 전화를 받았다.

"여보세요?"

―안녕하십니까? 메일은 잘 받으셨습니까?

"너 누구야?!"

―저 말입니까? 글쎄요, 누구일까요?

"이 새끼가 지금 나랑 장난을 하자는 건가?!"

―장난이라……. 지금 분위기 파악을 못하시는 모양이군요. 누가 누구에게 협박을 하는 겁니까? 칼자루는 분명히 내가 쥐고 있는 것 같은데.

"뭐, 뭐라고?!"

―지금이라도 이것을 인터넷에 까발릴까요? 그럼 성기현 의원이 참 좋아하겠습니다. 그렇지 않습니까?

"어, 어떻게 그걸……."

전화기 너머로 들리는 청년의 목소리가 더욱더 거만해진다.

―그러니까 왜 자꾸 사람을 도발하려고 하십니까? 어지간하면 좋게, 좋게 끝내고 싶은 사람에게.

"도, 도대체 원하는 것이 뭐야?"

―제가 약 5분 후에 이메일을 보낼 겁니다. 거기에 적혀 있는 장소로 공범과 함께 나오십시오. 그 누구에게도 알려서는 안 됩

니다. 심지어 당신의 비서도 알아서는 안 됩니다. 아시겠습니까?

"만약 돈이라면 얼추 액수라도……."

─지금부터 질문은 저만이 할 수 있습니다. 만약 저에게 질문을 했다간… 아시죠?

자존심이 구겨져 게거품을 물것만 같았지만 그는 억지로 화를 삭였다.

"조, 좋다. 그렇게 하겠다."

─후후, 진작 그렇게 나오셨어야지요. 그럼 이따 뵙겠습니다.

청년이 먼저 전화를 끊자, 그는 책상을 대고 분노를 표출했다.

쾅!

"이런 빌어먹을!"

도대체 저놈이 어디서 증거를 만들어냈다는 것일까?

믿기는 힘들지만 그것은 일단 그놈을 만나서 생각해 볼 일이다.

*   *   *

정경무를 데리고 약속장소로 향하는 백성혁의 얼굴에는 긴장감이 가득하다.

하지만 정경무는 아까부터 고개를 갸웃거리고 있다.

"뭔가 좀 이상하지 않아? 어째서 본사 건물 옥상에서 만나자고 한 걸까?"

"그걸 내가 어찌 아나?"

두 사람은 중학교 때부터 함께 붙어 다니던 단짝이었다.

영국교포 2세였던 두 사람이 친해진 것은 어쩌면 당연한 일이었다.

그렇게 영국에서 성장한 두 사람은 우연한 기회에 각각 DY그룹의 계열사에 취직을 했고, 서로에게 필요한 정보를 공유하면서 자신의 상사를 한 명씩 해치우며 결국 한국지사장까지 올라온 사람들이다.

그런 노력이 수포로 돌아가게 생겼다.

"도대체 어떤 자식이 이런 짓을 하고 다닌 거야?"

"자네 혹시 짚이는 곳 없나?"

"그런 것이 어디 있나? 자네와 나 두 사람 말고는 그 어떤 이도 끌어들이지 않는 것이 원칙임을 모르나?"

"그렇기는 하지만 뭔가 좀 이상하단 말이야. 그 장부, 진짜 자네가 만들어놓은 것 맞아?"

성혁은 잠시 고민에 잠긴다.

"내가 분명 이중장부를 만들기는 했지만, 사용하고 나서는 바로 소각을 했단 말일세. 그 어떤 여지도 남기지 않았어."

"자네가 실수했을 리도 없고…… 이걸 진짜 믿어야 할까?"

"어쩌겠나? 만약 진짜였는데 외면했으면 우리는 끝장이 아닌가?"

"하긴……."

두 사람이 대화를 나누는 동안 엘리베이터는 옥상 바로 밑까지 도착했다.

옥상까지는 계단을 타고 2층 정도 올라가야 한다.

두 사람은 아무런 말없이 계단을 올랐다.

이윽고 단단한 철문으로 만들어진 옥상 문이 열렸다.

철컹!

협박범의 정체는 다름 아닌 이은우 총괄이사였다.

"다, 당신이……."

두 사람을 보며 총괄이사는 입꼬리를 씨익 하고 올렸다.

"먼 길 오시느라 고생하셨습니다."

Chapter 07
빼도 박도 못하게 된 상황

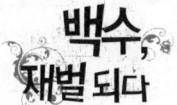

　사람을 옥죄는 가장 좋은 방법은 협박이다.

　맹점을 가진 사람은 항상 불안한 법이고, 그런 사람일수록 잃을 것 또한 많은 법이다.

　은우는 간의의자와 파라솔을 펴놓고 두 사람과 함께 마주앉았다.

　하지만 약점이 얼마나 약하고 커다란 것이냐에 따라서 공격적인 경우도 있다.

　"제가 보내 드린 이메일은 마음에 드셨습니까?"

　"한데, 그게 진본이라고 제가 어떻게 믿습니까?"

　자신의 말에 백성혁이 말대답을 하자, 은우가 다소 불편한 표정을 지었다.

　"이런…… 분명히 지금부터 질문은 오로지 저만 할 수 있다고 말씀드렸던 것 같습니다만?"

"감옥에 갈 때 가더라도 진본인지 아닌지 정도는 알아야겠습니다."

역시 예상대로 그들은 은우의 말을 곧이곧대로 믿는 사람들이 아니었다.

은우는 이쯤에서 저들이 진짜로 비리를 저지르고 다녔는지 알아보기로 했다.

"좋습니다. 지사장님들 뜻이 정 그러시다면야 어쩔 수 없죠."

그의 손은 이미 경찰청 홈페이지와 기자들에게 보낼 이메일이 작성된 화면으로 다가가 있었다.

"요즘은 버튼 한 번이면 사람을 매장시킬 수 있습니다. 세상 참 많이 좋아졌지요?"

만약 폭탄돌리기를 한 것으로 모자라 죄도 없는 국회의원을 끌어들였다면 이들의 형량은 도대체 얼마가 될지 아무도 알 수가 없다.

정말로 정보를 이메일로 전송하려던 은우를 보며 백성혁이 자리를 박차고 일어서며 말했다.

"자, 잠깐! 알겠습니다. 이사님의 뜻대로 합시다."

그제야 손가락을 내린 은우가 미소를 지었다.

"그래요, 바로 그런 태도가 우리 회사를 살리는 겁니다. 까라면 까야죠. 안 그렇습니까?"

"크흠……!"

다소 심기가 불편하다는 표정을 짓는 정경무가 헛기침을 하자, 성혁은 그의 옆구리를 쿡쿡 찔렀다.

그리고는 살며시 귓속말을 했다.

"제발 저놈의 말에 순순히 따르게."

"하지만 정확한 근거도 없지 않은가?!"

뭔가 밀담을 주고받는 두 사람을 보며 은우는 슬쩍 미소를 지었다.

어차피 두 사람 사이에도 의견 조율이 필요할 터, 그는 약 5분 정도 아무런 제재를 가하지 않기로 했다.

"만약 저게 진짜면 우리는 끝이야!"

"그렇지만 리스크가 너무 크잖아?"

"자네는 감옥에 가고 싶은가? 아니면 저놈이 시키는 대로 할 텐가?"

"그거야……."

"매장당하기 싫으면 정신 똑바로 차리게."

그제야 의견 조율이 끝났는지 두 사람이 귓속말을 멈추었다.

"이제 교통정리가 다 끝난 것 같으니 본론으로 넘어가겠습니다."

순간, 정경무가 참지 못하고 말을 꺼냈다.

"잠깐! 이대로는 절대 인정을 할 수가 없어."

"경무!"

"자네는 억울하지도 않은가? 우리가 횡령을 했다는 증거도 없지 않은가?"

은우는 저 사람이 날뛸 줄 알았다는 듯 보란 듯이 장부를 꺼냈다.

그런데 장부가 두 개다.

"하나는 당신들이 단가 조작 등으로 회사의 등을 쳐 먹은 장부고 나머지는 제가 테마파크에서 직접 공수한 당시의 장부입니다. 이런 것을 보고 이중장부라고 하지요."

식품, 놀이용품, 리조트 부대시설 이용비까지 모든 것에서 수익 차이가 확연히 드러난다.

"이걸 진본이라고 내가 어떻게 믿습니까?"

"그럼 이것이 진본이 아니라는 증거는 어디에 있습니까?"

"그, 그런 말도 안 되는 논리가 어디 있습니까?!"

"그러니까 기사들과 국회의원님께 보내서 이게 진본인지 아닌지 감정을 한번 받아보자는 겁니다. 그거야 어렵지 않은 일 아닙니까?"

그제야 정경무는 자신이 무조건 불리하다는 것을 깨달은 모양이다.

유사시에 대비하여 진본을 가지고 있었다면 조금 더 떳떳(?)할 수 있을 것이다.

장부가 조작되었는지 아닌지를 알아볼 수 있는 방법은 진본과 대조를 하는 방법이 가장 좋기 때문이다.

하지만 지금은 장부를 대조할 근거가 없다.

정경무는 은우의 한마디에 기가 눌려서 입을 꾹 다물어 버렸다.

"제가 지사장님들께 한마디만 말씀드리겠습니다. 더 이상 쓸데없는 반항을 한다면 지금 이 자리에서 저 세상으로 보내 드리겠습니다. 안 그래도 요즘 사회적으로 비자금 조성에 대해서 말이 많은데 청렴결백한 성 의원님이 억울한 누명을 쓰게 되었으니, 기자들이 이 소식을 들으면 아주 좋아하겠죠?"

"그, 그런……."

"그러니까 제가 시키는 대로 예, 아니오로만 대답하시면 됩니다. 아시겠습니까?"

이를 악문 두 지사장이 짧게 대답했다.

"예……."

그 모습을 보며 은우는 흡족한 미소를 지었다.

"그래요, 바로 그런 모습이 보고 싶었던 겁니다. 얼마나 좋습니까? 이렇게 순종적인 모습이라니, 제가 다 흐뭇하군요."

"……."

말문이 막혀 버린 두 사람에게 은우가 물었다.

"지금부터 여러분들께 제가 두 가지 선택권을 드릴 겁니다. 이 선택에 따라서 당신들이 감옥에 가냐, 마냐가 결정됩니다. 아시겠죠?"

"알겠습니다."

은우는 사진 한 장을 꺼내어 두 사람에게 보여주었다.

"듣자하니 두 사람은 미카엘이라는 부회장님을 그렇게 따른다고 하더군요. 사실입니까?"

순간, 두 사람은 서로의 눈치를 보며 대답을 미뤘다.

"아하, 대답하시 싫으시구나. 그렇다면……."

손가락이 태블릿PC의 발송 버튼으로 다가가는 순간, 두 사람이 화들짝 놀라 대답했다.

"그, 그렇습니다!"

"앞으로 대답이 느려도 재미없습니다. 아시겠습니까? 저는 기다리는 것을 상당히 싫어하거든요."

"…알겠습니다."

은우가 손가락만 까딱 움직여도 몸을 움찔움찔거리는 것을 보니, 이제 슬슬 협박의 약발이 듣기 시작하는 것 같다.

"그렇다면 다시 묻겠습니다. 끝까지 미카엘 부회장님을 따라다니면서 비리나 저지를 겁니까? 아니면 저를 따라다니면서 비리를 저지르지 않을 겁니까?"

"그, 그건……."

"아참. 부회장님은 당신들이 이런 짓거리를 하고 다닌다는 것을 모르는 것 같던데……. 만약 증거를 보내 드리면 참 좋아하실 겁니다. 그렇지 않습니까?"

이제 더 이상 도망갈 곳이 없다고 느꼈던지, 두 사람은 항복을 하고 말았다.

"아, 알겠습니다! 뜻대로 하겠습니다!"

더 이상 숙일 곳이 없을 정도로 고개를 숙인 두 사람에게 은우가 말했다.

"두 분은 줄을 서는 방법을 잘 모르고 계셨던 것 같습니다. 앞으로는 줄을 서는 방법을 제대로 알려 드리겠습니다. 어떻습니까? 좋죠?"

"예……."

은우는 자리에서 일어나 두 사람의 어깨를 두드려 주었다.

"지금부터 두 사람은 제 라인인 겁니다. 알겠죠?"

"예, 알겠습니다."

"그렇다면 어떻게 행동해야 할 것 같습니까?"

"우선… 횡령은 이제 그만……."

"그 전에 할 일이 있잖습니까?"

은우의 눈치를 보던 백성혁이 입술을 깨물며 대답했다.

"횡령한 금액은… 회사에 반환하겠습니다."

"그렇죠. 그런 청렴한 마인드가 필요한 겁니다. 여러분들은 오로지 월급, 상여금으로 살 뿐입니다. 아시겠죠?"

"예……."

"그리고 또 뭐가 필요하겠습니까?"

"지금부터 미카엘 부회장의 지시는 따르지 않고……."

은우는 그의 말을 단칼에 잘라 버렸다.

"쯧쯧! 그렇게 갑자기 손바닥 뒤집듯 돌아서 버리면 부회장님이 당신들을 가만히 둘 것 같습니까? 한국에서 부회장님이 키우신 세력이 얼마인데. 안 그래요?"

"그, 그럼……."

"제가 이곳을 완벽하게 장악하기 전까지 두 분은 부회장님의 충복인 겁니다. 그리고 그 후에는 대외적으로 저의 심복이 되는 겁니다. 어떻습니까?"

자존심이 1,000m 암반까지 주저앉은 백성혁이 마지못해 대답했다.

"…알겠습니다."

은우는 그의 대답을 듣고는 고개를 갸웃거렸다.

"어째 반응이 시원치 않습니다. 혹시 불만이 있으신 것은 아니죠?"

"그, 그럴 리가 있습니까?!"

"그렇죠? 그럴 리가 없죠?"

미소를 지은 은우가 옥상 문을 열며 말했다.

"이건 노파심에서 말씀드리는 겁니다만, 행여나 옥상에서 투신하는 한심한 짓은 하지 마십시오. 건물 값 떨어지거든요."

"……."

말문이 막혀 버린 둘을 뒤로하고 은우가 옥상을 빠져나갔다.

*   *   *

강남의 한 술집, 총괄이사 이은우가 놓고 간 파일들을 늘어놓은 백성혁과 정경무는 다소 무거운 분위기를 유지하고 있었다.

"어쩌다 일이 이 지경이 된 거지? 미치겠군……."

한 모금 마시는 것만으로도 식도가 녹아들 것 같은 위스키를 한 잔 모두 비워낸 백성혁이 잔을 거칠게 내려놓았다.

쿵!

"어차피 놈도 인간이 아닌가? 그냥 우리 식대로 처리하고 살던 대로 사는 것이 어떤가?"

정경무는 눈이 휘둥그레져서 그를 바라보았다.

"자, 자네 지금 제 정신인가? 저 사람은 이미 우리가 어떤 짓을 했는지 모두 알고 있어."

"그러니 더더욱 없애야지. 만약 죽일 수 없다면 외국으로 도피할 정도로 만들어놓아야 해. 그렇지 않으면 우리의 미래는 없어."

"하지만……."

백성혁은 머뭇거리는 그의 멱살을 움켜쥐었다.

"우리가 알게 모르게 퇴직시키고 이민 보낸 놈들이 이제까지 몇 명이라고 생각하는가? 잊었나? 내가 죽으면 돈이고 명예고 다 필요 없는 거야."

위기의 순간, 백성혁은 사생결단을 낼 요량의 독한 마음을 먹었다.

"만약 겁이 난다면 빠져도 좋네. 하지만 지금 이상의 것은 기대할 수 없을 거야."

정경무는 고개를 저었다.

"아니, 어차피 여기까지 함께 왔는데 혼자 빠질 수는 없지."

"일이 잘못되거나 틀어지면 최소한 감옥행이고, 극단적인 경우에는 신변이 위험할 수도 있어. 괜찮겠나?"

"이제까지 우리가 해온 일에 안 더럽고 안 위험한 일이 있었나? 안 그래?"

"후후, 하긴……."

친구의 다짐을 직접 확인한 성혁이 전화기를 들었다.

"그럼 본격적으로 시작하겠네."

그리고 그는 어딘가로 전화를 걸었다.

―예, 사장님.

"일 좀 하나 합시다. 당장 작업 준비 하실 수 있으시죠?"

―입금해 주시는 동시에 일을 시작하겠습니다.

"좋습니다. 착수금으로 전체 금액의 5할을 드릴 테니 준비해 주시죠."

―알겠습니다.

전화를 끊은 백성혁은 술을 언더락 잔에 가득 따라 단숨에 목구멍으로 털어 넣었다.

"어차피 둘 중 한 놈은 다치게 되어 있어. 그렇다면 내가 절대 다칠 수는 없지. 안 그런가?"

"자네의 말이 맞네."

정경무는 방금 전의 유약했던 생각을 버리고 마음을 고쳐먹었다.

*   *   *

회장 아들이 되고 나니 은우의 생활은 180도 달라졌다.

우선 숙소. 아직 적당한 집을 구하지 못해서 밖을 떠돌고 있는데, 그 밖이 서울에서 가장 비싼 호텔 스위트룸이었다.

예전 같으면 이런 곳에서 잠을 자는 것은 고사하고 구경을 하는 것조차 어려웠을 것이다.

하지만 아버지의 돈이라는 것이 사람을 이렇게 화려하게 만들어준다.

운전기사가 은우를 호텔까지 모셔다 주면 직원이 마중을 나와 은우의 손에 아무것도 없도록 대신 짐을 들어준다.

그리고 룸으로 올라가면 이미 목욕물이 준비가 되어 있고, 그의 취향에 맞춰 식사가 준비되어 있다.

이중에서도 가장 적응이 되지 않는 것은 호텔 직원들에게 팁을 주는 것이다.

대니의 신신당부가 없었다면 짠돌이 은우의 지갑에서 오만

원권이 나가는 일은 절대로 없었을 것이다.

호텔에서의 생활 역시 대외적으로 기업의 이미지를 구성하는 일의 연장이라는 지론 때문이었다.

가방을 이곳까지 들어다 준 사내에게 은우가 지폐 한 장을 건넸다.

"고마워요."

"감사합니다. 편히 쉬십시오!"

고개를 꾸벅 숙이고 돌아서는 그를 보며 은우가 한숨을 토해 냈다.

"쩝, 아깝긴 하군. 저 돈이면……. 이 생활은 역시 만만치가 않아."

그제야 상의를 벗고 편하게 식사를 할 준비를 한다.

된장찌개에 밑반찬이 놓인 일반적인 가정식이 룸의 중앙에 차려져 있다.

이런 밥상을 받아본 적이 거의 없기 때문에 그는 빙그레 미소를 짓는다.

하지만 자리에 앉아 밥을 한 수저 뜨려던 은우의 귀에 요란한 경보음이 들렸다.

따르르르릉!

그리고 밖에서는 직원들의 비명 소리가 들렸다.

"불이야!"

밥을 먹다 말고 자리에서 일어난 은우가 객실 문을 열기 위해서 손잡이를 잡는데, 문이 열리지가 않는다.

철컹, 철컹!

누군가 밖에서 잠금장치를 해놓은 듯하다.

"도대체 누가 이런 짓을……."

밖에서는 이미 아수라장이 된 듯 사람들이 뛰어다니는 소리가 들리고, 문틈 사이로는 서서히 검은색 연기가 차오르고 있다.

그는 재빨리 이곳을 빠져나갈 수 있는 통로가 있는지 확인해 보았다.

하지만 방은 넓고 빠져나갈 수 있는 문은 이곳이 전부다.

게다가 유리창은 사람이 밖으로 나갈 수 없을 정도로 좁은 만큼만 열리고 모두 방탄유리다.

불과 호텔방에 들어온 지 5분 만에 일어난 일이지만, 누군가 치밀하게 준비를 한 것 같은 느낌이 든다.

은우가 방에서 빠져나가지 못하고 있는 동안 주변의 온도는 점점 달아오르고 있다.

"빌어먹을!"

문을 갑자기 열었다 불길이 한 번에 퍼질 수 있지만, 선택의 여지가 없다.

그는 신비공을 백회혈에서부터 온몸으로 퍼뜨려 나갔다.

그리고 온몸에 신비공이 가득 찼을 때, 주먹으로 온 힘을 집중시켰다.

"허업!"

쾅!

그의 주먹이 두꺼운 스위트룸 방문을 통째로 날려 버리자, 자욱하게 연기가 가득 찬 복도가 드러났다.

이 난리통에도 은우를 제외한 모든 승객은 대부분 이곳을 빠져나간 듯 조용했다.

다만 그의 귀에 들리는 소리는 불길이 점점 복도를 잠식해 오는 소리뿐이었다.

화르륵!

이대로는 제 아무리 은우라도 꼼짝없이 잿더미가 될 것이다.

그는 신속하게 대피 약도가 그려진 비상구를 향해 몸을 날렸다.

단단한 철문으로 된 비상구를 그대로 돌파한 은우가 간신히 입구를 찾았을 때였다.

"저기 있다!"

대피용 방독면을 쓴 사내 열 명이 은우를 향해 무기를 휘둘렀다.

부웅!

무방비 상태의 공격이지만, 사부가 은우에게 했던 매타작에 비하면 조촐하기 그지없는 몸부림이다.

은우는 가볍게 몸을 좌로 회전시키면서 발차기로 바로 앞에 있던 사내의 턱주가리를 걷어차 버렸다.

퍼억!

"커헉!"

방독면으로 얼굴이 가려져 있어 확실한 정체를 알기가 어렵지만 덩치로 보아 일반인은 아닌 것 같았다.

사내들은 동료가 쓰러지든 말든 신경 쓰지 않고 계속해서 은우에게 몽둥이를 휘둘러 댄다.

부웅!

그러나 한 대도 은우를 맞히지 못했고, 그는 신속하게 계단을 한 층씩 밟아 내려갔다.

"어서 잡아!"

한데, 이상한 것은 아래층으로 내려갈수록 연기가 덜하고 먼지와 물이 섞인 냄새가 나는 것을 알 수 있었다. 원래라면 몰랐을 미묘한 차이이지만, 신비공으로 온몸의 감각이 깨어났기에 가능한 구분이었다.

스위트룸을 제외한 모든 곳은 스프링쿨러가 제대로 작동하고 있는 듯했다.

"영악한 놈들이군. 미리 스프링쿨러를 끊어 놓았어?"

도대체 언제부터 준비를 했는지 알 수는 없으나, 꽤나 철저하게 준비를 한 것 같다.

이제 질식할 일이 없어진 은우가 그 자리에 우뚝 멈춰 섰다.

"처음부터 나를 잡기 위해서 만들어놓은 트랩이었군."

슬며시 미소를 지은 은우가 자세를 잡았다.

"요즘 이소룡의 절권도에 심취해 있었는데 잘되었군그래."

건장한 사내들은 방독면을 벗고 고래고래 소리쳤다.

"주둥이는 아주 팔팔하게 살아 있군. 조져 버려!"

"예, 형님!"

이제 보니 심부름센터나 용역깡패 사무실에서 나온 놈들인 듯하다.

조금 불쌍하기는 하지만, 은우는 다소 강도가 높은 대응을 했다.

처음으로 달려드는 사내의 멱살을 재빨리 움켜쥔 은우가 주먹으로 그의 어깨를 내려쳤다.

뚜둑!

"크, 크아아악!"

어깨가 탈골되는 끔찍한 소리를 들은 깡패들은 다소 움찔하는 모습을 보인다.

은우는 조금씩 고개를 까딱거리며 신이 난 듯 말했다.

"오늘 아주 제대로 뼈 맛을 보겠어. 이번에는 어떤 새끼 차례야?"

우물쭈물하는 그들에게 은우가 웃으며 말했다.

"어이, 쫄지 마. 어차피 지금 덤벼서 너희들이 못 이기면 나는 저놈과 똑같이 만들어줄 거니까."

무리의 우두머리로 보이는 사내가 부하들에게 윽박을 지른다.

"어서 조지라고! 시간 없어!"

이를 악문 깡패들이 눈을 질끈 감고 은우에게 몸을 날렸다.

"에잇, 뒈져라!"

아홉 명이 동시에 휘두르는 몽둥이 소나기 덕분에 주변에는 빈 공간이 하나도 없는 듯 보였지만, 은우의 눈에는 달랐다.

심안의 초입 경지인 득안을 터득한 은우의 눈에는 저 모습들이 모두 슬로우 모션으로 보일 뿐이었던 것이다.

"일찍 죽고 싶으면 마음대로 해라. 하지만 나를 원망하지는 마라!"

무작위로 날아오는 몽둥이를 몸을 돌려 가볍게 피해낸 은우가 급소만 노려서 주먹을 날린다.

퍼억!

뚜둑!

"으, 으악! 내, 내 옆구리!"

장기를 상하지 않게 하면서 사람의 몸에서 가장 약한 부분을 골라서 타격을 해 나갔다.

아무리 덩치가 산만 한 깡패들이라지만 그들은 은우의 앞에서는 한낱 어린아이와 같았다.

이윽고 몽둥이를 손에 집어 든 은우가 깡패들의 정강이뼈와 복숭아뼈를 골라서 때리며 싸움판을 누빈다.

퍽퍽퍽!

"커, 커억!"

"사, 살려줘!"

몽둥이에 정강이뼈가 부딪친 이들은 뼈가 으스러져 기절을 한 사람도 있었고, 허벅지 뼈가 골절되어 쇼크로 눈이 돌아간 사람도 있었다.

하지만 모두 적절히 조치만 하면 절대로 죽지는 않을 것이다.

순식간에 부하들이 반병신이 되어 바닥을 구르는 동안, 두목으로 보이는 사내는 재빨리 현장을 벗어나려 몸을 날렸다.

은우는 벌써 한 층을 내려간 사내를 추격하기 위해 계단의 중앙 공간을 이용해서 단번에 두 층을 내려갔다.

그리고는 빠른 속도로 계단을 거슬러 올라왔다.

"어이, 어디를 도망가시게?"

그는 상황이 여의치 않자, 주머니에서 칼을 꺼냈다.

"가, 가까이 오면 확 찔러 죽여 버릴 거야! 내가 사람 못 죽일 것 같아? 나, 난……."

은우는 칼의 날을 손으로 확 낚아채 손에 힘을 주었다.

쫘드득!

순간, 은우의 악력을 못이긴 나이프가 무참히 구겨졌다.

"어, 어어……!"

인간의 능력으로는 절대로 할 수 없는 일을 해낸 은우를 보며 사내는 말을 더듬을 뿐이었다.

이윽고 사내의 멱살을 손에 쥔 은우가 물었다.

"너 뭐하는 새끼야?"

"그, 그게 그러니까……."

퍼억!

은우의 주먹이 그의 허벅지에 작렬했다.

"아, 악!"

"이제부터 엉뚱한 소리를 지껄이거나 거짓말을 보태면 점점 주먹은 네 낭심을 향해서 올라간다. 알겠지?"

"자, 잠깐!"

"말귀를 못 알아듣는 녀석이군."

허벅지 중앙을 주먹으로 찍어 눌렀던 은우가 이번에는 사내의 치골을 주먹으로 타격했다.

퍼억!

"크아아악!"

다리와 허리를 이어주는 치골이 으스러져 버린 사내는 고통으로 인하여 눈이 충혈되고 말았다.

"한 번만 더 쓸데없는 소리하면 불알이 날아간다. 알겠어?"

간신히 정신을 놓지 않은 사내가 고개를 끄덕였다.

"좋아. 다시 한 번 묻지. 너는 뭐하는 새끼야?"

"나, 나는 동대문 짝코 형님 수하에서 일을 하는 사람이다."

"짝코는 뭐하는 새끼인데?"

"요, 용역사무실을 하신다. 그래서 오늘도……."

"용역깡패?"

도대체 어떤 작자가 이런 짓을 했단 말인가?

하지만 아무리 생각해도 답은 딱 하나다.

은우는 축 늘어져 있는 사내의 머리채를 잡고 일어서며 말했다.

"이 새끼들 네가 다 정리하고 짝코인지 뭔지 하는 새끼의 약도를 뱉어내."

"우, 우리 사무실은 원래 비밀 보장이라……."

"아하, 여기서 죽고 싶은 모양이군. 좋아, 그것이 소원이라면 그렇게 해줘야지."

순간 은우의 주먹이 빠르게 올라가자, 그는 기겁해서 소리쳤다.

"아, 알겠다! 적어줄게! 그러니 이제 그만 때려!"

끝끝내 사내에게 약도와 명함까지 받아낸 은우가 호텔을 나섰다.

*　　　　*　　　　*

서울 서민 패션의 중심지라고 불리는 동대문 의류상가의 이른 새벽.

그 안에는 새벽부터 물건을 지게에 지고 나르는 지게꾼부터도, 소매상인들이 분주하게 움직이고 있다.

그런 동대문 의류상가 한복판에 나타난 사내는 장사꾼과는 다소 거리가 멀어 보인다.

목에 주렁주렁 매달린 금목걸이하며, 그의 단추 구멍만 한 눈보다 더 큰 반지, 그리고 험악한 인상까지.

그의 직업이 무엇인지 굳이 말하지 않아도 알게끔 하는 외관이다.

뱃살이 축 늘어져 벨트가 풀릴 지경이지만, 그의 옆에는 긴 생머리의 미녀가 서 있다.

"오빠, 그냥 갈 거야? 응?"

애교 섞인 그녀의 콧소리에 사내가 실룩거리는 미소를 지었다.

"큭큭, 나도 가기 싫다만, 어쩌겠어? 목구멍이 포도청인 것을. 가만히 앉아서 기다리고 있으면 오빠가 몇 시간 있다가 찾아간다. 그러니 조신하게 기다리고 있어. 그새를 못 참고 또 다른 새끼 만나면 알지?"

"당연하지! 내가 오빠 말고 남자가 어디 있어?"

"큭큭, 하여간 말은 잘 한단 말이야."

그녀에게 입을 맞추고 돌아서려던 그의 뒤로 한 청년이 다가와 말을 걸었다.

"혹시 네가 동대문 짝코냐?"

천천히 고개가 돌아간 사내가 청년을 보며 인상을 확 찡그렸다.

"어떤 개 호로새끼가 내 별명을 막 불러? 너 뭐야?!"

하지만 사내의 호기는 얼마 가지 못했다.

"뭐긴 뭐야, 이제부터 내가 네 형님이지. 눈 안 깔아?"

짝코는 하도 어이가 없어서 웃음을 흘렸다.

"푸하하하! 이 새끼 이거 완전 돌았군그래."

"돌았는지 안 돌았는지는 이따가 따지자고. 시간 없으니 용건만 간단히 하자. 너 나 알지?"

"그런데 아까부터 이 개새끼가 진짜!"

드디어 인내심에 한계에 부딪친 짝코가 육중한 주먹을 휘둘렀지만, 그것은 청년의 근처에도 가지 못했다.

그의 주먹에 절반도 되지 않는 크기의 주먹이 정면으로 부딪치자, 주먹 뼈가 안으로 말려들어가며 손목이 돌아가는 사태가 벌어졌다.

뚜두둑!

"크, 크아아악!"

사내는 손을 부여잡고 쓰러진 짝코의 주먹을 발로 살며시 지르밟았다.

"아, 아아아!"

"다시 한 번 물을게. 이번엔 네 손모가지가 날아갈 수도 있어. 나 몰라? 자세히 한번 봐."

간신히 눈꺼풀을 위로 올린 짝코가 청년의 얼굴을 바라보았다.

이윽고 그의 눈이 번쩍 떠졌다.

"호, 호텔?!"

"알고 있네. 알면서 왜 모른다고 했어그래. 죽고 싶었던 거야?"

"아, 아니, 그런 것이 아니라……."

청년은 손가락 두 개를 폈다.

"지금부터 내가 너에게 줄 수 있는 기회의 숫자야. 만약 내가 듣기에 거짓말 같다거나 말을 빙빙 돌리면 평생 팔 병신으로 살게 해줄게. 누가 시킨 거야?"

"그, 그게……."

그는 손가락을 한 개 접으며 말했다.

"이런… 기회가 한 번 사라졌다. 마지막으로 묻겠어. 누가 시켰어?"

"나도 잘 몰라. 그냥 전화를 받고 애들을 보내주는 사람이라서……."

이윽고 손을 지르밟고 있던 사내가 발을 높이 들어 올려 짝코의 손을 그대로 밟아버렸다.

뚜두둑!

"으, 으아아아아악!"

손톱 사이로 피가 흘러나오고, 혈관이 뒤틀려 손의 색깔이 시퍼렇게 변해 버렸다.

고통으로 인해 발버둥치는 짝코의 머리채를 휘어잡은 청년이 나지막하게 말했다.

"이제부터는 어디가 부러질지 아무도 몰라. 다시 한 번 묻지.

누가 시켰어?'

고통으로 인하여 눈물마저 흐르는 짝코가 힘겹게 입을 열었
다.

"저, 정말 얼굴은 잘 몰라. 연락처만……"

청년은 미소를 지으며 짝코의 전화를 빼앗았다.

"잠깐 빌릴게. 나중에 받으러 오라고. 알겠지?'

그에게서 건네진 명함을 본 짝코가 화들짝 놀라며 멀어지는
청년을 바라보았다.

DY코리아 총괄이사 이은우.

하필이면 건드려도 저런 괴물에 재력가를 건드렸다니, 후회
가 물밀듯이 밀려온다.

"젠장… 걸려도 오지게 걸렸군……!'

Chapter 08
숙청의 시작

VIRGINIA

NOVA MEXICANA

LUCAYE

MARI

Bermudes
ou I. d'Este

NOVA MEXICANA

NOVA HISPANIA &c.

ANTILLES

Hispaniola

Martinique
I. Virgo

CARIBES I.

Golfe du Orenoque
C. Nassau
Berbice R.
R. Conde als Cocal
I. Orange

NO

CARACAS

CUMANA

Isle Nord et Cabo
R. Amazones R.

MARI

VIANA

AMAZONUM REGNO

Tapinia Comida

Para

Curucu

AMERICE

BRASILIA

MERIDIO

PARAGUAY

HISPANICA

PLATA

URAGUAI

짝코의 핸드폰을 압수한 은우는 이들에게 사주를 한 사람이
바로 백성혁임을 알 수 있었다.

적당히 겁을 주는 것도 아니고, 사람을 죽이려 했다니 도저히
용서를 할 수 없다.

차라리 돈을 주고 회유를 하든지 협박을 했다면 모르는 척 속
는 연기라도 했을 것이다.

하지만 이건 얘기가 아주 다른 경우다.

다른 것도 아니고 호텔방에서 사람을 죽이고 시체를 태워 위
장을 시키려 했다니, 한국도 은근히 무서운 나라임을 절감했다.

이런 싹은 애초에 잘라야 추가 피해자가 발생하지 않는다.

아직은 안개가 낮게 깔린 강남의 유흥가에 들어선 은우가 금
색 네온싸인이 번쩍이는 건물로 발걸음을 옮겼다.

덩치가 거대한 건달들이 은우를 붙잡는다.

"죄송합니다만, 지금 영업이 끝나서 손님은 더 이상 받지 않습니다."

그러나 거대한 덩치의 건달은 은우에게 얼굴이 붙잡혀 발이 공중으로 붕 뜨는 상황이 되어버렸다.

"우, 우우욱!"

이윽고 은우가 그를 건물 외벽으로 확 집어 던져 버렸다.

콰앙!

은우의 눈에는 오로지 한 가지 목표밖에 보이지 않는다.

지금 신비공은 은우의 머리를 그쪽으로만 돌아가도록 조절을 하고 있기 때문이다.

밖에 무슨 일이 일어났나 싶어 지하에서부터 뛰어 올라오던 건달들은 아무렇지도 않게 내려오는 은우를 보며 소리를 고래고래 질렀다.

"저 새끼 잡아!"

열 명은 족히 넘을 법한 건달이 떼를 지어서 올라오고 있지만, 그것은 오히려 자살행위에 가까운 일이다.

은우는 처리하기 좋은 포지션으로 올라오는 건달들을 한 명당 한 방씩 주먹을 날려 정리해 나갔다.

퍼억!

"커, 커헉!"

"막아!"

미간이나 늑골을 맞은 그들은 어김없이 기절을 하거나 고통으로 인해 바닥을 뒹굴 수밖에 없었다.

한 방에 한 명씩 정리가 되니 열 명을 정리하는 데 걸리는 시간은 고작 20초 내외였다.

모든 건달들을 정리한 은우가 약간은 어두침침한 술집의 복도를 가로질러 가장 안쪽에 있는 룸의 문을 발로 걸어찼다.

쾅!

순간, 아가씨들을 끼고 술을 마시던 백성혁과 정경무의 표정이 경악으로 물들었다.

"초, 총괄이사?!"

은우는 그들이 앉아 있던 테이블을 발뒤꿈치로 찍어버렸다.

퍼억!

"꺄악!"

술과 안주들이 사방으로 튀어나가며, 아가씨들은 혼비백산하여 룸을 뛰쳐나갔다.

그리고 곧바로 테이블에 올려져 있던 술병을 집어 든 은우가 병을 거꾸로 잡고 말했다.

"저, 저희들은 그러니까……."

"분명 기회를 드렸건만 사람을 이런 식으로 대우하신다니, 내가 황당해서 말이 제대로 나오지 않을 지경이군요."

"아, 아니, 그게 아니라……."

아무리 신비문이 심안을 얻기 위해 정진하는 문파라고는 하지만 자신을 살해하려던 사람을 이해하고 덮어줄 만큼 이해심이 깊지는 않다.

은우는 백성혁의 손을 잡고는 술병으로 내려찍으려는 듯 자세를 잡았다.

"자, 잠깐!"

"움직이지 마십시오, 다칩니다."

"이사님! 그, 그게 아니라, 제 말을 좀 들어보십시오!"

"혓바닥이 길면 다친다는 것을 모르는 모양이군요."

은우는 술병으로 그의 새끼손가락을 찍어버렸다.

퍼억!

"크아아악!"

순간적인 고통으로 인하여 턱이 빠질 뻔한 백성혁은 거친 숨을 몰아쉬며 가까스로 참아내는 모습이었다.

그 장면을 직접 지켜보고 있는 정경무의 등 뒤로는 식은땀이 비 오듯 흐르고 있었다.

"사람을 죽이고자 했다면 분명 본인도 각오를 했을 것 아닙니까? 제 말이 틀립니까?"

"아, 아닙니다! 절대로 이사님을 살해하기 위해서 일을 꾸민 것이 아닙니다!"

"그걸 지금 말이라고 합니까?"

"저, 정말입니다! 감히 어느 안전이라고 지금 거짓말을 하겠습니까?!"

간곡하게 은우에게 빌고 있던 그를 보며 은우는 고개를 저었다.

그가 빙그레 미소를 짓더니 이번에는 백성혁의 다리를 낚아채 정강이를 손으로 잡았다.

"자꾸 거짓말하면 회사가 어떻게 돌아가겠습니까? 안 그래요?"

말이 끝나고 변명의 기회도 없이 은우가 술병을 휘둘러 그의 정강이를 찍어버렸다.

　퍼억!

　"크, 크아아아악!"

　정강이뼈가 으스러지는 끔찍한 소리가 룸에 울려 퍼지는 동시에, 백성혁의 눈에서 핏물이 흘러내렸다.

　고통으로 인하여 안구의 실핏줄이 모두 터져 버린 것이다.

　은우는 정강이를 잡고 고통 어린 몸부림을 치는 백성혁을 보며 말했다.

　"이제부터 거짓말을 하거나 말꼬리를 잡고 늘어지면 이렇게 됩니다. 알겠습니까?"

　고통으로 인하여 피눈물까지 흘리는 친구를 보며 정경무는 더듬더듬 목소리를 높였다.

　"아, 아무리 그래도 사람을 이렇게 만들면 경찰에서 가만히 있지 않을 겁니다!"

　"아하, 경찰에 신고를 하시겠다. 좋습니다. 하지만 나를 살해하려 한 죄는 없어지지 않을 텐데요?"

　짝코에게서 빼앗은 핸드폰을 꺼내 든 은우가 슬쩍 미소를 지으며 말했다.

　"제가 직접 전화를 걸어드릴까요? 요즘 살인교사 혐의가 몇 년이더라?"

　어느 하나 자신에게 유리하게 돌아가는 것이 없음을 인지한 정경무는 입을 다물 수밖에 없었다.

　은우는 얼굴이 창백해진 정경무의 반대쪽 다리를 잡고 말했다.

"게다가 참고로 경찰이 이곳에 도착할 때쯤이면 과연 당신은 어떤 모습일까요? 아마 저는 다리 한 짝을 으스러뜨리는 것으로 끝내지 않을 겁니다. 기왕지사 복수를 하는 거라면 아주 반병신을 만들어 버리겠죠. 안 그렇습니까?"

아무런 대답을 못하고 앉아 있던 정경무가 이내 고개를 들었다.

"…그래서 최종적으로 우리에게 원하시는 것이 무엇입니까?"

눈빛에 아직도 독기가 서린 것 같은 정경무의 말을 들은 은우가 고개를 저었다.

"그런 반항적인 태도는 좋지 못합니다. 이제부터 당신은 나의 충직한 개가 될 거니까요. 세상에 주인에게 이빨을 드러내는 개가 어디 있습니까?"

어금니를 악문 정경무가 인상을 확 찌푸린다.

"보자보자 하니 안하무인에……."

끝까지 자존심을 내세우는 정경무에게 백성혁이 떨리는 손을 뻗어 만류했다.

"그, 그만……. 그만하게……."

"성혁이!"

정강이가 퉁퉁 부어 허벅지와 크기가 같아진 백성혁이 가까스로 고개를 들어 은우를 바라보았다.

"…시, 시키는 대로 다 할 테니 이쯤에서 그만하시죠."

"그럴 수 없네! 아까의 그 패기는 다 어디로 갔어?!"

맞은 자와 맞지 않은 자의 차이는 이렇게 극명하다.

아직까지 몸이 성한 정경무는 정신을 차리지 못한 것이다.

자신이 무조건 불리하고 빠져나갈 구멍이 없다는 것을 인지하지 못하고 있었다.

은우는 깨진 술병 대신 소화기를 잡았다.

"시키는 대로 할 수 없다……? 그렇다면야 어쩔 수 없지요. 이번에는 당신 차례군요."

"뭐, 뭐요?!"

한손으로 소화기를 잡은 은우가 정경무의 손바닥을 잡아 납작 엎드린 자세를 만들었다.

쾅!

"크윽!"

"흔들리면 다른 곳이 다칩니다. 가만히 계십시오."

안 된다는 소리도 지를 틈도 없이, 육중한 소화기가 그의 손등을 향해 날아왔다.

슈우웅!

퍼억!

"끄아아아악!"

간신히 손이 잘리지 않은 정경무는 눈이 뒤집어지기 일보 직전까지 몸부림을 쳤다.

은우는 그런 정경무의 발목을 붙잡으며 말했다.

"아직도 정신이 안 드십니까? 이번에는 발목입니다."

확실한 고통을 맛본 정경무 역시 백성혁과 같은 태도를 보이기 시작했다.

"…허억, 허억! 도, 도대체 우리에게 원하는 것이 뭡니까?"

은우는 빙그레 미소를 지으며 캠코더 하나를 꺼내어 설치했다.

"고통이 사그라지고 난 후, 이곳에 당신들이 이제까지 지은 죄를 모조리 자백하십시오. 그리고 만약 그것을 입증할 증거들이 남아 있다면 모조리 말하십시오. 사실 확인을 할 사람이 이미 대기하고 있으니 거짓말은 하지 않는 것이 좋을 겁니다."

"하, 하지만 그렇게 되면……."

"감옥에 갈 수도 있다?"

고개를 끄덕이는 정경무에게 은우가 소화기를 높게 들어 올렸다.

"발목이 없으면 사는 데 상당히 지장이 크겠죠?"

눈물을 글썽인 정경무가 하는 수 없이 고개를 끄덕였다.

"알겠습니다. 하겠습니다……."

백성혁은 이미 체념한 듯, 미리 캠코더 앞에 앉아 있다.

은우는 그들의 얼굴이 제대로 보이도록 각도를 잡아놓고 녹화 버튼을 눌렀다.

"시작하시죠."

이윽고 그들은 자신들의 속에 담고 있었던 죄목들을 요목조목 끄집어내기 시작했다.

*　　　*　　　*

설마하니 이런 하드보일드한 사부의 비기를 사용하는 날이

올 줄은 꿈에도 몰랐던 은우는 스스로도 놀라는 중이다.

사부와 수련을 하던 도중 배웠던 비기 '사안'의 위력이 이 정도인 줄은 꿈에도 몰랐다.

은우가 사문에서 말도 안 되는 수련을 하기 전, 그의 사부는 장력으로 바위를 부순 적이 있었다.

모두 은우에게 신비문의 위력을 선보이기 위함이었다.

하지만 그 바위는 아직까지 건재하게 그 위용을 자랑하고 있으며, 심지어는 하루에 한 번씩 관리를 하도록 명령받기까지 했었다.

이때, 그의 사부는 이미 은우에게 장력보다 더 대단한 비기를 보여준 셈이었다.

사람과 사람이 소통을 하는 가장 첫 번째 기관은 눈이다.

그리고 서로 대화를 나누면서 청각에 의존을 하고 신뢰를 쌓아가는 것이다.

하지만 눈은 마음의 창이고 궁극적으로는 상대방의 진심을 읽을 수 있는 통로이다.

그런 눈을 이용해서 사람의 마음을 꿰뚫어보고 하늘의 이치를 깨닫는 것이 바로 심안인 것이다.

심안을 수련하는 과정의 첫 번째는 득안이다.

명창이 발성과 기교를 연습하여 소리를 얻는 것이 득음이라면, 초고도의 집중을 이용하여 마음의 눈을 뜨게 만드는 것이 바로 득안이다.

지금 은우가 바로 이 득안의 경지인 것이다.

득안을 하게 되면 신비공의 힘을 이용하여 집중력이 높아진 상태에서 남의 눈을 통하여 현실을 왜곡시킬 수 있다.

즉, 은우의 눈동자가 말하는 것이 진짜라고 믿게 되는 것이다.

비록 그 시간이 길지 못한 것이 흠이지만 사람의 심리라는 것은 한번 믿은 것은 계속 믿으려는 습성이 있어, 은우의 말이라면 무조건 반사적으로 듣게 되는 경우가 많다.

지금 정경무와 백성혁 역시 그렇고 멀쩡한 손에 깁스를 하고 다니는 짝코 역시 마찬가지의 경우다.

생채기 하나 없는 얼굴로 손을 축 늘어뜨린 백성혁과 정경무는 사뭇 진지한 표정으로 자신들의 죄를 명명백백히 카메라에 담아내고 있다.

"최근 우리가 저지른 죄들은……."

공금 횡령부터 폭탄돌리기까지 손을 대보지 않은 것이 없는 그들의 죄는 무려 스무 가지나 되었다.

만약 이 죄를 모두 합치면 감옥에서 칠순잔치를 해도 출소하지 못할 지경이다.

영상에 기록된 증거들이 있는 위치를 들은 동대문 짝코의 부하들은 전화를 받은 지 약 30분 쯤 지나서 은우에게 돌아왔다.

피를 보지 않고도 이런 흡족한 결과를 얻을 수 있다니, 심안이란 상당히 편리한 것인 듯하다.

"이 모든 것들이 진본이라는 것입니까?"

두 사람은 고개를 끄덕였다.

"그것은 모두 진본이고 저희들이 직접 작성한 겁니다."

증거까지 모조리 촬영한 은우가 캠코더를 접었다.

그리고는 짝코의 부하들에게 수표 몇 장을 건네며 말했다.

"앞으로 다시 살인이나 방화를 하고 돌아다니면 너희들도 얄짤없어. 알겠어?"

"예, 형님!"

호칭이 좀 거슬리지만 은우는 작게 고개를 끄덕여 그들을 돌려보냈다.

이윽고 은우는 서로 부축을 하고 술집을 빠져나가려던 정경무와 백성혁에게 말했다.

"내일부터는 정식적으로 출근해서 제대로 회의하고 재미있게 회사 일을 해봅시다. 알겠죠?"

두 사람은 힘겹게 고개를 끄덕였다.

만약 저러고 병원에 가면 과연 의사가 뭐라고 할지 참 의문이다.

*　　　*　　　*

가상(?)으로 다리가 부러졌던 정경무와 백성혁은 그다음 날부터 180도 달라진 태도를 보이기 시작했다.

은우가 출근하는 시간이면 깁스를 한 상태로 어기적어기적 미리 마중을 나와 그를 영접했다.

DY코리아의 건물에 은우의 전용 자동차가 도착하마자 달려가 직접 문을 열고 90도로 고개를 숙였다.

"오셨습니까?!"

"그래요, 좋은 아침이죠?"

바로 어제까지만 해도 대놓고 애송이네, 멍청이네 하던 사람들이 맞는지 직원들이 눈을 비비고 볼 지경이었다.

심지어는 자존심에 죽고 산다던 정경무가 은우의 서류가방을 대신 들어줄 정도이니, 직원들은 도저히 적응이 되지 않았다.

이로서 두 사람은 완벽히 은우의 충복이 된 것이다.

원래대로라면 회의에서조차 보고라는 것을 생략하던 이들이 은우가 사무실에 들어서는 순간부터 줄줄이 보고서를 읊기 시작한다.

"오늘 본 회의에서 주관하실 내용들을 정리했습니다. 지시하신 수뇌부 개편에 대한 프로필들이니 보시고 마음에 들지 않으시다면 바꿔서 올리겠습니다."

우선 은우를 중심으로 한 이사진을 구성하라는 지시를 내렸던 결과물이 완성되었다.

위아래로 로비란 로비는 다 하고 다녔으니, 회사 내부에 부장급 이상 인사들 또한 정경무와 백성혁을 따르는 사람들이 상당히 많다.

그런 고로, 이제부터 그들은 은우의 라인이 되어 완벽하게 이사진의 역할을 해낼 것이다.

"좋습니다. 이대로 진행하고, 오늘부터 회의에 참석해서 분위기를 익히도록 하십시오. 제가 오늘 승인을 내릴 테니 최대한 빨리 명부를 올려 정식직함을 내릴 수 있도록 합시다."

"지시하신 대로 움직이겠습니다."

이렇게 시원시원하게 일이 진행된다니, 가슴이 뻥 뚫릴 것 같은 느낌마저 든다.

이 모든 것이 사부와 사문 덕분이라고 생각하면 가슴이 벅차
오른다.

하지만 은우의 앞에 당면한 과제는 이게 다가 아니다.

아직 DY전자의 지사장이 미카엘 부회장의 충복 노릇을 하고
있기 때문이다.

DY코리아를 한국법인인 동시에 은우의 기반으로 만들기 위
해서는 이곳을 미카엘의 영향권에서 벗어나게 할 필요가 있다.

그 기본 작업 중 하나가 바로 DY전자의 김형우를 회유시키는
것이다.

은우는 서류를 잠시 덮고 두 사람에게 물었다.

"DY전자의 지사장말입니다."

"김형우 말씀이십니까?"

"예, 김형우 지사장 말입니다. 그 사람은 어떤 사람입니까?"

백성혁은 고개를 가로저었다.

"그 친구는 어지간해서는 컨트롤할 수 없는 친구입니다. 워
낙에 성정이 돌 같은 친구라, 자기가 싫으면 목에 칼이 들어와
도 하지 않을 친구입니다."

"우직하고 뚝심있는 사람이다?"

"말이 별로 없어서 그렇지 뚝심하면 그를 따라갈 사람이 없
죠."

백성혁이 생각하는 김형우는 상당히 남자다운 사람이었다.

"그렇다고 단순히 앞뒤가 꽉 막힌 사람은 아닙니다. 융통성
이 없다고 생각되는 이유는 그 사람을 잘 모르고 하는 말입니
다. 일단 한번 자신이 옳다고 생각하면 끝까지 밀어붙이는 성격

때문입니다. 자기가 옳다고 생각하면 적당히 타협하고 넘어가는 경우도 있습니다."

"오호라, 상당히 화끈한 모양이군요."

"그렇습니다. 그리고 마초적인 기질도 다분합니다. 그래서 운동을 좋아하고 의리를 중시하죠. 딱 20대 중반의 남자처럼 말입니다."

저번에 은우가 보았던 그 떨떠름한 첫인상은 그의 마초기질이 빚어낸 결과물인 듯했다.

"그럼 비리나 뒷돈을 챙기는 짓은 하지 않습니까?"

"다른 것은 몰라도 신상은 아마 그룹 내부에서도 가장 깨끗한 사람일 겁니다."

"뒤가 깨끗한 인물이라……."

은우가 생각하는 뒷골목 정공법으로는 그를 숙청하거나 회유할 방법이 없을 듯하다.

"또 다른 특징은 없습니까?"

"특징이랄 것은 없습니다만, 외모와는 다르게 상당히 가정적입니다. 그 나이에 요리도 직접하고 집안일을 도와주는 것을 보면 알 수 있습니다."

"그 덩치에 살림을 한다고요?"

취미가 헬스라던 그는 몸집이 상당히 거대하다.

그런 그가 앞치마를 매고 살림을 하는 모습이라니, 도저히 상상할 수 없는 모습이다.

"믿기 힘듭니다만, 사실입니다. 게다가 아직까지 아들을 옆구리에 끼고 뒷수발을 도맡아 하고 있죠. 저 같으면 벌써 호적을 팠어도 골백번은 더 팠을 겁니다."

"아들이 그 정도로 골치를 썩입니까?"

그의 아들에 대해서 얘기를 하는 정경무는 치를 떨었다.

"아마 고등학교 때까지는 성적이 아주 우수했던 것으로 기억합니다. 가끔 지사장들끼리 술자리를 갖게 되면 항상 아들 자랑뿐이었습니다. 한데 언제부터인가 방구석에 처박혀 나오지 않는다고 하더군요."

"방구석에 처박혀 나오지를 않아요?"

정경무는 고개를 저었다.

"이유는 저희도 모릅니다. 아들이 방구석에 처박힌 것도 우연한 기회에 알게 된 겁니다."

"흐음……. 뛰어난 사람이지만 가정사에 문제가 있다?"

세상에 완벽한 사람은 없다더니, 김형우의 경우가 딱 그렇다.

"아들 때문에 고생이 이만저만 아니겠습니다."

"이제 슬슬 군대도 가야 하고 학교도 졸업해야 하는데, 속이 터질 만도 하지요."

"정말 그렇겠군요."

개인적인 고민을 떠나 집안의 근간이 흔들리는 문제를 안고 있는 김형우가 지금까지 정상적으로 일을 하고 있다는 것도 신기할 정도다.

"아들의 일을 제외하고는 별다른 특이사항은 없습니까?"

"최소한 저희가 알고 있는 선에서는 그렇습니다. 신상이 깨끗하고 자기관리를 무척 중요하게 여기는 정도가 될 겁니다."

은우는 흡족한 표정으로 자리에서 일어섰다.

"좋습니다. 그럼 이만 일어나 회의 시작하시죠."

세 사람은 동시에 사무실을 나서 회의장으로 향했다.

*　　　*　　　*

은우가 총괄이사로 취임한 지 이제 2주가 지나 열리게 된 DY
코리아 간부회의.

처음 회의 때와는 다르게도 상당히 많은 인원들이 참석하여
서로 의견을 나누고 있었다.

그러나 그들은 모두 DY L&T와 DY블루의 임원들로, DY전자
의 직원들은 지사장 한 명이었다.

간부에 대해서 아직 구성을 마치지 못했던 김형우는 보고서
를 작성했을 뿐, 아직 회의에 참석하도록 하지는 않았다.

그는 회의에 참석한 정경무와 백성혁 두 사람을 보며 이해를
할 수 없다는 듯 고개를 갸웃거렸다.

바로 얼마 전까지만 해도 은우를 사람 취급도 하지 않던 두
사람이 아니었던가?

"살다 보니 별일이 다 있군."

심지어 두 사람은 은우의 곁에 딱 달라붙어 뭔가를 계속 알려
주며 회의의 상황들 매끄럽게 이끌어 나가고 있다.

잠시 멍하니 두 사람을 바라보던 김형우의 귀에 은우의 목소
리가 들렸다.

"지금부터 DY코리아 이사회를 시작하겠습니다. 현재 DY전
자 한국지사의 경영진이 거의 전무한 상태이니, 이 안건에 대해

서 논의하는 시간을 갖겠습니다."

김형우가 더욱 이해할 수 없는 것은 총괄이사가 이사회의 의
장이 되었고, 지금 그것을 두 명의 지사장이 암묵적으로 지지하
고 있다는 것이었다.

바로 어제까지만 해도 애송이네 멍청이네 하던 사람들이 갖
기엔 뭔가 좀 이상하게 느껴진다.

원래 배신을 밥 먹듯이 하고 심경의 변화가 오늘 내일 다른
저들이라고 하지만, 오늘의 분위기는 상당한 위화감이 든다.

"회사가 통합되면서 그룹 내부의 인사이동이 있었던 만큼 한
국지사의 인원들은 최대한 한국인으로 채웠으면 합니다. 현지
의 상황을 가장 잘 아는 간부들이 필요하다는 말입니다."

"지시하신 대로 저희 물산에서는 국내 현장 경력이 높은 간
부들을 등용했습니다. 지금 보시는 김석훈 상무부터 이희환 상
무보는 현장 경력이 뛰어나고 직원 관리 능력도 인정받는 사람
들입니다."

"좋습니다. 앞으로도 회사를 위해서 힘써주시기 바랍니다."

"감사합니다."

이윽고 백성혁이 자신의 옆줄에 앉아 있는 간부들을 은우에
게 인사시켰다.

"기장으로서 오랜 경력을 가진 인원들과 서비스 관리 능력이
뛰어난 승무원 출신 간부들을 채용했습니다. 항공사 역시 서비
스 마인드는 물론이고 뛰어난 영업 전략이 필요한 만큼 본사의
영업직에서 오래 근무한 강병수 상무를 헤드헌팅 했습니다. 강
병수 상무는 내일 아침 비행기로 한국에 도착합니다."

일제히 은우에게 고개를 숙이는 직원들에게 그가 짧은 목례로 답했다.

'도대체 이게 무슨 일이지?'

김형우는 차라리 황당했다.

첫 회의를 생각하면 지금의 상황은 도저히 이해할 수 없을 지경이다.

그때는 저 사람의 말은 들은 척도 하지 않더니, 지금은 진짜 심복이라도 된 듯 눈빛마저 초롱초롱하다.

'이 사람들이 뭘 잘못 먹었나?'

경영진의 구성은 상당히 중요한 일이기 때문에 그 역시 명단을 뽑아 올리기는 했지만, 저들처럼 체계적이고 분석적으로 일을 했을까?

그것은 절대로 아니다.

지사가 합쳐지면서 기존의 인사들이 대거 이동했음에, 그에 따라 예전의 자신의 심복들을 다시 불러들일 요량으로 명단을 작성한 것이다.

"전자는 아직까지 이사진을 완성하지 못했습니까? 인원이 모자라면 말씀하십시오. 본사에 연락을 취해서 인사이동을 해드리겠습니다."

김형우는 다소 떨떠름한 표정으로 대답했다.

"아닙니다. 알아서 이사진 구성을 마친 후 보고하겠습니다."

"알겠습니다. 최대한 빠른 시일 내에 일을 마쳐 주십시오."

"…알겠습니다."

혼자만 아웃사이더가 된 듯 붕 뜬 느낌을 받은 김형우는 자꾸 고개를 갸웃거렸다.

"자, 그럼 다음으로 각 지사 경영에 대한 보고를 하시죠."

"DY L&T의 2분기 보고입니다. 아직 물류 사업이 안착되지 않아 업계에 말이 많습니다. 대국민 인지도도 떨어지는 편이고요."

"기업의 브랜드 파워의 기본은 이미지 아닙니까? 앞으로 서비스 개선을 위한 사업에 힘쓰세요."

"알겠습니다. 그다음으로는……."

회의가 진행되는 내내 분위기가 은우에게로 집중되는 것을 알 수 있었다.

도대체 무슨 방법으로 두 사람을 회유했는지 알 수 없으나, 그의 장악 능력은 상당히 뛰어나다는 것은 분명한 사실이었다.

'애송이가 아니었던가?'

정확하게 무슨 일이 일어났는지 알 도리가 없는 현 상황에서 김형우는 그저 일의 흐름을 지켜볼 뿐이었다.

*　　　*　　　*

비가 부슬부슬 내리는 남대문 시장의 오후.

이제 슬슬 여름이 오려는지 날씨가 제법 후덥지근하다.

그런 남대문 시장통 한복판에 동대문에 근거지를 두고 있는 건달 한 명이 어슬렁어슬렁 걸어 다니고 있다.

"빌어먹을……. 내가 이런 짓까지 꼭 해야 하나?"

동대문 짝코는 이은우라는 악마 같은 놈에게 코가 꿰어 몸소 이곳까지 행차하는 수고를 하고 있었다.

그는 익숙한 걸음으로 시장 상가건물 뒤쪽의 골목으로 향했다.

대낮임에도 불구하고 비가 내리고 있어 골목의 주변이 온통 캄캄하다.

그는 고장 난 가로등 불이 깜빡거리는 길을 지나 셔터를 내린 점포들이 늘어선 길을 따라서 걸어갔다.

"이게 도대체 몇 년 만이야?"

가끔씩 술을 마시고 비틀거리는 사람들을 제외하면 인적이 상당히 드문 뒷골목은 짝코의 어린 시절을 회상시키는 장소다.

계속해서 어둠 속을 걷던 그의 눈에 상당히 눈에 익은 간판이 보인다.

백정이네 약국.

"저기 있군."

약국 이름이 '백정이네' 라니 독특하다고 해야 할까, 좀 이상하다고 해야 할까?

아니, 약국이 이런 뒷골목에 있는 것 자체가 상당히 의외라고 해야 할 것이다.

하지만 짝코는 아무렇지도 않게 약국의 문을 두드렸다.

쾅쾅쾅!

"어이, 연탄!"

셔터가 내려진 약국 문을 약 30초 정도 두드리자, 2층 창문이 열리며 한 사내가 고개를 쑥 내밀었다.

"누구쇼?"

"나야, 짝코"

얼굴이 까무잡잡한 사내가 콧물을 한 번 들이마시더니 손짓을 했다.

"크흥! 간만이군. 들어와."

습관적으로 코를 빨아들여 목구멍으로 넘기는 저 행동은 볼 때마다 비위가 상한다.

몇 번인가 함께 술을 마신 적이 있었는데, 짝코는 절대로 그와 함께 국물을 떠 마시거나 겹 잔을 하는 일이 없었다.

아무리 짝코가 비위가 좋다고 하지만 그와 마주 앉아서 술을 마시다 보면 도망을 가고 싶을 때가 한두 번이 아니었던 것이다.

계단을 타고 2층으로 올라가니, 건물의 외관보다 약 두 배는 더 허름한 사무실이 모습을 드러냈다.

온통 곰팡이 투성이에다, 바닥은 언제 닦았는지 흙먼지가 자욱했다.

"오랜만이지?"

"쿵쿵, 네가 여기까지 어쩐 일이야? 이 바닥에서 돈깨나 만진다고 하던데."

"뭐, 그런 일이 좀 있어. 그나저나 아직도 일하지?"

"당연하지. 사람 본업이 어디로 가나?"

남대문 뒷골목에서 '연탄' 이라면 알 만한 사람은 다 안다.

사람을 찾는 데에 귀신이고, 그 뒷조사라면 어머니도 모를 일까지 다 캐낸다는 흥신소계의 최고봉이라 할 수 있다.

하지만 세수하기를 어지간히 싫어해서 얼굴엔 항상 때가 덕지덕지 붙어 있다.

그가 얼굴이 까만 이유는 세수를 하지 않기 때문이다.

가끔씩 얼굴을 긁적일 때마다 우수수 떨어지는 검은색 각질을 보면 그 사실을 여지없이 알 수 있다.

이런 사람과 술을 마실 수 있을 정도라면 짝코도 보통 인물은 아닌 듯하다.

"뒤를 캘 놈이 하나 있어."

짝코는 자신의 품에서 사진 하나를 꺼내서 내밀었다.

"이름 김철민, 나이 23세. 직업은 없음. 어때, 이 정도면 내가 절반은 해준 거지?"

"신상명세가 다 있을 정도라면 자네가 찾아도 되지 않아?"

"내가 뒤질 수 있는 것은 한계가 있어. 나는 경찰 인맥도 없으니 그 흔한 사건 조회 한 번을 할 수가 없잖아."

남의 뒤를 캐는 것은 엄연히 불법이지만, 그렇다고 수면 위로 드러나는 범죄는 아니다.

그렇기 때문에 연탄은 경찰과의 관계도 상당히 매끄러운 편이다.

연탄은 흔쾌히 고개를 끄덕였다.

"좋아. 자네가 직접 왔는데 내가 움직이지 않을 수 있나?"

"그래, 그래야지. 내가 사준 술이 얼마인데."

"큭큭, 알겠어. 이번 일은 특별히 1/3만 받을게."

"어허! 우리 사이에 이럴 거야?!"

연탄은 그의 누런 이를 드러내며 웃었다.

"장난이야, 장난. 이런 간단한 일을 우리 사이에 돈을 받으며 할 수는 없지."

"끝나면 내가 소주 한잔 살게."

용건이 끝난 짝코가 자리에서 일어나려는데 연탄이 물었다.

"그런데 자네가 여기까지 직접 온 진짜 이유가 뭐야?"

짝코는 씁쓸한 표정으로 말했다.

"묻지 마. 어지간하면 모르는 편이 좋아."

이윽고 돌아서 계단을 내려가는 짝코의 어깨에는 힘이 쭉 빠진 것 같은 느낌이 든다.

"도대체 뭐야?"

그런 그의 모습을 바라보는 연탄은 연신 고개를 갸웃거릴 뿐이었다.

Chapter 09
새로운 시작을 위하여

확실히 짝코를 암묵적인 동생으로 만들어놓으니 편리한 것이
한둘이 아니었다.

대표적으로는 김형우의 아들 김철민에 대한 일이 그랬다.

사진과 간단한 신상명세를 건네주자, 정확히 하루 만에 범죄
기록부터 학생 시절 생활기록부까지 모든 것이 완벽하게 갖추
어져 배달되었다.

물론 그가 직접 은우를 찾아오는 일은 절대로 없었다.

우편으로 김철민에 대한 정보를 받은 은우가 짝코에게 전화
를 했다.

"일은 확실히 한 거겠지?"

─아이고, 형님! 걱정하지 마십시오. 제가 절친에게 특별히
부탁해서 한 일입니다. 믿으셔도 됩니다.

"그래? 그런데 왜 직접 오지 않았어?"

─그, 그게……

한참 말을 더듬던 짝코가 궁색한 변명거리를 찾아냈다.

─저 같은 날건달이 회사에 찾아가면 형님의 채면이 뭐가 됩니까? 하하하!

역시 쉽지 않은 한국의 뒷골목에서 자리를 잡은 정도의 처세술이다.

은우는 슬며시 미소를 지었다.

"그래? 직접 왔으면 용돈이라도 두둑하게 넣어주려고 했더니만……. 아쉽게 되었군그래."

─요, 용돈이요?

"고생했다고 회식이라도 하라고 용돈을 좀 주려고 했지. 하지만 어쩔 수 없지 뭐. 나중에 또 보자고."

─…알겠습니다.

전화기 너머로 들리는 그의 목소리에 힘이 하나도 없어 보인다.

하지만 그는 그런 감정을 숨기기 위해 더욱 크게 인사한다.

─그럼 들어가십시오!

아마 짝코의 입장에서는 은우 같은 사람을 알아서 나쁠 것이 없을 것이다.

그래서일까? 농담 반 진담 반으로 보수를 주지 않는다고 했는데도 일을 거절하지 않았다.

"재미있는 놈이란 말이야……."

전화를 마친 은우가 김철민에 대한 보고서를 읽어 내려갔다.

그의 신상명세를 읽어 내려가던 은우는 놀라운 사실 하나를 발견해 냈다.

"살인?!"

비공식적이지만 그는 살인사건에 휘말린 적이 있었다.

증거 불충분으로 풀려나기는 했으나, 유력한 용의자로 조사를 받은 적이 있었던 것이다.

사건의 개요를 보자면 이러했다.

강남역 근처에서 일하던 커피전문점 아르바이트생 강희진이 양평에서 숨진 채로 발견되었다.

피해자 강희진은 한국 최고의 여대 한국여대에 다니던 사람으로, 평소 행실이 단아하고 몸가짐이 단정한 사람이었다.

사건 당일, 아르바이트를 끝내고 집으로 돌아오면서 부모님에게 전화를 하고 난 후 연락이 두절되었다.

그리고 그녀는 집으로 돌아오지 않았고, 그녀의 부모는 경찰에 신고를 했다.

경찰에 신고가 접수된 지 약 3일 후, 그녀는 양평의 한 별장 앞에서 싸늘한 시신으로 발견되었다.

이때, 강희진의 살해 혐의 용의자로 지목된 사람은 다섯 명이었는데, 그녀가 죽었던 별장에서 밤새도록 술을 마셨다는 별장 주변 주민들의 제보에 따른 것이었다.

그 다섯 명 안에 김철민이 끼어 있었고, 그는 가장 유력한 용의자로 지목이 되었다.

하지만 어쩐 일인지 김철민은 증거 불충분으로 하루 만에 풀려났고, 나머지 네 명 또한 증거 불충분으로 3일 후에 풀려나게 되었다.

그리고 결국 강희진 살인사건은 미제로 남게 되었고, 사람들의 머릿속에서 점차적으로 사라지게 된 것이다.

은우는 이 사건이 어떻게 종결되었는지 확인하기 위해 인터넷 기사를 검색했다.

기사는 이런 식으로 사건을 다루고 있었다.

피의자 없는 살인사건? 결국 미제로 남고 마는 것인가?
양평 별장 살인사건, 용의자 없이 결국 수사 종결.

언론에는 이 사건이 아예 용의자가 없는 상태로 사건이 종결되었다고 보도하고 있다.

그러니까 용의자가 애초에 다섯 명이 있다는 것을 매스컴은 모르고 있다는 소리가 된다.

아마 용의자가 있다는 사실을 알고 있는 사람들은 경찰 내부의 수사팀 정도가 될 것이다.

만약 용의자가 있었다는 사실을 매스컴에서 알았다면 네티즌들이 가만히 있지 않았을 것임으로 사전에 입막음했을 가능성이 가장 높다.

계속해서 사건 파일을 읽어보던 은우는 그녀가 죽었던 별장이 DY전자에서 관리하는 휴양지였다는 사실을 알 수 있었다.

은우는 별장 주변을 관리하고 있다는 보안업체에 전화를 걸었다.

"수고하십니다, 이곳은 DY코리아 본사입니다. 혹시 저희 측

이 소유하고 있는 양평 별장의 책임자가 있습니까?'

—잠시만 기다리십시오.

고객의 전화라면 그 어떤 곳이든 친절하게 마련이다.

이윽고 그곳을 담당하고 있다는 팀장이 전화를 받았다.

—예, 한성화 팀장입니다.

"이곳은 DY코리아고 저는 총괄이사 이은우라고 합니다."

—예, 예?!

화들짝 놀라는 팀장에게 은우가 차근차근 설명을 시작했다.

"너무 놀라지 마십시오. 비서실을 통해서 연락을 드리지 않은 것은 회사 차원에서 공식적으로 움직이기 힘든 사안이라 그랬습니다. 오해는 하지 마셨으면 좋겠습니다."

—아, 예……. 그런데 무엇 때문에 전화를 주셨습니까?

"혹시 양평에 있는 저희 DY전자 재산인 별장을 알고 계십니까?"

—에, 알고 있습니다. 4년 전부터 저희 팀에서 관리를 하고 있습니다.

"그렇군요. 근데 그 근방에 CCTV가 설치되어 있던가요?"

팀장은 마치 매뉴얼을 읊듯 대답했다.

—전방에 세 대, 후방에 두 대가 있습니다. 입구에는 폐쇄회로를 설치할 여건이 되지 않기 때문에 현관 40m 앞 나무에 한 대가 설치되어 있죠.

"그렇다면 2년 전 CCTV 화면도 아직 남아 있겠군요."

—전방 카메라와 후방 카메라는 교체가 용이해서 바로바로 수거를 합니다만, 현관 나무는 자체 하드를 이용하기 때문에 아

직까지 2년 전의 화면이 남아 있을지는 모르겠습니다. 용량이 모두 다 차면 자동적으로 삭제가 되기 때문입니다.

"그렇습니까?"

메모를 하던 은우에게 팀장이 불현듯 물었다.

―그런데 CCTV는 왜 찾으십니까? 필요하시다면 제가 가져다드릴 수도 있습니다.

"그래 주시면 감사하죠. 그런데 요전에 왜, 살인사건이 일어나지 않았습니까?"

―그랬죠. 그래서 지금도 신입들이 들어오면 그곳은 잘 가지 않으려고 합니다.

짧은 웃음소리가 이어지고 나서 다시 은우가 말을 이었다.

"그럼 경찰이 CCTV 화면을 가지고 갔었습니까? 살인사건이라면 그 정도는 기본일 텐데."

―전방 세 개와 후방 두 개는 수거를 해갔습니다. 당시 제가 출장 중이라 자세한 정황은 잘 모르겠습니다만, 그때 상황실에 있던 신입에게 다섯 대의 CCTV 화면을 요구해서 그대로 주었다고 하더군요.

"그럼 경찰은 CCTV가 다섯 개인 줄 알았다는 겁니까?"

―그렇겠죠? 사실 확인을 하지도 않고 가지고 갔으니까요. 그런데 사실 확인을 할 시간도 없었을 겁니다. 그렇게 사건이 빨리 종결되었는데 추가 확인 작업을 할 시간이나 있었겠습니까?

뭔가 석연치 않은 사건이 있음을 느낀 은우는 전화를 끊고 곧장 양평 별장으로 향했다.

　　　　*　　　　*　　　　*

　은우의 호출을 받고 달려온 보안업체의 직원은 다름 아닌 관리팀장이었다.

　양평 별장에 들어선 은우는 살짝 미안한 듯 말했다.

　"이런 별것도 아닌 일에 팀장님까지 나설 것 있습니까?"

　"아이고, 아닙니다. 다른 사람도 아니고 총괄이사님이라는데, 제가 직접 와야지요."

　유도선수 출신이라는 그는 충청도 사람이라 말이 좀 느린 편이었다.

　하지만 성격이 워낙에 좋아서 함께 있는 내내 부담이 될 정도였다.

　"그나저나 이 CCTV를 가지고 무엇을 하실 생각이십니까?"

　"회사 내부에 감사를 할 예정인데, 그때 사용할 겁니다. 요즘 간부들이 하도 휴양지에 많이 들락거린다고 해서 말입니다."

　"그렇군요. 저는 또 경찰에서 CCTV 화면을 가지고 딴지를 거는 줄 알았지 뭡니까? 하하!"

　이제 보니 총괄이사가 와서 팀장이 나온 것이 아니라, 경찰이 개입되면 수습을 하기 위해서 직접 나온 듯하다.

　이미 수사가 종결된 사건을 들쑤시는 것도 보안업체에서는 썩 달갑지는 않은 모양이다.

　속내야 어찌 되었든 한성화 팀장은 웃는 얼굴로 은우가 말했던 CCTV를 나무에서 내려주었다.

"여름이라 그런지 나무에 이파리가 참 많습니다, 하하!"

기계를 받은 은우가 그에게 살짝 고개를 숙였다.

"이러실 위치가 아니실 텐데, 죄송해서 어쩝니까?"

"아이고, 자꾸 그러시면 제가 민망해집니다. 다만 앞으로도 저희 업체를 계속 이용해 주셨으면 합니다, 하하!"

머리에 묻은 나뭇잎을 털어낸 한성화가 자신의 지갑에서 명함을 꺼내어 은우에게 내밀었다.

"나중에 불편한 점이 있으시면 연락 주십시오."

명함을 받으면 명함을 주는 것이 인지상정이지만, 이미 비서실에 연락을 취해서 신분을 확인 했을 테니 은우는 굳이 주지 않았다.

"외람된 말씀입니다만, 이번 일은 비밀로 해주셨으면 합니다."

무슨 말인지 충분히 알아들었다는 듯 그는 웃는 낯으로 다시 고개를 숙였다.

"이를 말씀입니까? 아무도 모르게 하겠습니다."

이윽고 한성화는 자신이 있어야 할 장소로 자동차를 타고 돌아가 버렸다.

*　　*　　*

경찰이 수사를 하면서 실수를 했든, 고의로 CCTV를 가지고 가지 않았든 화면은 아직도 고스란히 남아 있었다.

정확히 3년 전까지 녹화가 되어 있는 CCTV의 외장하드에서 살인사건이 일어났던 당시의 화면을 돌려보았다.

사건이 일어난 일시는 2월 중순, 한창 춥고 눈도 많이 올 때다.

그래서 그런지 화면이 좀 뿌옇기는 하지만 사람의 이목구비를 확인하는 데에는 전혀 지장이 없었다.

그녀가 납치를 당했을 것으로 추정되는 10시부터 시신이 발견되었던 3일 후 오후까지의 파일들을 추출한 은우가 천천히 화면을 돌려보았다.

저녁 10시 30분 경, 고급 승용차 두 대가 LED불빛을 번쩍이며 별장 안으로 들어온다.

그리고는 자동차에서 다섯 명의 남자와 두 명의 여자가 내리는데, 한 명은 약간 술에 취한 듯 비틀거리고 있고, 나머지 한 명은 남자들의 손에 붙들려 끌려가고 있다.

은우는 잠시 화면을 멈추고 강희진의 사진과 영상 속 그녀의 얼굴을 대조해 보았다.

그녀가 사라지던 당시에 입고 있던 청바지와 어그부츠, 그리고 붉은색 망토까지, 모두 일치한다.

이윽고 약 세 시간 후, 거나하게 술에 취한 네 명의 청년이 여자 한 명을 데리고 나와 자동차를 타고 사라졌다.

그러나 아직까지 김철민과 강희진은 나오지 않고 있다.

영상으로 미뤄 볼 때, 분명 김철민과 강희진은 안면이 있는 사이거나 친하게 지내던 사이일 확률이 높다.

그리고 시간은 흘러 또 다시 두 시간이 경과하였고, 이번에는 김철민이 혼자 나와 주변을 두리번거린다.

그러더니 별장 현관 옆에 있는 차단기를 내려 가로등을 비롯한 주변의 모든 시설이 다운되도록 만들었다.

하지만 나무에 매달려 있던 CCTV는 대체동력으로 전환되어 작동되고, 심지어는 적외선으로 촬영을 계속하였다.

적외선으로 촬영된 영상은 가히 충격적이라 할 수 있었다.

이미 정신을 잃은 듯 축 늘어진 강희진을 질질 끌고 나온 김철민이 자동차에서 마대자루를 꺼낸다.

하지만 누군가 곁으로 다가오는지, 그는 잠시 행동을 멈추었다가 이내 시신을 별장 근방으로 끌고 가는 듯했다.

그런데 그가 행동을 멈추었을 때, 그녀는 아직 죽지 않은 듯 몸을 꿈틀거리고 있었다.

철민은 그녀가 죽은 줄 알고 유기를 하려고 했던 모양이다.

그러니, 그녀의 사인은 과다출혈이나 저체온증이었던 것이다.

도대체 무엇으로 사람을 때려서 저 지경을 만들었는지 몰라도 그녀는 차가운 바닥에서 아주 고통스럽게 죽어갔던 것이다.

"세상에……."

화면을 모두 시청한 은우는 한동안 충격에서 벗어나지 못했다.

세상 그 어떤 사람이 살인현장이 담긴 영상을 보고도 멀쩡할 수 있겠는가?

게다가 은우가 이렇게 충격을 받은 것은 그녀가 이때까지 살아 있다가 어처구니없이 죽었다는 것이다.

좀 더 조사를 해봐야겠지만, 분명한 것은 김철민이 강희진을 살해했다는 사실이었다.

*   *   *

　강남의 한 술집, 세 명의 지사장이 조용히 대치상태로 있다.
　김형우는 정말이지 손바닥 뒤집듯 너무나 쉽게 돌아선 두 사
람에게 삿대질을 하며 말했다.
　"자네들, 그러다 정말 크게 다칠 수도 있어. 알잖나? 미카엘
그 사람은 보통내기가 아니야."
　백성혁은 그의 말을 듣고는 격하게 고개를 저었다.
　"나도 한마디만 하지. 그건 자네가 이은우 이사를 몰라서 하
는 말이야. 그는… 하여간 말하기가 좀 곤란하군. 아무튼 나는
우리보다 자네가 더 걱정이야."
　"그게 무슨 말인가?"
　"자네는 제이슨 회장과 다니엘 부회장이 어째서 이은우를 총
괄이사로 보냈다고 생각하나?"
　이제까지 아무도 제대로 생각하지 않았던 문제가 대두된다.
　김형우는 그의 질문에 곧바로 대답을 하지 못했다.
　사실 은우가 총괄이사로 온 이유를 아는 사람은 이곳에 아무
도 없기 때문이었다.
　"나는 처음에 그가 회장의 아들이 아닐까 하는 생각을 했었
다네. 그래서 저렇게 무능력하고 한심한 청년이 총괄이사씩이
나 해먹을 수 있지 않나 싶었어."
　백성혁의 말을 들은 정경무가 말을 이었다.

"하지만 직접 겪어보니 너무나 명확하게 알겠어. 그는 마치 저승사자 같은 사람이야. 인간으로서 할 수가 없는 일을 해낸다고나 할까?"

"그건 또 무슨 소리야?"

도통 알아들을 수 없는 말만 해대는 두 사람을 심란하게 바라보던 김형우에게 백성혁이 말했다.

"더 큰 일이 일어나기 전에 자네도 줄을 정리하는 편이 좋아. 썩은 동아줄보다는 그래도 회장의 줄이 더 낫지 않겠어?"

말을 마친 두 사람은 이내 돌아서 휴게실을 나섰다.

하지만 여전히 휴게실에 남은 김형우는 오래도록 생각에 잠겨 있었다.

*　　　*　　　*

강남역 부근의 커피전문점.

이곳은 연인들과 친구들이 약속장소로 자주 애용하는 곳으로, 24시간 영업을 하는 곳이었다.

밤이 늦은 시간임에도 사람들이 많은 것을 보면 이곳이 대외적인 만남의 장인 듯하다.

은우는 그나마 사람이 적은 시간을 택해서 매장을 방문했다.

"어서 오세요!"

야간 파트타임을 관리하는 매니저의 직함이 적혀 있는 명찰을 찬 여자가 은우에게 꾸벅 고개를 숙였다.

카운터로 다가간 은우에게 그녀가 친절하게 웃으며 물었다.

"주문 도와드릴까요?"

"아이스 아메리카노 한 잔 주십시오."

매니저는 환하게 웃으며 대답했다.

"아이스 아메리카노 한 잔이요? 주문 받았습니다. 시럽 필요하신가요?"

"아닙니다. 그냥 주십시오."

"예, 알겠습니다. 7,000원이구요, 앉아서 기다리시면……."

친절하게 설명을 하던 그녀에게 은우가 사진 한 장을 건넸다.

"혹시 이런 사람 아십니까?"

순간, 그녀의 표정이 딱딱하게 굳어버렸다.

"누, 누구세요?"

"나쁜 사람 아닙니다. 그렇다고 경찰도 아니고요."

사진을 받아 든 손끝이 사정없이 떨려오던 그녀가 약간은 매섭게 은우를 노려보았다.

"도대체 누구신데 제 친구 사진을 들고 계신 것이죠?"

"지금부터 제가 그 얘기를 좀 해드리려고 합니다. 괜찮으시다면 약 10분만 시간을 내주실 수 있습니까?"

다소 경직된 얼굴로 아르바이트생에게 지시를 내린 그녀가 앞치마를 벗고 은우를 따라 밖으로 나왔다.

다소 늦은 밤이지만 여름의 문턱에 들어선 날씨는 여전히 후덥지근했다.

은우는 주머니에서 다른 사진을 한 장 더 꺼내어 내밀었다.

"혹시 김철민이라는 사람을 아십니까?"

그녀는 사진을 보며 약간 측은한 표정을 지었다.

"알아요. 이 사람, 희진이 남자친구였어요."

"남자친구요?"

"그런데 희진이가 봉변을 당하기 3일 전에 헤어졌어요. 그 후로는 이 사람 역시 모습을 보기 힘들었죠. 그런데 희진이의 장례가 치러지던 날 찾아와 술이 머리끝까지 취해서는 땅바닥을 뒹굴고 다니면서 울었어요. 마치 실성한 사람처럼 말이죠."

치정은 때론 사람을 미치게 만들며 내면에 숨어 있던 천사와 악마를 모조리 꺼내놓게 만든다.

자신의 연인을 직접 살해한 충격으로 인해 그가 상당히 힘들어했다는 것을 알 수 있었다.

은우는 이 사건이 자신이 협박을 하고 말고의 문제가 아니라는 것을 깨달았다.

"그런데 다 지난 얘기를 또 다시 묻는 이유가 뭔가요?"

싱긋이 미소를 지은 은우가 고개를 저었다.

"아닙니다. 우리 회사의 별장에서 변고가 일어났기에, 뒤늦게 조사를 하는 것뿐입니다. 말씀 잘 들었습니다."

은우는 고개를 숙이고 이내 뒤돌아섰다.

                    *   *   *

옷깃만 스쳐도 인연이라고, 은우는 한성화 팀장과 개인적인 만남을 가졌다.

카페에서 대면을 하게 된 한성화 팀장은 고개를 갸웃거렸다.

"카페 앞의 CCTV라면 분명 저희가 관리합니다만, 그것은 갑

자기 왜 찾으시는 겁니까?'

"저희 회사 간부의 내사에 필요한 겁니다. 만약 마음에 걸리신다면 주지 않으셔도 됩니다."

한성화 팀장은 고개를 저었다.

"아닙니다. CCTV 화면을 드린다고 해서 제가 곤란을 겪을 일은 없습니다. 어차피 티도 나지 않는걸요."

"그렇다면 다행입니다. 그럼 염치 불구하고 부탁을 좀 드리겠습니다."

"부탁이랄 것까지 있습니까? 그저 파일 몇 개 드리는 것뿐인데요. 너무 부담 갖지 않으셔도 됩니다."

한성화는 쪽지에 웹 클라우드 시스템 사이트의 아이디와 비밀번호를 적어 내렸다.

"저희 팀에서만 사용하는 클라우드 시스템입니다. 제가 파일을 올려놓을 테니 오늘 돌아가셔서 다운로드하시면 됩니다."

"이렇게까지 신경을 써주시다니, 감사해서 어쩝니까?'

"저희 최대 고객님이 아니십니까? 고객님께 편의를 제공하는 일이 저희가 하는 일 아닙니까? 하하."

아마 한성화는 영업 쪽에 종사했어도 상당히 유능하다고 인정받았을 사람이다.

그의 미소는 딱 영업하기 좋은 것이기 때문이었다.

이번에 은우는 그에게 개인명함을 건넸다.

"도움을 받았으니 저도 도움을 드릴 일이 있다면 드리겠습니다. 만약 제 도움이 필요하시다면 주저하지 마시고 연락주십시오."

무려 총괄이사의 명함을 받은 한성화는 감개가 무량하다는
표정을 지었다.

"어이쿠, 이렇게까지……."

"아무쪼록 오늘 일은 절대로 잊지 않겠습니다."

함께 고개를 숙인 은우는 카페를 나섰다.

*　　　*　　　*

DY전자 한국지사장 김형우는 주변에서 워커홀릭이라고 부
를 만큼 자신의 일에 집중하는 사람이다.

특히나 지금처럼 DY전자가 휘청거리는 시기에는 더더욱 그
렇다.

현재 시간이 밤 10시를 넘어가고 있지만, 그는 좀처럼 자리에
서 일어날 생각을 하지 않는다.

그러던 중, 회사 내선번호로 전화가 왔다.

따르르릉!

이 시간까지 회사에 남아 있던 사람이 자신뿐만이 아니었다
는 소리인가?

그는 의외라는 듯 전화를 받았다.

"예, 김형우입니다."

─아직까지 업무를 보고 계셨군요. 총괄이사입니다.

김형우가 현재로서 가장 싫어하는 남자의 목소리다.

"어찌하다 보니 그렇게 되었습니다. 그러는 이사님은 어째서
아직 퇴근을 하지 않으셨습니까?"

―몇 가지 확인할 사항이 좀 있어서 말입니다. 그런데 다 끝냈습니다.

"그러십니까? 한데 이 시간에 어쩐 일로 전화를 다 하셨습니까? 업무가 끝났으면 댁으로 돌아가시면 될 것을."

다소 까칠한 그의 반응에도 은우는 별다른 거부감 없는 말투로 대화를 이어 나간다.

―그 전에 지사장님께 보여 드릴 것이 좀 있어서 말입니다. 지금 시간 괜찮으시면 메신저로 로그인을 좀 해주시겠습니까?

"무엇 때문에 그러십니까? 업무의 외적인 일이라면……."

―지사장님의 가정사 역시 업무 외적인 일이라 보지 않겠다면 어쩔 수 없습니다만, 그렇지 않다면 들어오시죠.

무덤덤한 말투지만 다른 것도 아니고 가정에 대한 일이라니, 그는 어쩔 수 없이 제안을 수락했다.

"…잠시만 기다리십시오."

그가 비서가 만들어두었던 회사 메신저로 로그인을 하고 나니, 은우가 그에게 파일 전송을 요청했다.

―천천히 감상하시고 감상평을 좀 들려주시지요.

약 10mb 정도 되는 화면을 다운로드한 김형우가 재생 버튼을 눌렀다.

그리고 이어진 영상을 시청한 그는 경악을 금치 못했다.

아들이 한 여성을 살해하고 유기하는 장면이 고스란히 담겨 있었다.

"도, 도대체 이걸 어떻게……?!"

두 명의 지사장이 해주었던 충고는 허투루 한 말이 아니었던 것이다.

그는 떨리는 손으로 은우에게 전화를 걸었다.

"도, 도대체 당신이 원하는 것이 뭐요?! 뭔데 남의 아들을 가지고 협박을 하느냔 말이오!"

—저는 협박을 하기 위해서 전화를 한 것이 아닙니다. 그저 당신의 양심이 어떤 선택을 하는지 궁금했을 뿐입니다. 당신의 아들이 구속되는 꼴을 보기 싫었을 것은 제가 물론 이해합니다. 그렇지만 그것은 당신의 안위를 위한 일이기도 했습니다. 그렇지 않습니까?

"그, 그건……."

—그렇지 않고서야 어떻게 그런 짓을 할 수 있었겠습니까? 다른 것도 아니고 아들이 살인을 저질렀는데 말입니다.

순간, 가슴이 철렁 내려앉는 느낌이 든다.

김형우는 아들의 얼굴이 정확하게 찍힌 영상을 보며 머리를 쥐어뜯었다.

이런 경우를 두고 사면초가에 몰렸다고들 하는 모양이다.

조금만 더 신중하게 행동했어야 했다고 자책을 해보지만 이미 때는 늦은 다음이다.

—술이나 한잔하면서 얘기를 나눌까요?

"장소를 말하십시오. 내가 그리로 갈 테니."

—멀리 갈 것 뭐 있습니까? 제 방에서 소주나 한잔하시죠.

"알겠습니다."

대충 짐을 챙긴 김형우가 은우의 사무실로 발걸음을 옮겼다.

　　　　*　　　*　　　*

　김형우가 은우의 방에 도착했을 때, 은우는 DY전자에서 만든 빔 프로젝터로 영상을 띄워놓고 있었다.

　그리고 테이블 위에는 그의 말대로 소주가 서너 병 놓여 있었다.

　"앉으시죠. 지사장님께서 꼭 보셔야 할 영상이 있습니다."

　"영상은 아까도 보지 않았습니까? 이제 더는……."

　"이건 아까와 좀 다릅니다. 일단 천천히 보시면서 생각하시죠."

　은우의 말대로 소파에 앉은 김형우가 소주를 한 병 개봉한 후 그것을 거꾸로 물었다.

　은우는 그가 소주를 병째 마시는 동안 영상을 재생시켰다.

　CCTV 화면이라 소리는 나지 않지만 장면은 똑똑하게 보인다.

　긴 생머리에 청바지를 입은 여자가 걸어가고 있는데, 검은색 세단이 한 대 멈추어 선다.

　그리고는 그녀와 대화를 나누는데, 그녀는 자꾸 상대방을 외면한 채 얘기를 듣는 것 같다.

　"아드님과 저 여자는 연인 사이였다고 하더군요. 그것도 아주 관계가 깊은, 장래를 약속한 사이 말이죠. 그래서 저 여자는 매몰차게 아드님을 외면하지 못했습니다."

　은우의 말대로 화면 속 여자는 남자의 차에 타지도 못하고, 집에 가지도 못한 채 방황하고 있었다.

그러다 남자가 차에서 내려 그녀의 팔을 붙잡고 뭔가 소리를 지르며 우격다짐을 하는 것 같다.

하지만 자신의 뜻대로 되지 않자, 그는 무릎을 꿇고 통사정을 한다.

남자도 울고, 여자도 울고, 순식간에 CCTV 화면은 눈물바다가 된다.

"뭔가 사정이 있었는지 지사장님의 아드님은 저 여자에게 상당히 집착하는 것 같습니다. 그런데 저 아가씨 역시 미련이 남아 있는 것 같습니다. 정말로 싫었다면 저대로 돌아서 집으로 갔어야 정상이니까요."

화면을 바라보는 김형우가 괴롭다는 듯 소주를 들이켰다.

결국에는 여자가 남자의 차에 타고 어디론가 향했다.

"보셔서 아시겠지만 자동차는 별장 앞에 멈추어 섰고, 두 사람은 함께 별장으로 들어갔습니다. 알아보니 그날은 아드님의 생일이었더군요. 그래서 친구들과 술을 마시던 찰나, 그녀가 너무 보고 싶어서 술에 취한 채 카페 앞까지 갔던 것이고요. 그리고 친구들은 분위기를 잡는다며 돌아갔고, 결국엔⋯⋯."

"돼, 됐습니다. 그만하면 나도 알아들었습니다. 그래서 나에게 원하는 것이 뭡니까? 제가 가진 직위입니까? 아니면 제가 가진 재산입니까? 좋습니다, 재산이라면 얼마 되지 않는 돈 모두 털어서 드리죠. 만약 지위를 내놓으라 하시면 조용히 퇴직하고 낙향하겠습니다. 도대체 원하는 것이 뭡니까?"

아버지에겐 아들이 전부이고, 이제껏 살아온 이유인 것일까?

그는 아들을 위해서라면 그 어떤 것이든 내어놓을 준비가 되어 있었다.

"물론 당신이 저에게 충성하고 오로지 우리 회사를 위해서 일하면 좋겠습니다. 하지만, 그것은 어디까지나 제 욕심에 불과합니다. 차가운 눈밭에서 죽어간 아리따운 아가씨를 생각하면 욕심을 내세울 수가 없죠."

"그럼 뭡니까? 도대체 어쩌라는 겁니까?"

"결정하시죠. 저는 자시장님께서 선택하시는 대로 따르겠습니다. 만약 자수를 하지 않겠다고 하시면 이대로 사건을 묻어둘 것이고, 자수를 하겠다고 하시면 정황을 최대한 유리하게 이끌어 드리겠습니다. 물론 자수를 하면 지사장의 자리를 포기해야겠죠."

충성이냐, 아니면 양심이냐의 문제였다.

그러나 그의 성격상 둘 중 어느 하나를 선택하기가 참으로 어려운 듯 보였다.

자신의 목숨보다 더 중요하게 여기는 아들이냐, 아니면 자신의 자존심이냐의 기로였던 것이다.

거의 패닉에 가까운 상태가 되어버린 그를 보며 은우가 슬쩍 재촉하듯 말했다.

"어서 결정하시죠. 피차 시간이 없기는 마찬가지 아닙니까? 아까운 시간 낭비 마시고 어서 결정하십시오."

김형우가 자신을 바라보고 있는 은우에게 한숨을 푹 내쉬며 말했다.

"꼭 이렇게까지 해야 합니까?"

"어차피 회사는 한쪽으로 치우쳐 돌아가야 합니다. 한 집안에 두 가지의 세력이 있다는 것은 별로 좋은 그림이 아니죠."

"결국 당신 자신을 위해서 나를 협박하는 겁니까?"

"원래는 그러려고 했었죠. 하지만 사건의 개요를 들어보니 어느 한쪽도 상처를 받지 않은 쪽이 없더군요. 그래서 생각했습니다. 이것은 저 혼자 생각하고 결정내릴 일이 아니라는 것을요."

"그 혼자만의 생각이 아니라는 것이 결국 자폭이냐 복종이냐를 결정하는 겁니까?"

"최대한의 절충안입니다. 더 이상 방법은 없습니다. 어디까지나 선택은 지사장님께서 하시는 겁니다."

은우는 프로젝터를 끄고 자리에서 일어났다.

"내일까지 시간을 드리죠. 아드님과 상의를 하시든, 사모님과 상의를 하시든 내일까지는 확답을 주셨으면 합니다."

그는 묵묵히 앉아 있는 김형우를 뒤로하고 사무실을 빠져나갔다.

홀로 사무실에 남은 김형우는 한숨을 푹 내쉬며 자리에서 일어서며 지갑 속에 들어 있던 가족사진을 꺼내어 보았다.

과연 그의 아들은 아버지가 이런 상황에 처했다는 것을 알고나 있을까?

"무심한 놈 같으니……."

그의 혼잣말을 아들이 들을 수 있을 리 만무하다.

오늘도 그는 외롭게 회사를 나선다.

Chapter **10**
세력을 결성하다

I. Bermudes
ou I. d'Este
MEXICANUM
NOVÆ HISPANIÆ
ANTILLÆ I
HISPANIOLA
Golfo du Orinoque
C. Nassau
Berbice R.
C. de Nord
R. Amazone
CULANA
GUIANA
AMERICA
MERIDIO
BRASILIA
PARAGUAY
GUAYRA
MAR
PLATA

백수, 재벌 되다

　복잡한 마음을 애써 꾹꾹 눌러 참으며 자택으로 귀가한 김형우는 늦은 밤까지 자신을 기다리고 있던 아내를 보며 한숨을 푹 내쉬었다.

　"먼저 자지, 왜 기다리고 있었어? 가뜩이나 몸도 별로 좋지 않은 사람이."

　"그냥 잠이 안 와서요. 밥은요?"

　그는 고개를 저었다.

　"밥 먹을 시간이 있어야지."

　"와서 앉아요. 금방 차려줄게요."

　넥타이를 풀어헤친 김형우가 식탁에 늘어지듯 걸터앉았다.

　늦은 시간에도 묵묵히 자신을 위해서 밥을 하고 있는 아내의 모습을 바라보던 김형우가 불현듯 입을 열었다.

"여보."

"네?"

"우리 철민이 이제 어쩌지? 매일 저렇게 술이나 퍼마시게 내버려 둘 거야?"

"마음이 다쳐서 그래요. 조금 있으면 정신을 차리고 방에서 나오겠죠."

2년 전, 아들은 애인의 사망으로 크나큰 충격을 받고 말았다.

3일장을 치르는 순간부터 매일 술만 퍼마시더니 이제는 방구석에 처박혀 아예 나올 생각을 하지 않는다.

"어디 힘 잘 쓰는 녀석들 좀 데려와서 방문이라도 부수어 버릴까? 그럼 나오지 않을까?"

아내는 반찬과 찌개 등을 상 위에 올려놓으면서 말했다.

"그렇게 해서 밖으로 나오면 뭐가 달라지겠어요? 자기 스스로 이겨내야지."

아들의 육아나 진로에 대해선 항상 아내에게 일임을 했던 형우로서는 뭐라 더 할 말이 없었다.

게다가 어찌 보면 아들이 저 지경이 된 이유도 그에게 있기 때문이다.

'그때 그냥 흘러가듯 내버려 두었어야 했나?'

김형우는 같은 집에 살지만 2년 동안 얼굴을 보지 못한 아들의 마지막 모습을 기억해 냈다.

처음 그의 아들 철민은 자수를 한다고 난리를 쳤었다.

사랑했던 사람을 자신의 손으로 죽였다는 죄책감에 의한 것이었다.

하지만 김형우는 그런 아들을 극구 만류했고, 급기야는 입에
담아서는 안 될 말까지 내뱉고 말았다.

"네가 이런다고 지하에서 있을 그 아이가 과연 좋아할까? 자신을
죽인 남자를 좋아하겠냐고! 누가 뭐래도 그 아이는 네가 죽인 거
야!"

말을 뱉고도 당황해서 아들에게 곧바로 사과를 했지만, 아들
은 그때부터 방구석에서 나올 생각을 하지 않았다.

그때, 아들의 눈빛은 아직도 그의 뇌리에서 잊히지 않는다.

"후우……."

식사보다 술 한잔이 간절한 때다.

그는 자리에서 벌떡 일어서더니 제사를 지내고 남은 정종을
꺼내어 밥상 위에 올려놓았다.

그리고는 물 잔에 술을 따라서 벌컥벌컥 들이켰다.

"크흐……."

이제야 좀 속이 진정되는 것 같다.

"그래, 모든 것이 내 탓이야. 내가 그때 실수만 하지 않았어
도……."

이럴 줄 알았다면 차라리 아들이 자수를 하게 놓아둘 것을 잘
못했다.

때론 자식이 잘못된 길을 가더라도 바로 잡아주는 것이 부모
다.

그럼에도 불구하고 살인을 저지른 아들을 아무렇지도 않게

덮어주었다니, 조금의 회의감이 든다.

오늘따라 아버지의 얼굴이 자꾸 떠오른다.

피곤한지 식사를 차려준 후 먼저 방으로 들어가 버린 아내를 바라보던 그가 정종을 들고 자리에서 일어섰다.

그리고는 아들의 방문을 두드렸다.

쿵쿵쿵!

"철민아! 아빠랑 얘기 좀 하자!"

아들은 여전히 대답을 하지 않는다.

그는 아들이 문을 열어주지 않자, 방문에 등을 기대고 앉아 혼자 술을 마셨다.

꿀꺽!

"크흐! 역시 정종이 묘한 매력이 있어. 함께 한잔 안 할래? 태어나서 처음이잖아."

아직도 아들은 방에서 나올 생각을 하지 않는다. 방문 너머에 과연 아들이 있기나 한지 소리조차 들리지 않는다.

그 차가운 적막을 느끼며 그는 회사에서 총괄이사가 했던 말을 머릿속으로 되뇌었다.

어쩌면 아들이 방구석으로 숨어든 것은 자신의 탓인지도 모른다.

어지간해서는 집에서 술은 입에도 대지 않던 그가 정종으로 병나발을 불었다.

꿀꺽!

"크흐! 그래, 이 아비가 못나서 그런 거야. 그러니 네가 이해해라."

오늘도 역시 아무런 반응이 없는 아들을 뒤에 놓고 술을 마시던 그의 핸드폰이 울린다.

지이잉!

지금은 새벽 1시, 이 시간에 도대체 누가 메시지를 보낸단 말인가?

"대출문자 같은 것은 스팸으로 해놓았을 건데."

안 봐도 뻔한 문자라는 생각이 들지만, 사람이라는 것이 그렇지가 않다.

내용을 확인하기 위해서 핸드폰을 꺼내 든 그가 고개를 갸웃거린다.

쌍문동 552－421번지.

"쌍문동? 웬 쌍문동?"

이윽고 이번에는 사진 한 장이 전송되어 온다.

사진에는 까칠하게 수염이 난 청년이 어디선가 봉사활동 같은 것을 하는 듯 보인다.

한데 사진 속 인물은 정말이지 어디서 많이 본 사람 같다는 생각이 들었다.

"처, 철민이?!"

그는 문자를 보낸 사람의 번호를 확인했다.

처음 보는 번호였다. 황급히 전화를 걸어보았다.

딸깍

—여보세요?

익숙한 목소리, 그가 2년 동안 한 번도 듣지 못했던 아들의 목소리다.

조금 선이 굵어졌지만 확실히 알 수 있다.

아들의 목소리를 잊어먹는 아버지가 세상에 어디 있단 말인가?

"철민아!"

―아버지? 이, 이 번호는 어떻게…….

방구석에는 아들의 목소리가 들리지 않는다.

그렇다면 아들은 지금 쌍문동에 있다는 것인가?

"너, 너 지금 어디냐? 아빠랑 만나서 얘기 좀 하자. 내가 다 잘못했으니 제발 한마디만 들어다오."

―나중에… 제가 연락드릴게요.

뚝.

전화가 끊어지고 아무런 소리가 들리지 않는다.

"여, 여보세요?! 철민아!"

허망한 듯 전화기를 내려놓던 그가 또 다시 울리는 진동 소리에 화들짝 놀라서 전화를 바라보았다.

한데, 번호가 상당히 의외다.

총괄이사.

"또 무슨 일입니까?"

―문자는 잘 받으셨습니까?

"다, 당신이 문자를 보낸 겁니까?"

—아드님이 요즘 봉사활동 비슷한 것을 하고 다닌다기에 같은 회사사람끼리 그냥 알려 드린 것뿐입니다.

"언제부터 저러고 다녔습니까?"

—글쎄요, 하지만 중요한 것은 그게 아니죠. 어떻게 지금까지 사모님께서 아드님이 없어진 것을 모를 수 있었냐는 것이죠.

들으면 들을수록 이상한 소리만 해대는 사람이다.

그는 자리에서 일어나면서 겉옷을 대충 찾아 입었다.

"지금 어디입니까? 내가 그리로 가겠습니다."

은우가 말한 곳을 메모한 김형우가 아내 몰래 집을 나섰다.

*   *   *

신촌의 한 감자탕 집, 아직 편한 옷으로 갈아입지도 않은 김형우가 은우와 마주 앉아 있었다.

"이제 어떻게 할 겁니까?"

소주잔을 잡은 김형우의 표정이 짐짓 무거워 보인다.

"만약 여기서 제가 모든 것을 그냥 덮고 지나가자고 하면 어떻게 되는 겁니까?"

"지사장님은 저의 사람이 되는 겁니다. DY코리아, 그러니까 DY한국 총본부에 몸을 의탁하고 온전히 저의 사람이 되는 겁니다."

양단간에 결정을 내리지 못하는 아버지의 심정을 은우가 모르는 바는 아니지만 조건은 조건이다.

"그럼 제 아들은 어떻게 됩니까?"

"아시겠지만 제가 증거를 퍼뜨리지 않는 이상 경찰에 붙잡히는 일은 없을 겁니다."

김형우가 아들의 살인을 덮어준 후 가슴앓이를 하는 동안에도 그의 아들 철민은 남들 모르게 자신 나름대로 속죄를 하면서 2년을 보냈다.

경찰에 출두하면 어머니가 모든 사실을 알게 될 테고, 그는 그 사실을 감당할 자신이 없었다.

그래서 하루에 세 번 식사를 가져다 놓는 시간을 제외하고는 대부분 밖에서 봉사활동을 하면서 지냈다.

그러다 우연히 복지센터에 자원봉사자를 구한다는 소식을 듣고는 곧장 그리로 향했던 것이다.

그때부터 그는 양로원부터 시작해 고아원까지 가리지 않고 닥치는 대로 봉사활동을 하며 다녔던 것이다.

김형우가 깊은 한숨을 토해냈다.

"정말 제 아들에게는 별일이 없는 겁니까?"

"그것을 원하신다면 당연히 그렇게 해드려야지요. 하지만 아드님이 행여나 자수하지 않도록 하는 것은 지사장님의 능력에 달린 겁니다. 아드님까지 제가 컨트롤할 수는 없으니까요."

이제 더 이상 도망갈 곳이 없는 김형우가 쓴웃음을 지었다.

"후우……. 두 친구의 말을 들었을 때만 해도 저는 그들이 미쳤다고 생각했습니다. 하지만 워낙에 주관이 뚜렷한 친구들이라 긴가민가하기도 했었지요."

이미 은우에게 졌다는 듯 고개를 가로저은 김형우가 말을 이었다.

"이제야 분명하게 알겠군요. 그들이 왜 당신을 따르게 되었는지."

"사람을 포섭하는 일에는 여러 가지 종류가 있으니까요. 저는 그중에 하나를 사용했을 뿐입니다."

소주잔을 단숨에 비워낸 김형우가 한숨을 푹 내쉬며 말했다.

"…일단 아들을 만나서 얘기를 좀 나눈 후에 결정하고 싶습니다."

"제가 보내 드린 주소는 쌍문동에 있는 복지회관의 주소입니다. 그곳을 찾아가시면 아드님을 만날 수 있을 겁니다. 그 뒤의 일은 알아서 하시리라 믿습니다."

자리에서 일어선 은우에게 김형우가 물었다.

"하나 궁금한 것이 있습니다."

"말씀하시죠."

"그냥 저를 감옥으로 보내도 될 일이 아니었습니까? 어차피 이 일이 퍼지면 저는 더 이상 이 자리에 있을 수가 없습니다."

은우는 슬쩍 미소를 지었다.

"아버지와 아들이 재회할 수 있는 기회를 주고 싶었습니다. 지금은 아들이 아버지를 이해할 수 없습니다만, 나중에 그가 후회하지 않도록 배려를 했으면 싶었습니다. 그게 다입니다."

말을 마친 은우는 생각에 잠긴 그를 뒤로하고 술집을 나가 버렸다.

*　　　*　　　*

쌍문동의 복지센터.

2년 동안 머리를 한 번도 자르지 않아 장발이 된 철민이 치매에 걸린 노인들을 돌보고 있다.

"밥 가져와!"

"할머니, 밥은 아까도 드렸잖아요."

"시끄러워! 밥 달라니까! 아이고, 이놈이 밥을 굶기네그래! 아이고, 영감!"

불과 5분 전에 식사를 챙겨주었지만, 노인은 그것을 기억하지 못하고 생떼를 쓴다.

"그럼 이렇게 해요. 지금 한 시간만 참으면 제가 나중에 사탕을 드릴게요. 어때요?"

"으잉? 사탕?"

"네, 사탕이요."

"거짓말만 해봐, 알지?"

"그럼요, 할머니."

아무리 자식이라도 치매에 걸린 노인을 돌보는 것은 절대 쉬운 일이 아니다.

하지만 철민은 미소를 지으며 노인들을 돌본다.

노파의 휠체어를 끌고 재활센터로 이동하던 철민은 복지센터 입구에 선 익숙한 얼굴을 보고는 그 자리에 멈춰 서고 말았다.

그는 바로 얼굴을 대면한 지가 벌써 2년이나 된 아버지였다.

하지만 그는 아버지를 애써 외면했다.

"이제부터 숫자놀이를 할 거예요. 할머니 숫자놀이 좋아하시죠?"

"몰라, 이놈아!"

아버지는 아랑곳하지 않고 노인들을 돌보던 철민에게 센터장이 다가와 말했다.

"이곳은 내가 있을 테니까 어서 아버지에게 가봐요."

"센터장님……."

"어서 가 봐요, 어서!"

그녀의 독촉에 못 이기듯 입구에 선 아버지에게 다가간 철민이 꾸벅 고개를 숙였다.

"오셨어요?"

"오랜만이구나."

언제나 침착한 목소리를 내는 아버지의 음성이 조금은 떨리는 것 같다.

"괜찮다면 잠깐이라도 얘기를 하고 싶어서 찾아왔단다. 혹시 기분 나빴다면 용서하거라."

철민은 묵묵히 아버지를 휴게실로 안내한다.

"이쪽으로 오세요."

세상에서 자신과 가장 닮은 아버지지만 어쩐지 가까이하기가 어렵다.

자판기에서 이온음료를 뽑은 철민이 그것을 아버지에게 건네고, 자신은 농축카페인 음료를 마신다.

그 모습을 보며 아버지는 걱정스러운 듯 말했다.

"그런 음료를 마시면 간과 위에 무리가 온다고 하더구나. 카페인은 몸에 좋지 않아."

하지만 철민은 아버지의 충고를 들으면서도 아무렇지 않게 음료수를 목구멍으로 넘겼다.

"그나저나 이곳은 어떻게 아셨어요?"

"우연한 기회에 알게 되었어. 지인을 통해서 들었지."

살짝 고개를 끄덕인 철민은 남아 있던 음료수를 모두 비우고 자리에서 일어났다.

"아무튼 만나서 반가웠어요. 그럼 저는 이만 돌아가 볼게요."

2년 전의 일이 희미해질 때쯤 찾아온 아버지를 보는 것이 썩 달갑지 않았던 철민은 그대로 돌아서려 했다.

하지만 아버지가 그를 따라서 자리에서 일어났다.

"저, 저기, 철민아."

"말씀하세요."

아버지는 뭔가를 가슴에 담아둔 듯 입을 떼기를 망설였다.

그 모습을 잠깐 바라보던 철민이 다시 돌아서려는데, 아버지가 다급한 목소리로 말했다.

"미, 미안하다, 철민아!"

다급한 상황에서의 회유가 아니라, 아버지의 진심이 담긴 사과다.

"그때는 내가 너무 내 생각만 했어. 나의 지휘, 그리고 네 엄마의 건강까지, 오로지 나만을 생각했었어. 네가 그 일로 상처를 받을 거라고는 전혀 생각하지 못했단다. 정말 미안하다."

철민은 고개를 푹 숙인 아버지를 보며 물었다.

"그럼 이제 와서 이러는 이유는 도대체 뭔가요? 일을 포기하려 마음먹은 건가요?"

속마음은 못이기는 척 아버지를 이해하고 싶지만, 2년 동안의 공백은 그것을 불가능하게 만든다.

독설을 내뱉고 속으로 후회를 하고 있는데, 아버지가 불현듯 말했다.

"만약 네가 그것을 원한다면 그렇게 하마. 그래서 그 아이에게 속죄가 된다면 그렇게 할게."

아버지는 품속에서 작은 봉투를 한 장 꺼내어 내밀었다.

흰색 편지봉투에는 한문 정자로 사직서라고 써 있다.

젊어서부터 자신의 일을 무척이나 사랑했던 아버지는 회사를 자신의 분신처럼 생각하는 사람이다.

아버지가 사표를 간직하고 있다는 것은 영혼을 팔겠다는 소리와 다를 바가 없는 것이다.

"이제부터 이건 네게 맡길게. 만약 네가 필요하다고 생각되면 지체없이 총괄이사님께 제출하면 된단다. 이미 말씀을 드려 놓았어."

"아, 아버지."

"네가 미워하는 것이 나인지 내 일인지는 알 수가 없다만, 원한다면 마음이 끌리는 대로 하거라."

철민에게 사표를 전달한 김형우는 한결 가벼워진 얼굴로 돌아섰다.

*　　　*　　　*

이제껏 직장을 다니면서 처음으로 휴가를 낸 김형우는 무척이나 오랜만에 집에서 쉬는 여유를 맛볼 수 있었다.

아침 6시 30분이면 칼같이 일어나 조깅을 하고 식사까지 마치고 출근하던 생활을 며칠 접기로 한 것이다.

덕분에 아내 역시 시집와서 처음으로 늦잠이라는 것을 자본다고 상당히 기뻐하였다.

하지만 얼마 지나지 않아 그는 슬슬 좀이 쑤셔오는 것을 느꼈다.

"이래서 은퇴하면 금방 늙는다고들 하는 모양이군."

헬스장에서 관장과 담소를 나누는 것도 한두 시간이지, 바깥은 오래 있을 곳이 못 된다.

그래서 하루 웬 종일 집에만 있을 수밖에 없는데, 그는 새삼 아내의 고단함을 엿볼 수 있었다.

자신은 다른 가장들보다 가정적이라고 생각했건만, 그게 아니었다.

그래서 오늘은 빨래도 하고 청소도 대신했다.

잠깐의 여유라는 것, 내려놓는 것이 이렇게 편하고 깨닫는 것이 많을 줄은 미처 몰랐다.

다만 아쉬운 것은 아들이 없어 함께 활동적인 취미를 즐길 수 없다는 것이었다.

헛헛함을 달래기 위해서 오랜만에 저녁 식사를 준비하던 김형우의 귀에 불현듯 문이 열리는 소리가 들린다.

순간, 그는 소파에 앉아서 TV를 보고 있는 아내를 바라본다.

"여보, 잠깐 소리 좀 줄여봐."

"네?"

아직 해도 완전히 지지 않았는데 도둑이라고 든 것일까?

"누가 들어온 것 같아."

다소 긴장한 표정의 아내가 그의 뒤로 몸을 숨긴다.

주변에 무기로 쓸 만한 것을 아무것이나 집어 든 김형우가 아내를 보호하며 천천히 현관문으로 다가갔다.

이번에는 부스럭거리며 신발을 벗는 소리가 들린다.

"여유로운 도둑이군!"

재빨리 몸을 날려 도둑으로 의심되는 침입자를 처단하려던 김형우가 중간에 힘을 빼고 말았다.

"처, 철민아!"

형우의 아내는 깜짝 놀라서 현관으로 달려왔다.

"철민이?!"

방구석에 처박혀 있어야 할 아들이 현관문을 통해서 들어오자, 그녀는 감격스럽고 놀라운 듯 물었다.

"어, 어디를 갔다 오니?"

아들은 입영통지서를 들고 그것을 아내에게 전달했다.

"엄마, 아버지. 저 입대합니다."

"뭐, 뭐라고?!"

서둘러 통지서를 뜯어보니 날짜가 불과 이틀밖에 남지 않았다.

"트, 특전사?!"

서운함에 눈물을 글썽인 그녀가 아들을 나무라듯 소리쳤다.

"아무리 그래도 이틀이라니……. 게다가 상의도 없이 특전사를 간다니, 너무한 것 아니야?"

"미안해요, 엄마. 그렇게 되었어요."

하지만 형우는 덤덤한 듯 기쁨의 미소를 지었다.

그가 입대를 한다는 것은 이제 어느 정도 상처를 치유했다는 뜻이기도 했기 때문이다.

아들은 주머니에서 사직서를 꺼내어 다시 그에게 돌려주었다.

"저는 입대를 해서 속죄를 할 테니 아버지는 엄마를 지켜주세요."

모든 것을 내려놓기로 마음먹었을 때, 아들은 아버지의 마음을 이해하고 다시 집으로 돌아왔다.

'그런데 4년 6개월은 좀 길지 않나?'

목까지 차오른 말은 그냥 가슴속에 묻어두기로 한다.

*   *   *

휴가 중인 김형우가 은우의 사무실을 찾아왔다.

바쁘게 업무를 보던 그는 잠시 일을 접고 자신을 찾아온 손님을 대접했다.

"결정은 하셨습니까?"

김형우는 덤덤하게 고개를 끄덕였다.

"아들이 입대를 한답니다. 그것도 특전사로 간다고 하더군요. 그곳에서 파병도 가고 봉사활동도 한다고 합니다. 이제부터는 그것을 속죄와 새로운 기회로 여기고 살겠다고 하더군요."

"사업가가 되지 않겠다고 해서 서운하지 않으셨습니까?"

"괜찮습니다. 이렇게라도 짐을 덜었으니, 다행이 아닙니까?

아들이 집으로 돌아온 것만으로도 감지덕지입니다."

어차피 몸을 혹사시킬 것이라면 좀 더 의미있는 일을 하고 싶었던 것일까?

세계적으로도 혹독하기로 정평이 난 한국 특전사에 입대한다니, 박수를 쳐야 할지 위로를 해야 할지 판단이 서지 않는다.

"아무튼 잘 되었습니다."

은우의 말을 들으며 김형우는 자신의 품속에 갈무리하고 있던 사직서를 꺼내어 구겨 버렸다.

"아들이 그러더군요. 집에 남아 아내를 지켜달라고. 그래서 저는 총괄이사님을 따르기로 했습니다. 직장을 잃으면 아내를 건사할 수 없으니까요."

은우는 뿌듯한 미소를 지었다.

"잘 생각하셨습니다."

자리에서 일어나 악수를 건넨 김형우가 깊게 고개를 숙였다.

"그동안 실례가 많았습니다. 앞으로는 그럴 일 없을 겁니다."

"아닙니다, 저야말로 실례가 많았습니다."

악수를 마친 김형우가 다소 어색한 말투로 물었다.

"그래서 말인데 실례를 하는 김에 좀 더 해도 되겠습니까?"

"그게 무슨 말입니까?"

"휴가를 내는 김에 한 일주일만 더 내고 싶습니다. 아들을 입대시키고 아내와 외국으로 여행을 다녀올까 싶어서 말입니다."

애처가라더니 정말인 모양이다.

은우는 흔쾌히 고개를 끄덕였다.

"앞으로 밀린 휴가를 다 쓰시려면 부지런히 여행을 다니셔야죠. 그렇게 하십시오."

대화를 마친 김형우는 아주 환하게 얼굴로 집무실을 나섰다.

*   *   *

불과 3주 전, 이곳에서 처음 열렸던 임원진 회의는 인원들의
수와 분위기 자체가 회의라고 할 수 없을 정도였다.

하지만 회사의 분위기가 달라지자, 그것 역시 순식간에 바뀌
기 시작했다.

세 개의 지사가 모두 임원진을 체계적으로 구성하고, 그들의
보스들이 은우를 따르면서 회사의 근간이 튼튼하게 잡힌 것이
다.

원래 모회사의 간섭을 받지 않았던 세 개의 지사는 DY코리아
의 계열사로 흡수가 되어 정식적으로 한 지붕에 모여 사는 '식
구'가 되었다.

아직 사업 분야가 100% 모두 동북아로 진출하지 못한 것을
감안하면 앞으로 DY코리아는 그 규모가 점점 커질 예정이었다.

이사진이 모두 정해지고 열린 최초의 정식 회의, 이제 제법
회의장에 긴장감이 흐른다.

"DY코리아의 출범 이후, 우리 계열사들의 시장 점유율이 소
폭 상승했습니다. 아무래도 모회사의 대대적인 지원이 있을 것
이라는 소식이 영향을 준 것 같습니다. 지금을 기회로 삼아 대
대적인 마케팅을 감행한다면 좀 더 긍정적인 영향이 있을 것이
라 예상됩니다."

CFO 대니의 브리핑이 끝나고 나서, 각 지사장들이 가볍게 의견을 내고 은우가 그것을 조율하여 회의를 끝냈다.

임원진들이 소소하게 대화를 나누며 회의장을 빠져나가는데, 대니가 은우에게 다가와 물었다.

"도대체 어떻게 된 겁니까? 불과 3주 만에 태도가 너무나도 달라졌습니다."

단 3주 만에 임원진들이 완벽하게 구성되고 그들은 처음의 태도를 바꾸어 은우를 따르니, 대니는 다소 적응이 되지 않는 모양이었다.

"부하직원들이 보스에게 충성하는 것은 당연한 일 아닙니까?"

"그렇긴 합니다만……."

은우는 다소 얼떨떨한 표정의 대니의 어깨를 툭 치며 말했다.

"우리도 크게 한 건 해야 하지 않겠습니까? 영국에 계신 아버지가 지켜보고 계시지 않습니까."

말을 마치고 돌아서는 은우를 보며 대니는 잠시 생각에 잠겼다.

*   *   *

DY그룹의 총수 제이슨 리 회장의 최측근이며 현재 그룹 내부의 가장 강력한 실세 중 한 명이라 일컬어지는 다니엘 부회장은 재무이사 대니가 제출한 보고서를 보며 감탄사를 아끼지 않았다.

불과 3주 만에 회사를 통합했음은 물론이고 이사진까지 완벽하게 자신의 것으로 만들었다는 내용이었던 것이다.

재능이 있는지 없는지 알 수가 없던 당시, 다니엘은 은우가 적어도 1년 동안은 한국에 있어야 할 것이라고 생각했다.

그래서 그룹 최고의 브레인인 대니를 은우의 곁으로 보냈던 것이다.

하지만 생각보다 은우의 능력은 대단했고, 대니는 은우를 보호하는 입장이 아니라 그저 단순한 조력자로서 역할을 할 뿐이었다.

"피는 못 속인다고 하더니 정말 대단한 청년이군."

아들이 없는 다니엘로서는 약간 부럽다는 생각도 든다.

보고서를 잘 갈무리한 다니엘은 제이슨 회장이 요양을 하고 있는 별장으로 향했다.

런던에서 다소 거리가 멀지만 가는 내내 설레는 마음을 감출 길이 없었다.

언제나 아들에 대한 얘기를 해왔고, 그 누구보다 제이슨 회장은 은우에게 거는 기대가 컸기 때문이다.

하지만 별장 앞에 도착한 그는 기대감을 잠시 접어야 했다. 경호원이 두 배는 늘어난 것 같았기 때문이다.

순간, 불안한 생각이 뇌리를 스친 다니엘이 재빨리 차에서 내려 별장 안으로 걸음을 재촉했다.

노크를 할 겨를도 없이 재빨리 별장 문을 열어보니 아니나 다를까, 제이슨 회장이 병석에 누워 고통스러운 비명을 지르고 있다.

"크아아악!"

"회장님!"

온몸이 땀으로 물들어 있고, 눈동자는 이미 뒤로 돌아가 검은 자위가 보이지 않는다.

다니엘은 응급처치를 하고나서 그저 제이슨의 팔다리를 붙잡고 서 있는 주치의의 멱살을 쥐어 잡았다.

"당신 도대체 뭐하는 사람입니까?! 사람이 이렇게 아파하는데 할 수 있는 것이 그것밖에 없어요?!"

멱살이 잡힌 주치의 역시 비통한 심정을 그대로 드러냈다.

"췌장암은 다른 암들에 비해서 고통이 극심한 편에 속합니다. 췌장에 종양이 생겨 부풀어 오르면서 주변의 장기들을 압박하는 것이죠."

"그럼 진통제라도 써보십시오!"

의사는 고개를 저었다.

"이미 진통제가 통제할 수 있는 범위를 벗어났습니다. 그저 고통의 주기를 줄여주는 정도의 역할만 할 뿐입니다. 그나마 정신을 잃지 않는 것은 회장님께서 워낙에 의지가 강하시기 때문입니다."

얼굴이 창백하게 변한 제이슨 회장의 푸석푸석한 입술이 서서히 움직이기 시작한다.

"다, 다니엘……."

"회장님!"

이제 슬슬 진통이 사그라지는지, 제이슨 회장이 힘겹게 손을 들어 올려 그를 불렀다.

핏기가 하나도 없는 제이슨 회장이 억지로 미소를 지으며 말했다.

"하, 한국에서 온 소식은 없나……?"

극심한 고통으로 인하여 자살 충동까지 느낀다는 췌장암 4기 환자가 이렇게 버틸 수 있는 이유, 그것은 바로 부성애 때문이다.

그는 하루라도 아들을 더 보고 싶은 마음에 정신이 붕괴될 정도의 고통을 간신히 억누르고 있던 것이다.

다니엘은 눈물을 삼키며 억지로 웃었다.

"하하, 역시 회장님은 감이 좋으십니다. 한국에 계신 도련님에 대한 소식입니다."

"어, 어서 말해주게."

모든 고통을 견디게 해주는 최고의 진통제는 역시 아들의 소식이다.

"한국에 신설했던 DY그룹 세 개의 지사가 DY코리아에게 완벽하게 귀속이 되었습니다. 서류상의 의미가 아니라 도련님이 완벽하게 한국지사를 장악했다는 뜻으로 해석됩니다. 대니의 보고에 의하면 단 3주 만에 반감을 가지고 있던 지사장들을 회유시켜 자신만의 이사진을 구성했다고 합니다."

"대, 대단하군……."

"회장님 아들이라서 그런 것이 아니라 정말 놀라울 따름입니다. 도련님이 이렇게 총명한 것은 하늘이 주신 홍복이 아닐 수 없습니다."

제이슨은 다니엘의 손을 잡고 환하게 웃었다.

"드, 드디어 우리의 꿈을 온전히 지킬 수 있는 녀석을 찾았군 그래."

다니엘은 그의 말에 공감하듯 말했다.

"솔직히 저는 반쯤 포기하고 있었습니다. 이런 경우, 혈연이 아니면 그룹이 유지되기 힘들지 않습니까?"

"하늘에게 감사할 뿐이네."

영국의 경제부양책 덕분에 급물살을 타고 성장한 DY그룹은 네 개의 사업 분야와 수많은 계열사를 거느리고 있는 회사다.

하지만 지주회사의 힘이 동북아의 재벌들과 달리 그리 강력하지 못하기 때문에 회장의 사유재산을 제외하면 결속력이 떨어지는 편이다.

그래서 세습이 제대로 이어지지 않으면 그룹은 조각조각 찢어져 분열이 일어나기 십상인 것이다.

만약 은우가 무능력하고 멍청했다면 과연 그룹이 어떻게 되었을지 아무도 모를 일이다.

아예 경영권 다툼이 없을 정도로 평온한 상태에서 회장이 사망한다면 모를까, 미카엘을 비롯하여 여러 명이 지분을 나누어 가진 상태에서 리더가 사망한다면 십중팔구 DY는 주춤거릴 수밖에 없는 것이다.

제이슨은 힘겹게 몸을 일으켜 침대에 기대어 앉았다.

"앞으로 자네가 힘들겠어. 이런 짐을 혼자 짊어지게 해서 미안하네."

"그런 말씀 마십시오. 우리가 함께한 세월이 얼마인데 그러십니까? 그리고 저희 집안을 지지해 줄 사람도 역시 도련님입니다. 저도 보험 한 개는 들어놓아야 하지 않겠습니까?"

"역시 자네뿐이군그래……."

사뭇 진지한 제이슨에게 다니엘이 장난스럽게 말했다.

"다만, 이제 더 이상 회장님과 술을 마실 수 없다는 것이 괴로울 뿐입니다."

"후후, 나도 그렇다네. 한데, 자네 나에게 술로는 안 되지 않았나?"

"그건 아니지 않습니까? 제가 회장님보다는 잘 마셨지요."

목숨이 경각에 달린 상황에서도 남자들은 누가 더 술이 센지 겨루고 있다.

이제 두 사람은 얼마 남지 않은 시간을 이렇게 보낼 수밖에 없었다.

Chapter **11**
질긴 인연

NOVA
MEXICANA

MARE

LUCAYA

Bermudes
ou I. d'Este

MARE NOVA HISPANIÆ

NOVA HISPANIA

HISPANIOLA

Martinique
I.

CARIBES I.

Golfe du Orenoque

GUIANA

CARIBANA

AMERICA

BRASILIA

MERIDIONALIS

PARAGUAY

URUAY

　DY그룹이 동북아에서도 특히 한국으로 먼저 진출한 이유는 바로 한국이 가지는 지리적 이점 덕분이었다.

　중국과 러시아를 아우르는 유라시아와 근접한 지형은 일본은 물론이고 동남아의 중계무역을 하기에 안성맞춤이다.

　그리고 조선기술이 발달한 한국은 항만시설이 상당히 잘 갖추어진 편이기 때문에 무역을 하기에도 좋은 조건을 가지고 있다.

　게다가 전자기술은 세계 1위이기 때문에 이곳에서의 시장 점유는 세계적으로 브랜드 파워를 높일 수 있는 계기를 만들어줄 것이다.

　세계시장의 점유율은 일본의 세이타 전자가 한국의 S전자나 L전자를 앞선다고는 하지만 그것은 어디까지나 현재 종합적인 전자기기에 한해서 그런 것이다.

현재 핸드폰과 TV모니터 기술, 반도체 부문에서 최정상을 차지하고 있는 한국의 입지를 생각하면 세이타 전자도 곧 만년 '넘버 쓰리'로 내려갈 것이라는 것이 전문가들의 견해였다.

그런 이유로 핸드폰과 모니터 기술의 종주국에서 기업을 쇄신하겠다는 것이 DY그룹의 전략이었던 것이다.

하지만 역시 이미 레드오션이자 블루오션인 모니터 시장으로의 진입은 쉬운 일이 아니었다.

DY전자 한국지사장 김형우는 전체 임원회의에서 이런 사안들을 브리핑했다.

"현재 우리에게 가장 시급한 문제는 역시 인재 양성입니다. 공학으로는 인도를 생각하겠으나, 기술력이나 기능직 인력의 우수성은 역시 한국을 따라갈 나라가 없습니다. 때문에 본사를 한국으로 이전하자는 의견도 있었습니다만, 그것은 역시 무리가 있다 판단했습니다. 그래서 연구소를 설립하고 지사를 세웠지만, 아직까지 큰 실적은 거두지 못하고 있는 상태입니다."

김형우가 항상 머리를 싸매고 고민을 하는 것도 무리는 아니다.

괜찮다 싶은 인력들은 이미 S전자나 L전자에서 스카우트를 하거나 세이타 전자로 취직을 해버리니, 상위권 5위 안에 간신히 걸칠까 말까 한 DY전자는 상대적으로 처지는 인재들을 등용할 수밖에 없던 것이다.

"그렇군요. 기술력의 부재라……."

은우의 깊은 한숨을 바라보던 김형우가 프로젝터의 화면을 바꾸었다.

"그러나 아직 승산은 있습니다. MIT공대를 졸업하고 한국 KIST에서 박사 과정을 밟고 있던 천재 공학자 몇 명이 서울에 왔다는 소식입니다. 그들은 S전자에서 장학금을 주면서 양성했지만 사소한 트러블로 인하여 현재는 관계가 끊어진 상태입니다. 특히나 회로 기술에서 두각을 나타내는 인재들이 대부분이라, 반도체와 LCD, 심지어는 LED기술의 진보를 노려볼 만합니다."

김형우는 또 다시 장면을 바꾸며 말했다.

"지금 보시는 장면은 그들이 MIT공대를 졸업하면서 만든 졸업 작품입니다."

상당히 얇은 모니터 하나가 보이는데, 각도를 다르게 해도 화질의 변화가 없었다.

"놀랍게도 이 학생은 국내에서도 정식 구현되지 않은 AMOLED(능동형 유기발광 다이오드)를 개발했습니다. 크기는 아주 작습니다만, 이것이 3년 전의 기술이라고 한다면 앞으로 얼마나 성장을 할지 감히 상상할 수조차 없습니다."

워커홀릭이라 불릴 만큼 일에 파묻혀 사는 만큼 김형우의 정보력은 놀라울 정도였다.

신문에조차 나오지 않은 이런 사실을 어떻게 입수했는지 감탄사가 절로 나올 지경이다.

은우는 그가 제안했던 사안에 대해서 동의했다.

"좋습니다. 지금부터 우리 DY코리아는 인재 모시기에 총력을 기울입니다. 한국에 지사를 세운 본래의 목표를 달성하기까지 열심히 일해주시기 바랍니다."

"알겠습니다."

회의가 끝나고 은우는 김형우를 따로 불렀다.

단둘이 회의장에 남은 은우가 조용히 그에게 말했다.

"조금 전 브리핑했던 공학자들의 프로필을 혹시 입수했습니까?"

"어렵기는 했습니다만 프로필을 입수하여 현재 천천히 접촉을 시도하는 단계입니다. 하지만 외국계열 회사라는 이미지 때문에 역시 일이 쉽지 않습니다."

"제가 한번 봐도 되겠습니까?"

김형우는 흔쾌히 자신의 태블릿PC를 은우에게 건넸다.

"이 아가씨입니다."

그에게 태블릿PC를 건네받은 은우는 화들짝 놀라 하마터면 손에 힘이 풀릴 뻔했다.

"저, 정말 이 사람이 확실합니까?"

"예, 그렇습니다. 그 사람이 제가 말한 천재 공학도 김연경 씨입니다."

연경. 자나 깨나, 심지어 꿈에서도 잊어본 적 없는 이름이다.

사랑과 아픔을 동시에 가져다 준 그녀의 모습은 투병생활을 하던 때보다 더 아름답고 화려해져 있었다.

"왜 그러십니까?"

은우는 그에게 태블릿PC를 건네며 말했다.

"아닙니다. 아무것도……."

연경의 사진을 보는 순간, 은우는 속에서 천불이 나는 것 같은 느낌을 받았다.

그를 버린 연경은 천재 공학자가 되어 돌아왔다.

원래 그녀는 병약한 소녀로, 은우의 보살핌이 절대적으로 필요하던 사람이었다.

하지만 은우가 밑바닥 진창에서 허우적거리고 있을 때 냉정하게 그를 버린 그녀는 그동안 유유자적하게 미국 유학까지 다녀온 것이다.

목숨을 살려준 은인에게 그녀가 남긴 것은 작은 쪽지와 상처뿐이었다.

'할 수만 있다면 잊고 싶은 이름이군.'

잠시 은우가 생각에 잠겨 있는데, 김형우가 은우에게 물었다.

"어떻게 할까요? 공식적인 러브콜을 지금부터 보낼까요?"

"그렇게 하십시오. 협상을 끝내고 난 후에는 즉각적으로 저에게 보고를 해주십시오."

"알겠습니다."

이렇게 해서 소식을 접하게 되다니, 사람의 인연이라는 것은 생각보다 질긴 모양이다.

*   *   *

회사 내부에 있는 로비스트들과 외부의 헤드헌터들이 벌써 수십 차례 접촉을 시도했지만, 그녀는 상당히 매몰차게 그들의 제안을 거절했다.

은우는 김형우가 올린 보고서를 읽으며 의아한 듯 물었다.

"도대체 이유가 뭐랍니까?"

"외국계열 회사에 국내 인재가 개발한 기술을 넘길 수 없다는 입장입니다. DY코리아는 정식 한국법인이고, 회장님 역시 한국 분이라고 말을 해도 전혀 들을 생각을 하지 않는다고 합니다."

원래 고집이 황소 같았던 그녀의 반응은 그렇게 놀랄 일도 아니다.

"그런데 상황이 좀 어렵게 되었습니다."

"지금보다 더 어렵게 되었단 말입니까?"

"현재 국내 AMOLED의 개발은 블루오션으로, 상당히 각광을 받고 있습니다. 하여, S전자와 L전자에서 이미 그녀를 영입하기 위하여 움직이고 있다고 합니다. 그렇게 되면 아마 우리보다는 국내기업을 선택하겠지요."

"그렇게 되면 어떻게 되는 겁니까?"

"그녀의 기술이 생각보다 뛰어나서 아마 S전자에서 TV시장을 완전히 점령할 수도 있을 겁니다. LED모니터가 가격이 비싸고 공정이 어렵지만 화질 면에서는 LCD를 넘어서기 때문입니다. 게다가 크기와 무게도 비교할 수가 없죠."

"그들은 스카우트를 위해서 얼마나 준비를 한답니까?"

"정확한 정보는 입수하지 못했습니다. 다만 확실한 것은 조만간 접촉을 시도할 것 같다는 겁니다."

기술시장은 인재의 싸움이다. 한 명의 인재가 시장 판도를 바꿀 수도 있는 것이다.

"계속해서 노력은 하겠습니다만, 국내기업이 움직이면 우리에게 승산은 없다고 봐야 합니다. 아무리 대우를 좋게 해줘도 넘어올 생각을 하지 않으니 말입니다."

은우는 보고서를 가만히 바라보다 그에게 말했다.

"제가 접촉을 해보겠습니다. 그러니 적당한 때에 제가 지시하면 저를 제외한 모든 접촉을 제한하십시오."

"이사님께서 직접 하시겠습니까?"

"장담은 못하겠습니다만, 노력은 해보겠습니다."

"알겠습니다. 지시하신 대로 움직이겠습니다."

이제는 많이 변해 버린 그녀의 얼굴을 바라보는 은우의 표정은 상당히 복잡해 보였다.

*　　　*　　　*

무려 1년 동안이나 함께 살다시피 했지만 은우는 그녀에 대해서 아는 것이 거의 없다.

연경이 공학을 전공했다는 것도 이번에 사업을 하게 되면서 알아낸 것이다.

그녀의 집안, 학력, 심지어는 나이까지 확실하게 아는 것이 하나도 없었다.

돌이켜 보면 그녀는 무척이나 무서운 여자라는 것을 깨달을 수 있었다.

1년 동안이나 철저하게 정체를 숨기며 살아왔다니, 소름이 끼칠 정도로 철저한 여자다.

하지만 그럴수록 은우의 투지는 굳건해져만 갔다.

한창 은우가 어려웠던 시절, 미래가 없던 은우를 버린 것은 그녀였기 때문이다.

눈에는 눈, 이에는 이다.

그는 그녀에게 그동안 졌던 빚을 받는다는 생각으로 일에 임했다.

지피지기면 백전백승이라 했던가?

은우는 그녀에 대한 정보를 얻기 위해서 직접 연탄을 찾았다.

그녀의 소식을 듣는데 짝코를 이용하기는 어쩐지 싫었던 것이다.

허름한 외관만큼이나 지독한 냄새가 진동하는 건물로 들어선 은우가 연탄에게 악수를 건넸다.

하지만 그는 의외로 결벽증(?)이 있는지 은우의 손을 잡지 않았다.

"미안합니다. 제가 처음 보는 사람과는 스킨십을 하지 않아서 말입니다."

"아닙니다. 괜찮습니다."

오히려 손을 잡지 않아서 잘 되었다는 생각이 들기도 한다.

이윽고 은우의 사정을 들은 연탄이 작은 신음을 흘렸다.

"흐음, 그러니까 이제까지 외국에서 학위를 취득하다 돌아왔다? 그런데 정확하게 아는 것은 아무것도 없다는 겁니까?"

"MIT공대를 나왔다는 것밖에는 알 길이 없습니다."

"과거에 어디서 살았는지, 어떤 여자인지 모른다는 겁니까?"

"예, 그렇습니다."

"허어, 참! 꽃뱀으로 나갔으면 대성했을 여자군요."

은우는 혀를 차는 연탄에게 되물었다.

"어떻습니까? 할 수 있습니까?"

그는 작게 고개를 끄덕였다.

"크응! 좋습니다. 까짓것 한번 해보죠."

외관으로 봐서는 썩 미덥지 못하지만 저번에 처리했던 일을 생각해서 한번 믿어보기로 했다.

은우가 연탄의 홍신소를 빠져나가려는데, 반짝거리는 정장을 입은 사내 한 명이 들어온다.

"어이! 돈 갚으러 왔다."

"이런 쪼만한 제비 자식이 형님에게 꼬박꼬박 반말이네!"

제비라 불린 사내는 슬쩍 웃음을 흘리며 말을 돌렸다.

"이 바닥에 나이가 어디 있어? 먼저 죽으면 형님이라 불러줄게."

"빌어먹을 자식 같으니……."

"돈 받기 싫어?"

돈을 주지 않는다고 협박을 하자, 연탄은 그 즉시 입을 다물어 버린다.

돈뭉치를 테이블 위에 올려놓던 제비가 은우가 건넸던 프로필을 보고는 피식 웃음을 흘렸다.

"설마하니 첫사랑 찾으러 온 것은 아닐 테고, 도망간 전처를 잡으러 오셨소?"

"뭐요?"

은우가 눈썹을 살짝 꿈틀거리자, 그가 고개를 저으며 말했다.

"내기할까? 내가 장담하는데, 이런다고 도망간 사람은 안 돌아온다."

곱상하게 생겨서 사람을 살살 약 올리는 제비에게 은우가 톡 쏘듯 말했다.

"남이사, 사람을 찾든 말든 댁이 뭔 상관인데?"

뒷골목이 편한 점이라면 가는 말 오는 말 모두 고울 필요가 없다는 것이다.

제비는 자신과 은우를 번갈아보며 키득거렸다.

"큭큭큭! 딱 보니까 사이즈 나오네. 이 여자가 단물까지 쪽쪽 빨아먹고 튀었구만."

"……."

순간 정곡을 찔린 은우가 아무런 말을 하지 않자 그가 말했다.

"댁이 아무리 머리가 좋아봐야 꽃뱀 한 명을 당할 수가 없어. 자잘한 꼼수로 남자가 여자를 이길 수 있을 것 같아? 절대 못 이기지."

"그럼 어떻게 이긴다는 거요?"

"그건 댁이 알아서 해야지, 그걸 왜 나한테 물어봐? 제비에게 여자를 자빠뜨리는 것이 얼마나 중요한 기술인데 아무에게나 장사 밑천을 까발릴 것 같아?"

끝까지 사람을 약 올리던 제비가 갑자기 연탄에게 멱살을 잡혔다.

"이 새끼가 또 사람을 희롱하네. 자꾸 돈 가지고 장난칠 거야?"

"뭐? 그게 무슨……."

"5만 원짜리에 왜 5천 원짜리가 끼어 있어?! 그것도 절반이나."

인상을 확 찌푸린 제비가 자신이 건넸던 돈다발을 다시 풀어서 확인을 해보았다.

하지만 안에는 온통 5천 원짜리 뿐이다.

"이, 이럴 리가 없는데……. 분명 그년에게 다이렉트로 받아서 온 건데?!"

은우는 한심하다는 듯 고개를 저었다.

"땍이나 잘하지 누구에게 훈계를 하는 건지 참……."

멱살을 잡힌 제비는 주먹에는 전혀 소질이 없는 듯, 키 차이가 머리 하나는 나는 연탄에게 붙잡혀 아등바등하고 있다.

"자, 잠깐만!"

"시끄러워, 이 호랑말코 같은 자식아!"

퍼억!

"커헉!"

얼굴을 주먹으로 얻어맞은 제비가 기겁을 하며 소리를 쳤다.

"아, 아프잖아! 게다가 다짜고짜 얼굴을 때리면 난 뭘 먹고 사냐?!"

"그거야 네 사정이고. 남의 돈 빌려갔으면 제때 갚아야지! 내가 흥신소 하는 놈이지 은행놀이 하는 초딩으로 보이냐?"

궁지에 몰린 제비가 은우에게 고개를 돌린다.

"어, 어이! 순둥이 양반!"

은우는 뒤도 돌아보지 않고 흥신소를 빠져나가려 문을 열었다.

더 이상 물러날 곳이 없다고 여긴 제비가 재빨리 멱살을 풀어내고 은우에게로 달려갔다.

"어이, 순둥이!"

"뭐야, 저리 안 가?"

바닥에 납작 엎드려 은우의 바짓가랑이를 붙잡은 제비가 통사정을 한다.

"아, 아까 한 말은 다 취소할게. 그러니까 한 번만 도와줘!"

"어허! 이거 안 놔? 내가 왜 당신을 도와야 하는데?"

"여, 여기 연탄 아저씨 말고 다른 사람이 당신밖에 더 있어?! 죽은 사람 소원도 들어준다는데, 좀 도와줘!"

돈에 관련되면 역시 연탄은 무서운 사람인 듯하다.

정말이지 젊은 제비는 은우에게 끈질기게 달라붙는다.

만약 주변에 거지가 있었다면 거지에게라도 구걸을 할 판이다.

은우는 어처구니가 없다는 듯 웃었다.

"별 미친 놈 다 보겠네. 이거 안 놔?!"

질척거리며 바지춤을 잡아당기는 그에게서 억지로 발을 빼려는데, 제비가 울먹거리며 소리쳤다.

"혀, 형님! 아, 아니, 사장님! 한 번만 도와줘! 이번에 잘못 걸리면 콩팥이고 쓸개고 다 떼어간다고 했단 말이야!"

"그거야 댁네 사정이지 왜 남에게 찝짜 붙고 지랄이야? 이거 안 놔?!"

제비는 눈을 번쩍 뜨며 목청껏 소리쳤다.

"시, 시키는 일은 다 할게! 여자를 홀려다 트럭으로 싣고 오라면 그렇게 할게! 그러니 한 번만 도와줘요!"

빌고 비는 그의 눈빛을 바라보는데, 아까 그가 했던 말이 떠오르며 문득 자신이 그녀를 얼마나 알고 있나 하는 생각이 들었다.

그러다 통사정을 하는 그를 보며 은우가 말했다.

"정말 시키는 짓은 뭐든지 다 한다 이 말이지?"

"당연하지!"

은우는 짝코에게 전화를 걸었다.

"짝코, 나야."

―예, 형님! 어쩐 일이십니까?

"너 통나무 장사도 하냐?"

―통나무요? 지금은 접었습니다만, 아는 사람은 있죠.

은우는 정중히 무릎을 꿇고 있는 제비를 바라보며 말했다.

"그럼 내가 돈을 빌려주려는데, 신체 포기 각서 정도는 작성할 줄 알겠네?"

―아이고, 그럼요!

"그러다 만약 돈을 안 갚으면?"

말이 끝나는 동시에 은우가 스피커폰 기능을 켰다.

[안 갚으면 뭐, 잡아다 통나무꾼에게 넘기면 걔네들이 알아서 합니다. 상한선에서 남는 돈을 거슬러 주기까지 하는걸요.]

은우는 제비를 바라보며 물었다.

"이래도 할 거야? 기한은 딱 이주일 준다."

잘못하면 정말로 산 채로 분해를 당하게 생긴 그가 고민에 고민을 거듭한다.

그러다 연탄과 눈이 마주치자, 버럭 소리쳤다.

"아, 알겠어! 하, 할게!"

은우는 그의 대답을 듣고는 짝코에게 말했다.

"네가 보증서는 거야, 알겠지?"

ㅡ알겠습니다. 제가 보증서지요, 뭐. 물건에 대한 정보만 주
시면 됩니다.

"알았다. 연탄에게 두고 갈 테니 나중에 받아가."

ㅡ예, 알겠습니다.

전화를 끊은 은우가 무릎을 꿇은 제비에게 말했다.

"열심히 해야 할 거야. 나는 한다면 진짜 하는 사람이니까."

침을 꿀꺽 삼킨 그는 고개를 끄덕일 뿐이었다.

*　　　*　　　*

연탄에게 얼굴을 얻어맞아 눈이 퉁퉁 부운 제비 충식이 은우
의 사무실에 함께 앉아 있다.

은우에게 이번 건에 대한 설명을 듣던 그가 고개를 가로저었
다.

"이건 일반적인 작업과는 거리가 좀 먼데요?"

너무 반말을 해대는 통에 매질을 좀 했더니, 이제는 고분고분
존대를 사용한다.

"어떻게 거리가 멀다는 거야?"

"이건 단순이 연인으로 엮는다고 끝날 문제가 아니지 않습니
까? 다른 회사에서 채가기 전에 먼저 물어다 연구소에 앉혀놓아

야 한다는 건데, 사랑만 가지고는 안 됩니다."

"뭐야? 똑바로 설명해."

"원래 작업이라는 것이, 통할 만한 떡밥을 던져야 통하는 법입니다. 이건 전통적인 제비질로는 승부가 나지 않겠어요."

은우 자꾸 말을 빙빙 돌리는 그에게 다시 주먹을 쥐어 보였다.

"그래서 뭘 어쩌라는 거야? 해, 못 해?"

반사적으로 방어 자세를 취한 충식이 다급한 목소리를 냈다.

"하, 할 수 있어요! 다만 저 혼자서는 불가능해요."

"그럼?"

"제가 설계하고 작업을 하면, 선수로는 사장님이 뛰어주셔야 합니다."

"내가?"

"애초에 그러려고 연탄네 집을 찾아간 것 아닙니까?"

은우는 고개를 저었다.

"난 그저 그녀와 연줄을 다시 만들어보려 했던 것뿐이야."

충식은 고개를 젓는다.

"그래서는 사장님이 원하시는 청사진을 완성할 수가 없습니다. 기왕지사 할 거라면 확실히 하십시오. 이건 수도 없이 피를 본 사람으로서 조언하는 겁니다. 괜히 어설프게 들이댔다간 죽도 밥도 안 됩니다."

그의 말에는 틀린 구석이 하나도 없다.

시간이 부족한 은우의 입장으로서는 손잡는 것부터 천천히 시작할 여유가 없는 것이다.

그의 아버지 또한 이제 시간이 얼마 남지 않았고, 제대로 영국에 입성하려면 은우 역시 그녀가 필요하다.

은우는 병석에 누워 있는 아버지를 생각하며 그의 말을 받아들였다.

"좋아. 한번 판을 짜봐. 내가 직접 선수로 뛸게."

충식은 의지를 표출하는 은우에게 자신의 시나리오를 설명하기 시작했다.

*   *   *

서울 레이븐 호텔의 스카이라운지, 늦은 저녁에 혼자 테이블에 앉아 있던 은우가 조용히 독서를 하고 있다.

살랑살랑 바람이 불어 테라스의 분위기가 상당히 매력적으로 변해 있었다.

그러던 중, 은우의 테이블에 놓인 핸드폰이 울린다.

지이이잉!

하지만 진동이 울리는 핸드폰은 그가 사용하는 것과는 완벽하게 다른 모델이다.

그는 어색한 손놀림으로 전화를 받았다.

"여보세요?"

―방금 전에 연락드린 사람인데, 혹시 지금 시간 괜찮으신가요?

"네, 괜찮습니다. 지금 계시는 곳이 어디입니까?"

전화 너머 그녀는 정중히 그의 제안을 거절한다.

―아니요, 제가 가겠습니다. 어디로 가면 되나요?

"그렇습니까? 그럼 할 수 없죠. 제가 약속이 있던 차라 레이븐 호텔에 와 있는데, 그곳으로 오시겠습니까? 지금 스카이라운지에 있습니다."

그녀는 살짝 놀란 듯 말했다.

―우연이군요. 저도 레이븐 호텔이 묵고 있는데.

"그런가요? 그럼 잘되었군요."

그녀는 덤덤한 목소리로 대답했다.

―그럼 제가 지금 그리로 올라갈까요?

"그렇게 하시죠. 테라스에서 기다리고 있겠습니다."

그녀가 전화를 끊자, 은우는 다시 여유로운 자세로 커피를 마셨다.

이윽고 약 5분이 경과하고 나서, 긴 생머리의 여인이 테라스의 문을 열고 나타났다.

연신 주변을 두리번거리던 그녀가 어딘가로 전화를 했다.

그리고 그 전화는 은우에게로 전달되었다.

지이잉!

"예."

―지금 어느 쪽에 계신가요?

은우는 그녀에게 손을 들어 위치를 확인시켜 주었다.

검은색 원피스를 입은 그녀는 상당히 육감적인 분위기를 자아내고 있었다.

이윽고 은우의 앞에 도착한 그녀가 차분한 목소리로 말했다.

"저, 혹시 핸드폰 찾아주신 분?"

커피 잔을 내려놓은 은우가 자리에서 일어나 그녀와 얼굴이 마주하도록 섰다.

"예, 제가 그 사람입니다."

자리에서 일어선 은우가 악수를 건네는데, 그녀는 화들짝 놀라 은우를 바라보았다.

흔들리는 눈동자로 은우를 바라보며 그녀가 말했다.

"으, 은우?!"

은우 역시 적지 않게 놀라는 눈치고 그녀를 바라보았다.

"연경이? 전화 주인이 너였구나."

얼떨떨한 표정이 된 연경은 은우를 보며 억지로 웃음을 지었다.

"이것 참, 세상 정말 좁구나. 이런 곳에서 너를 만나다니 말이야."

은우는 그녀에게 의자에 앉을 것을 권했다.

"일단 앉자."

그를 따라서 의자에 앉은 그녀가 불현듯 실소를 터뜨렸다.

"왜?"

뜬금없이 웃는 그녀를 보며 은우가 물었다.

"정말 믿기지가 않아. 혹시 지금 이게 몰래카메라 뭐 그런 것은 아니겠지?"

"하하, 몰래카메라면 2년 동안이나 못 만났던 나를 어떻게 찾아서 데리고 왔겠어?"

"하긴……."

연신 감탄사를 연발하는 그녀에게 은우가 전화를 건넸다.

"여기 핸드폰. 그동안 많이 불편했지?"

그녀는 고개를 저었다.

"아니야, 그럭저럭 참을 만했어."

"아무튼 핸드폰을 잃어버리지 않아서 다행이다."

은우는 함께 자리에 앉은 그녀에게 먼저 말을 꺼냈다.

"그동안 어떻게 지냈어? 연락도 없이 떠나서 깜짝 놀랐었어."

아무렇지도 않게 과거의 얘기를 꺼내자, 그녀는 약간 불편한 얼굴로 답했다.

"미국에 다녀왔어. 유학을 갈 기회가 생겼었거든."

"유학? 원래 네가 대학을 다녔었던가?"

그녀는 멋쩍은 듯 웃었다.

"4학년 때 휴학을 했어. 알다시피 몸이 별로 안 좋아서 말이야."

"그랬었지."

과거 얘기가 나오려고 하자 그녀는 재빨리 화제를 전환시켰다.

"그나저나 진짜 인연이다. 이렇게 만나기가 여간 어려운 것이 아닌데 말이야."

"그러게."

은우는 그녀와 헤어지기 전 항상 그녀에게 웃어주던 그 모습으로 말했다.

"아무튼 잘 지내는 것 같아서 다행이다."

길게 여운이 남는 한마디를 남긴 은우가 문득 시계를 바라보더니 물었다.

"아참, 내 정신 좀 봐. 바쁜데 시간 빼앗는 것 아니야?"

손목을 살짝 들어 시계를 바라보던 은우의 모습이 그녀의 눈에 정확히 들어왔다.

그러자 그녀가 화들짝 놀라며 물었다.

"아직도 가지고 있었네?"

약간 빛이 바랜 손목시계를 찬 은우가 쑥스럽다는 듯 웃었다.

"생일선물로 받은 건데 쉽게 버릴 수가 있어야지. 그래도 아직까지 건전지만 갈아주면 잘 굴러가."

그녀가 떠나가기 전, 은우에게 마지막으로 남긴 선물은 손목시계였다.

당시 전 재산을 털어서 샀다며 얼마나 너스레를 떨었던지 그때의 표정이 아직까지 기억나는 듯했다.

웃음과 무표정의 딱 중간에 있던 은우가 그녀에게 물었다.

"혹시 아직도 감자탕 좋아해?"

"기억하고 있네?"

"당연하지. 그렇게 질리도록 먹었는데."

아련한 추억이 떠오르는지 그녀는 아주 옅은 미소를 지었다.

"그러게 말이야. 일주일에 서너 번은 먹은 것 같아."

"그렇게 먹고도 돼지가 되지 않은 것을 보면 우리 둘 다 불가사의란 말이야."

"후훗, 그러게?"

살짝 입을 가리고 웃는 모습은 여전히 여성스러운 것 같다.

그러나 어쩐지 웃는 모습이 인위적인 것 같다고 느껴지는 것은 은우만의 착각일까?

은우는 그녀에게 깜짝 제안을 하나 했다.

"우리 감자탕이나 먹으러 갈까?"

그녀는 조금 놀란 표정으로 말했다.

"약속 때문에 나온 것 아니었어?"

"이미 볼일은 다 끝났지. 너만 괜찮으면 난 괜찮아."

순간, 그녀의 얼굴에 고민을 하는 기색이 스친다.

아마도 아직은 어색한 두 사람 사이에 함께 밥을 먹을 수 있을지 가늠해 보는 듯했다.

그런 그녀를 보며 은우가 테이블에 명함을 한 장 올려놓았다.

"지금 좀 그렇다면 나중에 연락 줘. 그때 먹지, 뭐."

DY그룹 총괄이사 이은우.

명함을 받은 그녀는 상당히 의외라는 듯 그를 바라보았다.

"총괄이사? 이거 정말 네 명함 맞아?"

"설마하니 남의 명함 돌릴까 봐? 내 것 맞아."

그녀는 믿기지 않는다는 듯 말했다.

"그랬구나. 그렇지 않아도 얼마 전까지 DY그룹에서 러브콜이 왔었거든."

"아하, 그 천재 공학도라는 사람이 바로 너였구나."

연경은 조금 쑥스러운 듯 웃었다.

"그런 것은 아니고……."

"이제부터라도 잘해야겠는걸? 나는 그런 줄도 모르고 눈치없이 감자탕이나 먹으러 가자고 그랬네."

아까보다 표정이 부드러워진 연경이 웃음기 있는 얼굴로 고개를 저었다.

"아니야, 나 아직도 감자탕 좋아해."

겉으로 웃고 있지만 은우는 속으로 욕지거리를 내뱉고 있었다.

역시 그녀가 은우를 떠난 이유는 가난과 불확실한 미래 때문이었던 것이다.

하지만 은우는 그것을 절대 표출하지 않는다.

"그럼 말 나온 김에 지금 가볼까? 아직도 우리가 자주 다니던 그 집이 남아 있나 모르겠지만."

그의 제안에 연경이 약간 높아진 톤으로 대답했다.

"아니야, 아직 거기에 있어. 얼마 전에 나도……."

얼떨결에 진심이 나온 듯, 그녀는 자신도 모르게 입을 가렸다.

"가, 갈까?"

눈에 띄게 태도가 바뀐 그녀를 보니, 은우는 오히려 잘되었다는 생각을 한다.

계기가 있으니, 복수를 한데도 양심에 가책은 없을 것이기 때문이다.

*　　　*　　　*

은우의 자동차를 타고 이동하는 동안, 두 사람은 현재 자신들이 하고 있는 일에 대해서는 거의 거론하지 않았다.

과거의 상처들은 교묘히 건드리지 않으면서 두 사람이 함께 했던 날들에 대해서만 말하고 회상할 뿐이었다.

"경남이는 지금 뭐하고 있어?"

"경남이? 그 새끼 얘기는 꺼내지도 마. 돈 떼먹더니 아예 나타나지도 않고 있다. 어휴!"

"호호호! 정말? 아참, 이 대목에서 웃으면 안 되는데……"

"괜찮아. 어차피 빚도 다 갚았고 일도 열심히 하고 있으니까."

"그럼 다행이고. 그나저나 경남이 되게 웃겼는데, 그치?"

"그놈이 다른 것은 몰라도 술자리에서 남 웃기는 것은 참 잘했어. 그런데 현실에서는 그게 이어지지를 않았지. 지금도 내가 그놈 때문에 웃지를 못하잖아."

아까부터 그녀는 은우가 무슨 말만 하면 배꼽을 잡고 꺄르르 웃어댄다.

이윽고 은우의 차가 자주 가던 감자탕 집에 도착했다. 여전히 북새통을 이루고 있는 광경에 두 사람은 놀라서 소리쳤다.

"우와! 벌써 몇 년 사이에 이렇게나 번창했어?"

"요즘 줄을 서지 않으면 못 먹는다고 난리야."

그나마 은우보다 덜 놀라는 것을 보면, 그녀는 이곳에 몇 번인가 왔었던 것 같다.

하지만 그는 그것을 마음에 담아둘 뿐 표출하지는 않았다.

서빙을 담당하는 아르바이트생이 생긋이 웃으며 은우에게 메뉴판을 건넸다.

"뭘로 드릴까요?"

은우는 이제 한 20대 초반이나 될 법한 그녀에게 빙그레 웃으며 말했다.

"뭐가 맛있는데요?

"으음… 다 맛있죠."

"정말 다 맛있어요? 만약 맛이 없으면?"

"으음, 맛이 없으면……."

"벌칙으로 나한테 뽀뽀?"

"어머, 너무 들이대시는 것 아니에요?"

"하하, 장난 한 번 쳐 봤어요. 그나저나 진짜 맛없으면 벌칙 내릴 거예요."

"그래요, 알겠어요. 그럼 감자탕 한번 드셔보시겠어요?"

은우는 마주 앉은 연경의 얼굴을 한 번 바라보았다.

그러자 그녀는 다소 딱딱하게 굳은 얼굴로 대충 고개를 끄덕였다.

"그, 그래. 그럼 그렇게 하자."

아르바이트생은 은우의 옆구리를 쿡쿡 찌르며 장난스럽게 웃었다.

"대신 일부러 맛없다고 그러시면 안 돼요. 알겠죠?"

"뭐야, 그럼 진짜로 뽀뽀해 줄 의향이 있다는 거야?"

"크흠!"

자꾸 장난을 치는 은우에게 연경이 괜히 헛기침을 한다.

그러자 아르바이트생은 슬그머니 웃으며 주방으로 달려갔다.

은우는 일부러 그녀가 들으라는 듯 실소를 하며 말했다.

"아르바이트생이 참 귀엽네. 그치?"

"…그러게."

연경은 은우와 함께 지내는 동안에도 이렇게 잦은 질투를 하곤 했다.

그때는 그를 나무라고 화를 내는 경우도 있었지만, 지금은 그렇게 할 수가 없다.

두 사람은 엄연히 '남'이기 때문이다.

하지만 연경의 굳어진 표정을 보며 예전에 그가 그랬듯 눈치를 보며 그녀에게 화해를 청했다.

"그냥 재미있자고 한 건데……. 기분 나빴다면 미안해."

순간, 그녀가 화들짝 놀라서 은우를 바라보았다.

그녀의 눈빛은 가증이 아닌 진심이 담겨 있는 듯, 상당히 흔들리고 있었다.

말문이 막혀 버린 연경이 아무런 말을 못하고 있는 동안, 아직 끓지 않은 감자탕이 준비되어 나왔다.

그리고 그것을 가져다 놓던 아르바이트생이 은우에게 다시 장난을 걸었다.

"보이죠? 일부러 립스틱까지 바르고 왔어요. 만약 뽀뽀하게 되면 끝까지 못 지우시는 거예요. 아시겠죠?"

은우는 그녀에게 장난스레 웃으며 고개를 저었다.

"생각해 보니까 벌칙의 상대를 바꿔야겠어."

"네? 그게 무슨 소리예요?"

가만히 앉아 있던 연경은 주변을 살짝 두리번거리며 손가락으로 자신을 가리켰다.

"나?!"

"크흠! 그래도 한 레벨 높은 사람이 있는데……."

아르바이트생은 그제야 이것이 남자들이 가끔씩 하는 '밀당'이라는 것을 알아차린 듯 투덜거렸다.

"쳇! 그럼 그렇지, 여자가 앞에 있는데 너무 들이댄다 싶었어!"

"하하, 기분 나빴다면 사과할게요."

그녀는 기분 좋게 웃으며 고개를 저었다.

"아니요, 괜찮아요. 그럼 즐거운 시간 되세요!"

방금 전 서운했던 마음이 사라졌는지 연경이 다시금 미소를 짓는다.

"맛있겠다, 그치?"

이렇게 작은 도발에도 쉽사리 넘어온다는 것은 충식의 전략이 조금씩 먹혀들고 있다는 뜻이다.

떠나갔던 그녀가 은우에게 조금씩 돌아오고 있었지만, 하지만 이제 그녀에 대한 은우의 사랑은 사라지고 없었다.

Chapter **12**
연결고리

새로 생긴 집으로 돌아가는 길, 은우는 기분이 묘해진 상태로 운전대를 잡고 있었다.

호텔에서 약 20분 정도 떨어진 곳에 위치한 강남의 N타워 빌리지를 바라보는 은우가 감회가 새롭다는 듯 읊조렸다.

"저런 건물을 보며 욕지거리를 하던 것이 바로 엊그제인데, 이제는 저곳에서 살게 생겼네."

술만 마시면 한강다리에서 바라보던 저곳이 이제는 은우의 보금자리가 된 것이다.

다만 한 가지 아쉬운 것이 있다면 온전히 자신의 힘으로 이곳까지 온 것이 아니라는 점이다.

회사에서부터 가지고 온 ID카드를 입구의 보안센터에 체크인 하고, 지하 주차장에 차를 파킹하고 짐을 챙겨 엘리베이터에 올랐다.

상당히 심플하지만 적당히 고급스러운 인테리어가 인상적이다.

게다가 통유리로 된 엘리베이터에서는 벌써부터 한강의 전경이 한눈에 들어온다.

밖에서는 안이 보이지 않아 몰랐지만, 이렇게 아래를 내려다보니 피로마저 풀리는 느낌이 들었다.

이윽고 은우가 집 앞 현관에 도착하자, 문에 달린 센서가 은우의 스마트키를 인식하여 자동으로 문을 열었다.

철컹!

자동으로 문이 열리고 나서는 현관 입구부터 복도까지, 모든 전구에 불이 들어왔다.

입구부터 다른 집과는 달리 상당히 스마트했다.

어쩌다 이런 말도 안 되게 호화스러운 집을 구했는지, 부담스러워 어디에 엉덩이를 붙이고 앉아야 할지 모를 지경이다.

두근거리는 마음으로 푹신해 보이는 소파에 앉으려던 은우의 핸드폰에 진동이 울린다.

―은우야, 잘 들어갔니? 오늘은 정말 즐거웠어. 오랜만에 재미있게 얘기도 나누고, 밥도 먹고 말이야.

충식이 장담한 대로 그녀에게서 문자가 왔다.

이런 부류의 일을 하며 생계를 유지하는 충식의 어드바이스는 상당히 정확하다.

"진짜 제비가 맞기는 맞는 모양이네."

그의 말에 따르면 이 정도의 상황이라면 충분히 다음 약속을 잡을 수 있는 분위기고, 작업은 성공적으로 진행되고 있다는 신호였다.

*   *   *

며칠 동안 작업(?)하고 돌아다녔더니 업무가 산더미처럼 쌓여 은우는 오후 4시가 넘어서도 점심을 먹지 못했다.

상당히 늦은 점심을 먹기 위해서 로비로 내려왔더니 어디선가 익숙한 목소리가 들린다.

"어이, 이은우!"

은우의 고개가 돌아간 곳에는 얼마 전 동창회에서 만났던 경석이 서 있었다.

그의 목에는 DY물산의 직원카드가 걸려 있다.

그러니까 그는 은우가 운영하는 회사의 말단직원인 것이다.

만약 중역들이 보았다면 경을 칠 일이지만, 은우의 정체를 알리가 없는 경석은 눈치없이 이죽거릴 뿐이다.

"네가 여긴 어쩐 일이냐? 아르바이트라도 하러 왔어?"

자신의 회사에서 아르바이트라니, 기가 막힐 노릇이다.

하지만 은우는 끝까지 티를 내지는 않았다.

"아르바이트는 아니고 아버지 사업을 좀 도와드리느라 그렇게 되었어."

그러자, 경석은 실소를 흘리며 말했다.

"아버지? 네가 아버지가 어딨어? 암튼 여기서 일을 한다고?"

"어쩌다 보니 그렇게 되었어."

"후후, 그래? 이곳에서 무슨 일을? 화장실 청소라도 하냐?"

철저하게 은우를 무시하는 그의 말에도 그는 별다른 반응을 보이지 않았다.

"그런 것은 아니고, 이것저것 해."

"그래? 이야, 이은우 출세했는데? 이런 건물에 발을 다 들이고 말이야."

"그러게 말이다. 역시 비빌 언덕이 있고 없고의 차이는 상당히 큰 것 같아."

"누가 아니래? 네가 언감생심 이런 대기업에 발을 들여놓는 것 자체가 큰일 아니겠어?"

"아무튼 이곳에서 안면이 있는 사람을 만나다니 이것도 인연이군그래."

은우는 그에게 악수를 건넨다.

"앞으로 자주 보자."

경석에게는 ID카드가 있지만 은우에게는 없다.

항상 그의 곁에는 지사장들이나 재무이사가 따라다니기 때문에 신분을 확인할 필요가 없는 것이다.

그리고 입구에서 총괄이사를 잡을 정도로 멍청한 직원은 아무도 없다.

하지만 취임사를 낭독하는 동안에도 너무 멀리 있어 은우의 얼굴을 구경조차 하지 못했던 말단직원들은 은우의 얼굴을 잘 모를 수밖에 없다.

"보아하니 임시직원이나 파견직 같은데, 열심히 해봐. 또 알아? 정식직원으로 발령이 날지도."

몇 년 동안 총괄이사를 하고 나면 영국으로 돌아가야 하니 이것도 엄연히 임시직이라고 해야 할까?

은우는 부정하지 않았다.

"그래, 고맙다. 아무튼 반가웠어."

로비에서 누군가를 기다리는 듯한 그를 뒤로하고 은우가 회사를 나서려는데, 안내데스크 직원들이 꾸벅 인사를 한다.

"좋은 하루 되십시오, 총괄이사님."

"그래요, 여러분들도 좋은 하루 되세요."

싱긋이 웃으며 안내데스크를 지나치는데, 밖에서 대니와 강병수 상무가 들어오고 있다.

그제야 은우는 오늘 오후 로비에서 DY물산 프로젝트팀과의 미팅이 있을 예정이라는 소리를 들은 기억을 떠올렸다.

대니와 강병수가 은우에게 다가와 고개를 숙였다.

"외출하십니까?"

"아직 식전이라서 말입니다. 간단히 요기라도 하려고 합니다."

대니는 화들짝 놀라서 되물었다.

"비서가 아직까지 식사도 챙기지 않았단 말입니까? 군기가 빠졌군그래!"

은우는 고개를 저었다.

"제가 시간이 없다고 사양을 한 겁니다. 비서는 아무 잘못 없습니다."

"이사님이 가장 고생하십니다."

슬쩍 미소를 지은 은우가 고개를 저었다.

"우리끼리 이런 말을 주고받으니 좀 머쓱하군요."

"하하, 그랬습니까?"

영국에서 온 지 얼마 되지 않은 강병수는 상당히 소탈하고 차분한 성격이다.

세 사람이 담소를 나누고 있는데, 멀리서 중년인과 한 청년이 걸어와 대니에게 인사를 했다.

"오셨습니까? 이사님."

"강석우 부장님이신가 보군요. 말씀 많이 들었습니다."

악수를 건네는 대니에게 강석우 부장의 곁에 선 청년이 꾸벅 인사를 했다.

"안녕하십니까?! 임경석이라고 합니다!"

인사를 마친 청년이 고개를 드는데 은우와 눈이 마주쳤다.

순간, 그는 은우가 왜 고위간부들과 함께 있나 싶어서 고개를 갸웃거린다.

은우는 그에게 슬쩍 미소를 지어 보였다.

외출을 하다 말고 서 있는 은우에게 다가선 대니가 강석우에게 말했다.

"아참, 강 부장님은 파견을 나갔다 와서 잘 모르시죠? 이쪽은 총괄이사님이십니다."

순간, 경석은 다시 고개를 갸웃거린다.

저 강병수 상무라는 사람이 총괄이사라는 소리인지 헷갈리는 눈치였다.

하지만 그는 곧 입을 쩍 벌리고 말았다.

"이은우라고 합니다. 해외에서 고생이 많으셨다고 들었습니다."

"아닙니다. 그나저나 총괄이사님께서 능력이 좋으시다 들었는데, 이렇게 젊을 줄은 미처 몰랐습니다."

"하하, 그렇습니까?"

슬쩍 미소를 짓는 은우를 본 경석은 그 자리에서 망부석이 되어 딱딱하게 굳어 버렸다.

강석우는 이상행동을 보이는 경석을 보며 눈살을 확 찌푸렸다.

"어이, 지금 뭐하는 건가?! 총괄이사님을 뵈었으면 인사를 해야지."

상황이 바뀌어도 너무 한참 바뀐 것일까?

경석은 지금 이 상황이 믿기지 않는 듯 자꾸 자신의 볼을 꼬집어보았다.

불과 얼마 전까지만 해도 백수였던 은우가 총괄이사라니, 믿을 수가 없었던 것이다.

하지만 현실은 현실이다.

그는 은우의 앞에서 고개도 들지 못했다.

"잘되었습니다. 어차피 시간도 남는데 함께 미팅을 하시죠. 저도 프로젝트가 궁금하던 차였습니다. 회의 시작 예정이 몇 시입니까?"

"5시 정각입니다."

"그렇군요. 그럼 저 역시 참석을 하겠습니다. 괜찮으시죠?"

"이사님께서 참석하신다면야 저희로서는 영광입니다."

DY코리아의 총괄이사를 가까이서 볼 수 있다면 강석우의 입장에서는 절대로 나쁠 것이 없는 자리다.

하지만 임경석으로서는 부장급도 아니고 일개 말단 사원이 고위간부들과 자리를 한다는 것은 상당히 어렵고 힘든 일이었다.

다소 난감한 표정을 짓는 그를 보며 은우가 난감한 듯 말했다.

"이런, 부하직원께서는 제가 자리에 끼는 것이 영 불편한 모양입니다. 표정이 상당히 좋지 않군요."

강석우는 은우의 말에 화들짝 놀라 경석의 옆구리를 툭툭 쳐 정신을 차리도록 했다.

"어이, 정신 안 차려?!"

"예, 예?!"

그는 은우에게 미소를 지으며 상황을 무마시키려 했다.

"아이고, 그럴 리가 있겠습니까? 안 그런가? 하하!"

경석은 여유롭게 주머니에 손까지 넣고 있는 은우를 보며 억지로 입을 열었다.

"……예."

"대답이 뭐 그래? 몸이 별로 좋지 않으면 집에 가서 평생 쉬어도 좋아."

그는 혼비백산하여 은우에게 고개를 숙였다.

"죄, 죄송합니다! 제가 입사를 한 지가 얼마 되지 않아서……."

"그렇군요. 앞으로 표정 관리에 신경을 좀 쓰셔야겠습니다."

"주의하겠습니다!"

자꾸 고개만 숙이고 있는 그에게 강석우는 버럭 소리를 질렀다.

"뭐해?! 엘리베이터 안 잡아?!"

"죄, 죄송합니다!"

조상님 땅을 팔아먹어도 이렇게 고개를 숙이지는 않을 것이다.

마치 머리가 떨어져라 고개를 숙여대는 그를 보며 은우가 어깨를 툭툭 쳤다.

"어때요? 앞으로 우리가 만날 일이 과연 없을까요?"

"예, 예?! 그, 그게 아니라……."

상황을 알 리가 없는 간부들이 고개를 갸웃거리는데, 은우가 나지막하게 말했다.

"사람은 원래 다 평등한 법이야. 잊지 않았으면 좋겠다."

은우가 말을 마치고 난 후, 딱딱하게 굳어버린 그는 거의 울음을 터뜨릴 기세였다.

*   *   *

며칠 후, 은우는 충식의 두 번째 계획을 듣고서는 황당하다는 듯 말했다.

"이렇게까지 해야 하나?"

"어차피 목표를 단시간에 달성하기 위해서 저를 고용하신 것 아닙니까?"

"그렇기는 하지만……."

"원래 이런 방법이 직빵입니다. 혼자 있어도, 심지어는 절친과 함께 있어도 사장님이 생각나는데 안 넘어오고 배길 것 같습니까?"

그가 제안한 두 번째 작업은 '주변을 공략하라' 였다.

단기간에 단물을 쪽 빨아먹고 도망갈 제비가 아니라면 그녀의 깊은 내면까지 알아야 한다는 것이었다.

"너무 깊게 들어가는데, 이거."

고개를 가로젓는 은우에게 충식이 말했다.

"사장님께서 말씀하신 것은 깊은 사이가 아니면 절대로 불가능한 겁니다. 세상에 어떤 여자가 맨입으로, 그것도 자신이 싫어하는 부류의 사람과 일을 하겠습니까?"

그의 말에 틀린 부분이 하나도 없다는 것은 은우 역시 통감하는 바다.

어차피 그녀와 서서히 가까워지고 있으니, 이제 와서 멈출 수도 없는 일이다.

"좋아. 그럼 네가 준비한 설계대로 일을 시작하자."

"알겠습니다. 맡겨만 주십시오, 하하!"

송충이는 뽕잎을 먹고 살 때 가장 행복한 법, 그는 여자를 꿰어낼 때가 가장 행복한 모양이다.

*   *   *

집은 며칠 전에 구해 두었지만 짐을 아직 맡겨놓은 상태라 다시 호텔을 찾았다.

대니를 비롯한 간부들이 함께 따라나선다고 난리였지만, 은우는 개인적인 약속도 겸한다는 핑계로 그들을 떼어낼 수 있었다.

얼마 되지 않는 짐을 방에서 빼내어 자동차에 싣고 호텔 총지배인에게 ID카드를 건넸다.

"그동안 신세 많이 졌습니다."

"저희야말로 DY그룹과 친분을 다질 수 있어서 기뻤습니다. 혹시 머무르시는 동안 불편하셨던 점은 없으셨습니까?"

"너무 친절해서 그럴 겨를이 없었습니다."

"칭찬을 해주시니 뭐라 감사를 드려야 할지 모르겠습니다."

서로 악수를 주고받은 은우가 슬슬 로비를 나서려던 때였다.

딩동!

은우의 핸드폰에 문자가 왔다는 알림이 도착했다.

─지금 들어오고 있습니다.

호텔에 묵었던 것을 이용하여 상황을 연출한 충식의 능력은 정말 대단하다고 칭찬할 정도의 수준이다.

이윽고 은우의 눈에 충식이 말했던 목표물이 다가오고 있다.

한 손에는 뜨거운 커피를 든 여자가 종종걸음으로 뛰어오다 미처 은우를 발견하지 못하고 어깨를 그대로 부딪칠 뻔하였다.

순간적으로 곁눈질을 하여 그녀의 얼굴을 확인한 은우는 어깨를 부딪치는 동시에 몸을 뒤로 확 뺐다.

그러자, 그녀는 무게 중심이 앞으로 쏠려 몸이 휘청거리고 말
았다.

"꺄악!"

순간 은우는 신비공을 빠르게 회전시켜 몸의 반사신경을 극
도로 끌어 올렸다.

넘어지려는 여인의 어깨를 잡아 세우는 동시에 커피를 손으
로 받아 자신은 물론 주변의 두 사람까지 피해를 입지 않도록
했다.

연속으로 이어진 동작 이후, 잠시 정적이 흐른다.

그때, 은우가 그녀에게 말을 걸었다.

"괜찮습니까?"

갈색의 긴 생머리를 길게 늘어뜨린 그녀는 은우의 품에 안겨
몸이 뒤로 눕혀진 상태로 그와 눈을 마주치고 있었다.

화들짝 놀란 그녀가 벌떡 일어나 말했다.

"괘, 괜찮아요."

"하지만 안색이 별로 좋지 않은데요? 놀라서 그런가?"

"아, 아니요! 그런 것이 아니라……."

은우는 총지배인에게 물었다.

"혹시 호텔에 청심환 같은 것이 있습니까?"

잠시 멍해졌던 지배인이 화들짝 놀라 대답했다.

"아, 예! 잠시만 기다리십시오."

여인은 놀라며 두 손을 저었다.

"아, 아니에요! 그런 것이 아니라……."

그러나 은우는 고개를 저었다.

"지금 상당히 격하게 놀란 것 같습니다. 그렇지 않고서야 몸이 이렇게 부들부들 떨리겠습니까? 보니 손까지 떨리고 있지 않습니까?"

총지배인도 그녀의 상태를 보더니 그의 말에 동의를 했다.

"이런, 손님께서 많이 놀라신 모양이군요. 신속히 약을 가지고 오겠습니다."

50이 넘은 나이에 프론트로 빠르게 달려가는 그를 보며 그녀는 난감한 표정을 지었다.

"그, 그게 아닌데……."

하지만 은우는 아직도 손끝이 떨리는 그녀의 얼굴을 살피느라 아래에서 그녀를 올려다보며 물었다.

"진짜 많이 놀란 모양이군요. 괜찮습니까?"

한데 그 순간 예상치 못했던 일이 발생하고 말았다.

다시 한 번 눈이 마주친 그녀는 한숨을 푹 내쉬며 다리가 풀려 주저앉고 말았던 것이다.

"허윽……!"

"어, 어……! 이거 진짜 큰일이네! 지배인님!"

한 손에 청심환과 생수병을 가지고 달려온 총지배인은 은우보다 더 놀라서 소리쳤다.

"괘, 괜찮으십니까?! 사태가 심각하네, 이거!"

남자들 사이에서는 그저 '미안합니다' 한마디 하고 지나갔을 일이거늘 급기야 다리까지 풀리다니, 총지배인은 당황해서 어쩔 줄을 모르고 있었다.

청심환의 포장을 아무렇게나 뜯어 내용물을 꺼낸 총지배인이 그녀의 입에 청심환을 집어넣고 물병의 뚜껑을 열어 내밀었다.

"이, 일단 이것을 쭉 들이켜면 좀 괜찮을 겁니다. 어서!"

언뜻 보면 이 여자보다 그에게 청심환이 더 필요해 보이기도 한다.

다소 시끄러워진 상황이긴 하지만, 그녀는 청심환을 삼키더니 좀 나아진 듯했다.

약 30초 후, 서서히 평정심을 되찾으며 몸을 일으킬 정도가 되었던 것이다.

간신히 자리에서 일어난 그녀가 은우와 총지배인에게 고개를 숙였다.

"죄송합니다. 제가 원래 이렇게 막 쓰러지고 그러는 사람은 아닌데……."

은우는 고개를 저었다.

"아닙니다. 제가 사전에 조치를 취했어야 했는데, 아직 수련이 모자라서……."

"네?"

순간, 진심이 나오려던 은우가 황급하게 말을 바꾸었다.

"크, 크흠! 아무튼 저야말로 죄송하게 되었습니다. 아무쪼록 조심히 가던 길 가셨으면 좋겠습니다. 그럼 저는 이만……."

총지배인에게도 같이 고개를 숙인 은우가 호텔을 나서려던 바로 그때였다.

통유리로 된 엘리베이터에서부터 또 다른 여인이 달려나왔다.

"유리야!"

이번에는 상당히 진한 검은색 머리를 뒤로 질끈 올려 묶은 여자가 헐레벌떡 달려왔다.

"어, 언니!"

은우가 묘령의 여인의 목소리를 따라 고개를 돌리자, 충식의 계획대로 연경이 도착해 있었다.

"저기요!"

반사적으로 고개를 돌린 은우와 머리를 올려 묶은 연경이 필연적으로 눈이 마주쳤다.

그리고 그 순간 은우는 진심으로 놀랐다는 듯 말했다.

"여, 연경이……?"

"은우야!"

그녀 역시 감사의 인사를 하려했던지 은우를 붙잡았다 적지 않게 놀라는 눈치였다.

유리라고 불린 여자는 신기한 눈으로 두 사람을 번갈아보았다.

"둘이 아는 사이야?"

연경은 은우를 보며 상당히 어색하면서도 묘한 웃음을 지었다.

어쩐지 모르게 반가우면서도 이런 곳에서 은우를 보아서 놀랍다는 눈치였다.

하지만 뭐라고 말을 해야 할지 몰라서 고민하던 그녀 대신 은우가 대답했다.

"친구입니다."

"아하! 친구 분이시구나."

우연이 겹치면 인연이 된다고 했던가?

그녀는 놀랍다는 표정으로 은우를 바라보았다.

그러나 은우는 바쁘다는 듯 서둘러 짐을 챙겼다.

"그럼 저는 이만 가보겠습니다. 연경아, 내가 조금 있다 전화할게."

"그, 그래……."

아쉬움이 섞인 그녀의 눈길을 애써 외면한 은우가 곧바로 돌아서 호텔의 로비를 나서려던 바로 그때였다.

"자, 잠시만요!"

"예?"

약간 놀라는 은우에게 그녀가 어렵게 입을 열었다.

"오늘 제가 너무 과도한 친절을 받은 것 같아서 그런데, 명함이라도 한 장 받을 수 없을까요? 나중에 꼭 식사라도 대접하고 싶어서 그래요."

은우는 명함을 꺼내어 유리에게 내밀었다.

"특별히 사례를 바라고 한 일은 아닙니다. 다만, 다음부터는 좀 덜 놀라셨으면 좋겠군요."

이윽고 슬며시 미소를 지은 은우가 황급히 등을 돌렸다.

"그럼 이만……."

돌아서는 은우를 동시에 바라보는 두 여자의 표정은 제각기 달랐다.

*　　　*　　　*

충식의 작전은 언제나 적중한다.

은우가 연경의 절친한 동생 유리와 인연을 맺음과 동시에 아주 빠르게 친해지게 된 것이다.

애초에 알고 지내던 사이였지만 두 사람 사이에는 분명히 뛰어넘을 수 없는 벽이 자리하고 있었다.

이런 보이지 않은 벽을 깨기 위해서 충식은 두 사람 사이에 유리라는 변수를 투입한 것이다.

은우의 명함을 받은 유리가 연경과 함께 그를 만나려고 DY코리아 근방의 카페에 앉아 있다.

저번에 있었던 일로 인해서 유리는 확실히 은우에게 호감을 갖게 된 모양이다.

"언니는 이런 멋쟁이가 주변에 있었으면서 여태까지 왜 연애한 번을 안 했어?"

"뭐, 뭐라고? 얘가 지금 뭐라는 거야?!"

"오빠, 있잖아요. 우리 언니는 대학에 들어와서부터 지금까지 계속 솔로였어요. 남자들이 들이대도 끝까지 눈길도 안 주는 것 있죠?"

"그랬습니까? 저 정도 외모면 달려드는 남자들이 상당히 많았을 것 같은데."

"그러니까요! 아마 가슴에 상처를 받아서 병원에 입원을 시켰다면 그 근방에 응급실은 자리가 없었을 거예요."

"하하, 그렇습니까?"

처음 유리가 청심환까지 먹어가면서 고생을 했던 것을 생각하면 참 매치가 되지 않을 정도로 활발한 모습이다.

"아참, 오빠는 애인 있어요?"

이번에는 연경 역시 귀를 기울인다.

"흐음… 글쎄요. 어떨 것 같습니까?"

"에이, 이런 멋진 남자에게는 당연히 애인이 있겠죠."

"만약 없다면요?"

"그렇다면 내가 한 번……? 어머, 어떡해!"

자기 혼자 북 치고 장구 치고 다 하고 있지만 그녀의 말에 전혀 진심이 없는 것 같지는 않다.

짐짓 궁금하다는 표정을 짓는 사람은 유리 한 명이 아니었다.

연경도 집중을 하고 있다.

"애인 없습니다. 저도 한 3년 된 것 같습니다."

신이 난 유리가 은우에게 슬그머니 물었다.

"그럼 매일 문자해도 괜찮죠?"

"업무 중만 아니라면 상관없습니다."

"어머, 정말요?! 오늘부터 당장 할 거예요. 알겠죠?!"

뛸 듯이 기뻐하는 그녀와 약간 대조적이지만 연경 역시 희미하게 미소를 짓고 있었다.

*   *   *

한번 물꼬를 트고 나니, 연경에게서는 쉴 틈이 없을 정도로 문자가 쏟아졌다.

매일 밤이면 전화를 하고, 식사 때가 되면 항상 전화를 건다.

곁에서 그 모습을 지켜보던 충식은 회심의 미소를 짓는다.

"거 보십시오. 제가 시키는 대로만 하면 도망간 부인도 돌아오다니까요, 하하!"

충식이 대단한 것은 이런 뻔한 방법을 생각해 내는 것이 아니라 이런 상황을 연출하는 능력이다.

때론 알면서도 속는 것이 여자라는 것을 그는 누구보다 잘 알고 있는 것 같았다.

그는 확신에 찬 목소리로 말했다.

"이제는 굳히기에 들어가야겠습니다. 아마 이번 한 방이면 제가 더 이상 사장님을 따라다니지 않아도 될 것 같습니다."

"다시 한 번 말하지만 내가 목표하는 것은 그냥 연인이 아니야."

"알고 있습니다. 그러니까 자신있게 말씀드리는 겁니다."

총식은 자신이 자주 사용하는 방법이라며 설명을 시작했다.

                    *   *   *

슬슬 S전자에서 연경에게 러브콜을 보내고 있지만, 그녀는 좀처럼 그들에게 대답조차 해주지 않았다.

이미 은우와 가까워진 그녀는, 섣불리 계약을 할 수 없었던 것이다.

그런 가운데 서울 외곽에 위치한 분위기있는 레스토랑에 마주 앉은 두 사람이 식사를 하고 있다.

오늘은 그녀가 차를 끌고 와서 직접 식사를 대접하고 싶다는 통에 태어나서 처음으로 그녀에게 밥을 얻어먹고 있었다.

"여기 분위기 어때?"

은우는 나쁘지 않다는 듯 고개를 끄덕였다.

"좋네."

"정말 좋은 것 맞아? 반응이 별로인데?"

"그랬나? 하지만 내가 이런 곳을 잘 모르잖아. 나이프질도 서툰데 내가 평가를 할 군번은 아니지."

그녀는 은우를 보며 못 말린다는 듯 고개를 저었다.

이윽고 식사가 끝나고 은우는 와인을, 그녀는 음료수를 마셨다.

잔잔한 음악이 흐르는 가운데, 밖에는 비가 내리고 있다.

분위기는 슬슬 고조되는 듯 보인다.

그러다 불현듯 그녀가 은우에게 물었다.

"은우야, 나 요즘 S전자에서 러브콜이 들어오고 있어."

"그래?"

"L전자도 지인을 통해서 자꾸 연락을 하려고 노력하고 있고."

은우는 정말 무덤덤하게 축하를 해주었다.

"잘되었네. 한국에서 일을 하고 싶다고 했잖아. 네 뜻대로 되고 있으니 얼마나 기뻐."

"DY전자도 이제 한국법인을 갖게 되었다고 하지 않았어?"

"그렇기는 하지만 본사는 영국에 있지. 아참, 이제 곧 나는 영국으로 갈 거야."

이제껏 듣지 못했던 은우의 발언에 그녀가 놀라서 물었다.

"영국? 이제까지 그런 얘기 없었잖아."

"그랬던가? 아무튼 일이 그렇게 되었어. 총괄이사직은 그대로 수행하되 본사에서 업무를 볼 것 같다."

아직 회장의 아들이라는 배경은 알지 못하지만, 그녀는 은우가 그룹의 중역이라는 사실은 익히 알고 있다.

"내가 너에게 말을 해준다는 것이 깜빡한 모양이다. 미안해."

"그, 그래? 너도 영국으로 간다니 잘되었네."

"아쉽게 되었어. 그렇지? 이제 막 만났는데 말이야."

만약 그녀가 한국계열 전자회사에 귀속이 된다면 영국에서 생활할 은우와는 영영 만날 일조차 없는 사이가 되어버린다.

그런 상황을 아무렇지도 않게 얘기하는 은우에게 그녀가 서운한 듯 말했다.

"넌 영국으로 떠나는 것이 아무렇지 않나 봐?"

"물론 한국이 그리운 날도 있겠지. 하지만 더 넓은 세계에서 살아보는 것도 나쁘지는 않겠다 싶어서 말이야."

은우의 말을 가만히 듣고 있던 그녀가 망설이다 입을 열었다.

"저기……."

"응?"

"만약에 내가 DY전자에 들어가면 한국에서 연구를 하는 거야, 영국에서 연구를 하는 거야?"

"그거야 네가 편한 대로 하는 거지. 영국이 편하다면 영국에서, 한국이 편하다면 한국에서. 조건을 보장해 줘야지."

은우의 대답을 들은 그녀가 조심스럽게 말을 꺼냈다.

"그럼 너에게 직접 말할게. DY그룹과 일하겠어."

"정말? 그래도 괜찮겠어?"

"대신 조건이 있어."

"무슨?"

"네가 있는 곳에서 연구를 하고 싶어."

반쯤 프로포즈와 비슷한 말, 은우는 다소 망설이는 듯 대답을 미루었다.

"으음, 그게 그러니까……."

그녀는 오늘이 아니면 영영 은우를 잡을 수 없다고 생각한 모양이다.

지지부진 대답을 미루는 은우의 손을 그녀가 확 낚아챘다.

"여, 연경아!"

"혹시 내가 너에게로 돌아갈 수 있다면, 그곳이 어디라도 난 가고 싶어. 진심이야."

그녀의 마음이 진심이든 아니든 상관없다.

은우는 그녀의 손을 덥석 잡았다.

"고맙다. 나에게 다시 돌아와 줘서."

"은우야……."

두 사람은 서로를 뜨거운 눈길로 바라보았다.

*   *   *

DY그룹 영국 런던 본사 25층에 위치한 부회장 집무실에 두 명의 부회장이 모여 있다.

미카엘은 다니엘에게 은우에 관한 파일을 건네며 말했다.

"과연 그 아비의 그 아들이군그래."

"피가 어디 가겠는가? 피는 물보다 진하다는데."

회사의 사운을 걸고 벌인 내기는 미카엘의 패배로 끝이 났다. 그는 탄식이 짙게 배인 목소리로 다니엘에게 말했다.

"자네는 예전부터 도박에 소질이 있는 것 같아."

"확률이 높은 곳에 배팅을 하는 것뿐일세."

미카엘은 무겁게 입을 열었다.

"좋네. 자네의 말대로 그를 후계자로 지목하는 데 동의하겠네. 내기는 내기니까 말이야."

생각보다 순순히 의견을 접는 그를 보며 다니엘은 옅은 미소를 지었다.

"잘 생각했네."

그러나 그 뒤에 이어진 그의 말은 상당히 반전이 있었다.

"후계자는 될 수 있네. 아니, 될 수밖에 없겠지. 자네와 제이슨 회장의 지분을 합치면 이미 50%가 넘고도 남으니 말이야. 하지만 이사회의 지지 없이 오너가 될 수는 없어."

"주식만 가진 회장은 인정할 수 없다는 건가?"

미카엘은 당연하다는 듯 말했다.

"어디 한번 보도록 하지. 우두머리가 될 자격이 있는 진짜 '수컷'인지 말이야."

도무지 속을 알 수 없는 표정의 미카엘을 바라보며 다니엘이 말했다.

"내가 한 가지 조언을 해도 되겠나?"

"말하게."

"기왕 노선을 다르게 가려거든 최선을 다해야 할 걸세."

"후후, 조언 고맙네. 하지만 그것은 자네도 역시 마찬가지일세. 알잖나? 이 바닥 만만치 않다는 것."

두 사람 사이에 팽팽한 신경전이 흐르는데, 다니엘이 먼저 자리에서 일어섰다.

"그럼 일단 도련님을 영국으로 모셔오는 데 동의한 줄 알겠네."

"뜻대로 하게나."

혼자 사무실에 남은 미카엘은 은우의 사진을 보며 슬쩍 실소를 했다.

"그래, 어디 얼마나 가는지 한번 보는 것도 나쁘지는 않지."

그는 분쇄기에 은우의 파일을 넣고 전원 버튼을 눌러 버렸다.

『백수, 재벌 되다』 2권에 계속…

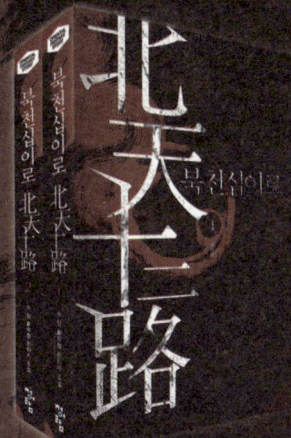

FANTASTIC ORIENTAL HEROES

임영기 新무협 판타지 소설

만능서생

때로는 비천한 주방 하인
때로는 해석 못하는 무공이 없는 무학자
때로는 명쾌한 해결사

만능서생 용비.

살아남기 위해 독종이 되었고,
살아남아 통[通]하게 되었다.

ORIENTAL FANTASTIC STORY

김대산 新무협 판타지 소설

心劍誌
심 검 지

꼬물거리는 새끼 용(龍) 한 마리!
작고 희미한 검 한 자루!
순박한 산골 소년의 마음속에 심어지고 만 그것들이
지금 조금씩 자라나고 있다!

김대산! 그의 아홉 번째 이야기!

**"한 자루 마음의 검을 다듬어내니
천지간에 베지 못할 것이 없도다!"**

Book Publishing CHUNGEORAM

유행이 아닌 자유추구
WWW.chungeoram.com